KB168088

곁에 있다는 것

창비청소년문학 101

곁에 있다는 것

초판 1쇄 발행 | 2021년 3월 26일
초판 2쇄 발행 | 2021년 4월 28일

지은이 | 김중미
펴낸이 | 강일우
책임편집 | 이하나
조판 | 박아경
펴낸곳 | (주)창비
등록 | 1986년 8월 5일 제85호
주소 | 10881 경기도 파주시 회동길 184
전화 | 031-955-3333
팩시밀리 | 영업 031-955-3399 편집 031-955-3400
홈페이지 | www.changbi.com
전자우편 | ya@changbi.com

ⓒ 김중미 2021
ISBN 978-89-364-5701-3 43810

＊ 이 책 내용의 전부 또는 일부를 재사용하려면
  반드시 저작권자와 창비 양측의 동의를 받아야 합니다.
＊ 책값은 뒤표지에 표시되어 있습니다.
＊ KOMCA 승인 필.

김중미
장편소설

곁에 있다는 것

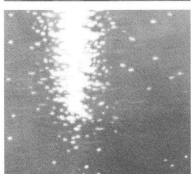

창비

차
례

1부

지우 이야기

은강은 서울에서 멀지 않은 서해 반도부에 위치해 있어 삼면이 바다이다. (…)

아이들은 학교에서 1883년 개항과 더불어 국제적 무역항으로, 산업 도시로 발달한 은강의 역사를 배운다. 은강 공업 지대는 금속·도자기·화학·유지·조선·목재·판유리·섬유·전자·자동차·제강 공업이 성하고, 특히 판유리는 한국 최고의 존재로 교과서에 나와 있다. 또 조수 간만의 차가 9미터에 이르나 갑문식 도크를 설치하여 불편을 제거했다.

시내는 많은 구릉이 기복을 이루며, 동서로 뻗은 중앙부의 구릉에 의하여 시가지는 남북으로 나뉜다. 공장 지대는 북쪽이다. 수없이 솟은 굴뚝에서 시커먼 연기가 오르고, 공장 안에서는 기계들이 돌아간다. 노동자들이 그곳에서 일한다. 죽은 난장이의 아들딸도 그곳에서 일하고 있다.

— 조세희 『난장이가 쏘아올린 작은 공』(1978년)

1

"어무이, 어무이. 나 아안 가아. 아아안 가."

오랜만에 듣는 거북이 아저씨의 목소리였다. 창문을 열고 골목을 내려다보았다. 119 구급대 두 명이 발버둥 치는 거북이 아저씨를 양쪽에서 잡고 게걸음으로 골목을 나가고 있었다. 두 사람이 지나기도 버거운 좁은 골목에서 버둥거리는 아저씨를 데리고 가는 구급대원들이 몹시 힘겨워 보였다. 거북이 아저씨의 낡은 판잣집 앞에는 여든이 훨씬 넘은 그의 어머니가 숱이 얼마 남지 않은 흰머리를 떨리는 손으로 계속 쓸어 올리며 서 있었다. 어렸을 때는 거북이 아저씨가 술에 취해 큰길가에 누워 있거나 억지로 승합차에 실려 어디론가 끌려가는 것을 자주 보았다. 거북이 아저씨가 막걸리를 마시고 리코더를 불며 도로 한가운데를 위태롭게 걸으면 동화 『피리 부는 사나이』가 떠올랐다. 그러나 아저씨 뒤로는 쥐도, 아이들도 따르지 않았다. 혼자 비틀비틀 걷는 아저씨가 외로워 보여 가끔씩 나 혼자 아저씨를 따라가다 엄마한테 혼이 났다. 거북이 아저씨를 데리고 나갔던 구급대가 다시 골목으로 들어오더니 이번에는 할머니를 데려갔다. 할머니는 구급대원의 부축을 받으며 순순히 골목을 나섰다.

"엄마, 엄마. 이상해. 구급대 아저씨들이 거북이 아저씨네 할머니까지 데려가는데?"

엄마는 주방에서 뒤도 돌아보지 않은 채 잠긴 목소리로 대답했다.

"응, 오늘 두 분 다 요양원으로 가서."

"할머니는 왜?"

"치매가 심해지셨어. 며칠 전에 할머니가 냄비를 가스레인지에 올려놓고 잊어버리셔서 불날 뻔했어. 그래서 할머니는 치매 요양병원으로, 아저씨는 정신 요양원으로 가. 그동안 통장님이랑 주민센터 사회 복지사랑 애 많이 썼어."

"그럼 이제 다시 못 오시겠네?"

"그렇겠지."

"거북이 아저씨네도 빈집 돼?"

엄마는 대답을 하지 않았다. 우리 빌라 뒷골목의 건물은 내가 태어나기 전에 일어난 큰 화재로 집이 여러 채가 전소되어 구청에서 이재민들을 위해 지어 준 임시 주택이다. 불나기 전에는 일제 강점기 때 지은 조선 기계 제작소의 줄사택이 있었다고 한다. 불이 난 줄사택을 철거하고 시멘트 블록과 합판으로 대충 지었던 집은 30년이 지나도록 임시 주택이 아닌 주택으로 건재했다.

재개발 얘기가 그치지 않던 우리 동네는 몇 년 전 현지 개량 방식으로 재개발이 결정됐다. 덕분에 30년 된 가건물 역시 일제 강점기 병참 기지의 흔적과 함께 생명을 유지하게 되었다. 혹시 아파트라도 생길까 기다리던 일부 주민은 실망했지만 다른 곳으로 이주할 능력이 없던 주민들은 시의 결정을 반겼다. 시에서 근현대 역사가 살아 있는 마을 공동체를 되살린다며 동네 곳곳에 '마을 골목과 공동체 살리기 운동'이라고 쓴 플래카드를 걸었다. 시에서 낸 보도 자료를 그대로 베낀 언론들은 "은강구의 대표적인 쪽방촌인 은강동이 주민이 주도하는 재개발 지역으로 선정되어 마을 공동체를 복원하게 되었다."라고 호들갑을 떨었다. 시에서는 공동체 살리기에 함께할 주민 대표를 구성했는데 은강 인터넷 신문의 객원 기자인 아빠도 거기에 초대받았다. 아빠는 나름의 책임감을 느끼고 동네 사람들을 만나 인터뷰하고, 공동체 건축 전문가와 도시 계획 전문가 들도 만났다. 그리고 우리 동네에 맞는 개발 기획안을 가지고 호기롭게 마을 협의체에 나갔다. 그러나 회의가 있는 날이면 늘 화가 잔뜩 나서 돌아왔다. 하루는 침울한 얼굴로 엄마에게 말했다.

"협의회에 그만 나가야겠어. 민관 협력 사업이라더니 우리는 그냥 꼭두각시야. 시랑 구에서 계획한 걸 브리핑하지 주민들의 의견을 묻지 않아. 마을 공동체를 살린다면서 기껏 내놓는 안이 강이네 동네 쪽에다 문학관이니, 북 카페, 게스트하우스 그런 걸 만들고, 장모님네 동네에다 임대 주택을 몰아넣겠다는 거야."

"뭐야? 이미 계획을 다 세워 놨던 거야?"

"그런 거 같아. 내가 골목을 지키고 공동체를 유지하려면 우리 동네 골목을 그대로 두고 임대 주택을 아랫동네, 윗동네로 나눠서 짓는 게 좋다고 그랬지. 저소득층을 위한 3평, 5평짜리는 우리 동네에 맞지 않는다고. 노인들이 많다고 해도 여기는 다 가족 단위로 산다고. 근데 이 인간들은 우리 동네를 굳이 쪽방촌이라고 하면서 자기들 생각을 고집하는 거야."

엄마가 쓸쓸하게 말했다.

"처음부터 의심스러웠어. 주민 협의체 대표들을 자기들이 뽑는 게 어디 있어? 그 사람들은 당신도 구색 맞추려고 데려간 거야."

아빠가 주민 협의체를 나온 지 2년이 지나 엄마가 태어나 자랐던 윗동네 판잣집이 헐리고, 4층짜리 임대 주택 세 동이 들어섰다. 줄사택이 모여 있던 아랫동네를 일제 강점기부터 경제 개발기로 이어지는 근현대 시간 여행지로 만들려던 계획은 주민들의 반대로 무산되었다. 윗동네와 아랫동네 사이에 있던 집 몇 채를 헐어 은강자립복지관을 세우고 주차장도 만들었다. 강이네 옆으로는 집을 몇 채 허물고 굴 가공 공장을 세웠다. 겉으로 보면 동네가 많이 나아진 것처럼 보이지만 실상은 달랐다. 윗동네에 들어선 임대 주택에 원래 살던 주민들은 몇 가구 들어가지 않았다. 나머지는 보상금만 받고 다른 데로 이사를 갔다. 임대 주택은 주변집들에 비하면 깔끔하고 번듯했지만 평수가 워낙 작아 가족이 살기에는 좁았다. 마을 주민의 자립을 도울 거라고 떠들썩하게 홍보하던 굴 가공 공장은 생각보다 잘 안되는 것 같고, 그나마 복지관에서는 혼자 사는 노인을 위한 사업들을 벌였다.

"이제 저 빈집에 들어와 살 사람들은 없겠지?"

거북이 아저씨네 골목을 내려다보며 묻자 엄마는 아까보다 더잠긴 목소리로 대답했다.

"어서 아침이나 먹어. 늦겠다."

나는 엄마가 해 놓은 토스트와 요구르트로 아침을 때우고 방으로 들어가 가방을 멨다. 고3이 된 뒤로 등교 시간이 한 시간이나빨라져서 아침마다 지각을 할까 봐 종종거려야 한다.

"지우야, 오늘 꽃샘추위래. 패딩 입고 가."

"패딩 더러운데."

"그럼 겨울에 드라이클리닝 해 놨던 코트 입어."

옷장으로 쓰는 조립식 옷걸이에서 급하게 코트를 꺼냈는데 오른쪽 소매에 푸르데데한 곰팡이가 묻어 있었다.

"엄마, 코트에 곰팡이 슬었어."

"또? 작년 가을에 방수 공사 했는데 왜 또 그러지? 겨울에 얼었던 데가 녹아서 그런가?"

"내가 어떻게 알아. 아, 진짜 짜증 나."

내 방의 곰팡이는 한두 해 일이 아니지만 지난해에 빌라 전체 방수 공사를 한 터라 올봄에는 안심하고 있었다. 도배와 방수 공사가 벌써 몇 번째인지 모른다. 엄마 아빠가 입주하던 날부터 개미 떼가 사방에서 출몰했다는데 그게 부실 공사의 징후였단다. 그런데 그 책임을 물을 데가 없다. 빌라를 지은 건축업자는 우리가 입주한 지 한 달 만에 부도를 내고 감옥에 들어갔고 그걸로 끝이었다.

"쌀쌀한데 언니 옷이라도 입고 가."

"언니 옷이 나한테 맞아?"

나는 언니 옷을 건네는 엄마의 손을 뿌리치고 집을 나섰다. 빌라 현관을 나오니 생각보다 날이 꽤 쌀쌀했다. 언니 옷이라도 걸치고 나올걸 그랬다는 후회가 들었다. 길 건너 아파트 앞은 중·고등학생들과 출근하는 어른들로 붐볐다. 버스 정류장에 딸린 전광판이 마을버스가 오려면 아직 10분이나 남았다고 친절하게 알려주었다. 버스를 탈까 말까 망설이다 그냥 걷기로 했다.

2

내가 사는 곳은 소설 『난장이가 쏘아올린 작은 공』의 무대인 은강이다. 이제는 서울의 위성 도시가 아니라 광역시가 된 인천의 은강구, 그곳에 1970년의 '난장이 가족'과 다름없는 우리 가족이 산다. 1970년대와 달리 2000년대 은강에는 대학을 나오거나 고등학교를 졸업한 노동자들이 늘어났고, 판자촌 대신 빌라와 아파트가 들어섰지만 은강은 그때보다 중심부로부터 더 멀리 밀려났다. 은강이 떠밀려 간 건 아니다. 성공하고 싶거나 돈이 있는 사람들이 은강을 떠나 새로 만든 신도시에 자리 잡고 중심을 이동시켰다. 그렇게 은강은 버려진 곳이 되었다. 그러나 은강에는 여전히 영희네와 닮은 난장이 가족들이 살고 있다. 『난장이가 쏘아올린 작은 공』의 영희와 달리, 나와 내 친구들은 공장 대신 그 공장에서 가까운 고등학교에 다닌다. 그러나 우리 삶이 소설 속 주인공들과 크게 다른 것 같지 않다. 배를 곯지 않는다고 가난이 없어진 건 아니다.

아파트 상가 앞을 지나 일제 강점기 때의 미곡 창고와 소설 속에도 종종 등장한 은강방직 돌담이 끝나는 삼거리에 서자 꽃샘바람이 옷깃을 파고들었다. 봄바람은 자기가 가던 길을 그냥 가지 않고 굳이 사람들 품을 파고든다. 보건소 앞 나뭇가지에는 흰 꽃망울을 틔우려다 꽃샘추위에 놀란 목련이 봉오리를 꼭 다물고 떨고 있다. 아직 다 물러나지 않은 겨울의 눈치라도 보는 것 같다. 보건소 옆으로는 나이가 서른 살이 넘은 연립 주택과 나가야 주택이 나란히 붙어 있다. 벽에 자주색 타일이 군데군데 떨어진 나가야 주택은 일제 강점기 때 세워진 제분 공장의 벽돌 건물과 다시 이어진다. 그 공장 옆으로는 15년쯤 된 주공 아파트 주차장이 있고, 더 위로는 자유아파트가 서 있다. 5층짜리 낡은 아파트지만 1, 2층은 상가여서 딴은 주상 복합이다.

아파트 건물 가운데에는 낡은 선라이트 플라스틱 지붕을 얹은 시장이 있다. 지금은 빈 가게가 많지만 오후에는 큰길가로 좌판이 열리고 시장 본래의 모습이 되살아난다. 오늘은 아침 일찍부터 할머니 두 분이 어디서 캐 왔는지 냉이와 달래를 수북이 내놓고 앉아 있다. 외할머니가 살아 계시던 초등학생 때만 해도 이 시장 골목에서 옷과 신발을 사고 명절 장을 보았다. 떡도 시장 안 떡

집에다 맞췄다. 외할머니 말로는 자유아파트가 들어서기 전에는 성냥 공장이 있었다고 했다. 내게는 성냥이 케이크에 초를 켤 때나 쓰는 것이지만 예전에는 이 은강구 곳곳에 성냥 공장이 있을 정도로 살림에 요긴하게 쓰였다고 한다. 자유아파트를 지나 채소전을 끼고 모퉁이를 돌아 철교 위로 올라갔을 때 마침 하행선, 상행선 전철이 엇갈려 지났다. 엄마가 학교에 다닐 때는 구름다리라고 불렀다는데 그 이름처럼 낭만적이지는 않다. 일제가 경인선을 놓으면서 만들었다는 철교는 길의 연장일 뿐 다리라고 느껴지지는 않는다.

철교를 지나는데 오토바이 하나가 내 쪽으로 오더니 손등을 스칠 만큼 가까이 지나갔다. 깜짝 놀라 난간 옆으로 몸을 피했다. 오토바이에 탄 사람은 뒤도 돌아보지 않고 미안하다는 듯이 손을 한번 흔들어 보이고는 은강역 쪽으로 가 버렸다. 재래시장을 끼고 있는 사거리에 병원과 약국, 마트 등이 몰려 있어 워낙 붐비는 곳이지만 오토바이가 사람을 치고 갈 정도는 아니었다. 아무래도 일부러 그런 것 같아 기분이 언짢았다. 철교를 지나면 옛날에는 참외를 파는 가게들이 줄지어 있었다는 큰길이 나온다. 거기서 건널목을 건너면 웅봉산 북쪽 언덕에 촘촘히 지은 빌라촌이 보이고 그 너머로 우리 학교 담이 우뚝하다. 차 한 대가 겨우 다닐 만한 길을 따라 다세대 주택이 다닥다닥 늘어선 산동네는 일본인한테 떠밀린 조선인들이 모여 살던 곳이다. 일제 강점기 때 웅봉산 북동쪽 언덕에 공립 남고와 여고가 세워졌고, 해방 뒤에 공립 여고 한 곳이 더 들어섰다. 세 학교는 나름대로 명문이라는 명예를 얻었지만 고교 평준화가 되고, 돈 있는 사람들이 신도시로 나간 지금은 떠나지 못한 서민 가정의 자녀들이 주로 다니는 변두리 학교가 되었다. 그러다 보니 이제는 교사들이 기피하는 D급 학교다. 그나마 역사와 전통을 자랑하는 여고 한 곳은 신도시로 이전하고, 우리 은강여자고등학교와 우리 학교 옆의 은강고등학교는 지역 주민의 반대로 눌러앉았다.

"29번 들어오래."

나보다 앞서 면담을 마친 부반장이 어깨를 치며 눈을 찡긋거렸다.

"건투를 빈다."

"면담에 무슨 건투까지."

겉으로는 덤덤하게 말했지만 사실 긴장이 되었다. 처음 들어와 본 상담실은 퍽 아늑했다. 다른 교실과 달리 창문에 하늘색 레이스 커튼을 달고, 책상 위에는 프리지어가 꽂힌 꽃병도 있었다. 분홍색 쿠션이 놓인 소파와 탁자를 두고, 담임 선생님은 굳이 책상 앞에 앉아 있었다.

"교실보다는 여기가 낫지? 내가 상담 선생님한테 특별히 부탁해서 우리 반만 여기서 면담한다. 너희는 유능한 담임을 둔 걸 고마워해야 해."

담임 선생님이 늘 하던 자화자찬이 긴장을 한 탓에 더 거슬렸다.

"자, 면담에 앞서서 주는 선물. 긴장 풀어."

선생님이 두유를 내밀었다.

"고맙습니다."

"의자 당겨 앉아."

"네?"

"앞으로 다가오라고. 너랑 내 사이가 너무 멀어 보이잖아."

마지못해 일어나 의자를 가까이로 끌어당겨 앉았다. 담임의 무릎이 내 무릎에 닿을락 말락 했다. 나도 모르게 다시 의자를 뒤로 물리자 담임의 표정이 일그러졌다.

"뭘 그렇게 긴장해? 요즘 애들은 이상하게 선생님한테 거리를 두더라. 옛날에는 먼저 다가와서 모르는 것도 물어보고, 맛있는 것 사 달라고 애교도 부리고 그랬는데. 세상이 너무 삭막해."

담임의 말이 거북해도 참으려는데 내 이름이 자기가 좋아하는 배우랑 같아서 호감이 간다는 둥, 키가 크고 말랐으니 모델 한번 해 보라는 둥 농담 같지 않은 농담들을 쏟아 냈다.

"저기 선생님, 제 뒤로 두 명이 더 기다리는데요?"

내 말의 뜻을 알아챈 담임이 인상을 찌푸렸다.

"듣기 싫다 이거냐?"

"아니요, 그게 아니라. 걔네가 학원 가야 한다고."

"알았다, 알았어."

담임은 그제야 생활 기록부를 들춰 보며 이야기를 시작했다.

"모의고사는 잘 안 나오네. 하긴 뭐 우리 학교는 수능으로 가는 애들은 거의 없으니까."

우리 학교에서 모의고사 성적이 1, 2등급이 나오는 경우는 몇명뿐이었다. 학교에서 수능은 아예 입시 전략에 넣지 않는다. 교대에 갈 애들이 결국 명문 대에 갈 가능성도 높은 애들이라 특별 관리 대상이 되고, 보건대에 갈 애들, 경찰행정학과에 갈 애들도 따로 분리해 특별반을 운영한다. 나머지는 그냥 들러리다.

"사회과랑 국어는 그래도 괜찮은데 수학이랑 영어 성적이 문제네. 수도권 대학에 가려면 1학기 때 수학이랑 영어를 올려야겠어. 학종으로 가려면 생기부가 좋아야 하는데……. 음, 1, 2학년 내내 역사 자율 동아리를 했네? 오! 교내 자율 동아리 대회에서 2등을 했어?"

"네."

"몰랐네. 잘했나 보지?"

담임의 말투가 왠지 빈정거리는 것 같은 느낌이 들었지만 꾹 참고 예의 바르게 대답했다.

"열심히 했습니다."

"'문학을 통해 본 우리 지역의 역사'라?"

"네."

"은강구랑 옹봉구 중심이네?"

"네, 개항장이랑 일제 강점기 때 병참 기지 중심으로 조사했습니다."

"지도 선생님이 누구?"

"이민경 선생님이 지도해 주셨어요."

"아, 이민경 선생? 어쩐지 주제가."

나는 거스러진 감정을 추스르며 말을 끊었다.

"주제는 제가 낸 건데요?"

담임이 돋보기 너머로 눈을 치뜨며 떨떠름한 표정을 지었다.

"에이, 아무래도 이민경 선생 취향이 들어간 것 같은데?"

"아닙니다. 선생님께서는 저희 활동을 평가해 주시고 가끔 부족한 점만 말씀해 주셨어요."

"생기부에 쓴 이 책들도 네가 골랐어? 『난장이가 쏘아올린 작은 공』, 『괭이부리말 아이들』, 「중국인 거리」는 나도 알겠는데, 『황해』, 『인간문제』, 「남생이」 이런 건 처음 보는 제목이네."

"소설이에요. 주로 개항장이 배경으로 등장하는."

"이것도 네가 골랐어?"

"『인간문제』랑 『황해』는 엄마가 소개해 주셨어요."

"어머니가 이런 쪽으로 관심이 많으신가?"

"네."

"음, 그래. 어쨌든 자율 동아리에서 상을 탔다니 다행이군."

담임이 고개를 끄덕였다.

"진로를 1, 2학년 때처럼 여전히 역사나 사회학과로 생각하고 있나?"

"네."

"사회학이나 역사학과는 전망이 불투명해. 차라리 사회복지처럼 자격증이 있는 데로 가지?"

"네?"

"사회학과 나와서 뭐 할 거야? 차라리 사회복지 쪽으로 가. 아님 유아교육 쪽으로 가든가."

담임은 내 생활 기록부를 건성으로 훑어보고 나서 말을 이었다.

"여자한테는 유아교육과가 딱이지. 취직하기도 쉽고. 가만, 학종으로는 시립대 사회복지학과도 생각해 볼 만하겠는걸? 지역 아동 센터에서 봉사도 꾸준히 했네?"

"네."

"지금도 하나?"

"네."

"이건 바람직하군. 어때, 사회복지학과나 유아교육과 괜찮겠네."

"네, 고민해 보겠습니다."

나는 면담을 빨리 마치고 싶어 속마음과 다른 대답을 해 버렸다. 1, 2학년 때라면 싫은 내색이라도 했을 텐데 고3이라는 처지 때문에 꾹 참았다. 무엇보다 담임이 이민경 선생님에 대해 빈정거리는 것이 거슬렸다. 4년 차 기간제 교사였던 이민경 선생님은 올해 재계약을 하지 못했다. 나는 상담실을 나와 벤치에 앉아 선생님께 문자를 보냈다.

—선생님, 보고 싶어요. 언제나 응원하는 거 알죠? 파이팅!

이민경 선생님은 지금 노량진에 있다. 임용 고시를 준비하기 위해서다. 선생님이 사범대를 졸업하고 2년 동안 임용 고시를 공부하다 기간제 교사를 시작한 건 순전히 돈 때문이었다고 했다.

"우리 집 형편에 4년제 간 거부터가 욕심이었거든. 학교 다니는 내내 알바를 두세 개씩 했어. 그러면서도 임용 고시에 단박에 붙었다는 영웅적 서사는 내게 허락되지 않더라. 사회과라 선발 인원도 적고. 임용 고시 2년 준비하면서도 알바를 그만둘 수 없었어. 기간제 교사 4년 했던 것도 행운이지. 그 시간을 통해 내가 교사라는 직업을 정말 좋아한다는 거 알았잖아. 다행히 학자금 대출은 거의 다 갚았으니 앞으로 1년 동안은 시험 준비만 하려고. 꼭 합격하고 만나자."

이민경 선생님이 담임이 되자 반 아이들 중 몇몇은 기간제 교사라 생활 기록부 기록이나 진로 지도에서 우리가 불이익을 받을지 모른다고 대놓고 싫은 티를 내기도 했었다. 그러나 지난 학교 생활 중 가장 즐겁고 행복했던 시간은 2학년 때였다. 나는 이민경 선생님이 임용 고시에 합격해 학교로 돌아오길 빌었다.

 교문을 나서니 안개가 몸을 낮춰 골목으로 스멀스멀 기어들어 오고 있었다. 안개가 움직이는 모습을 보면 살아 있는 것 같다. 안개에 매연이 섞여 있는지 숨 쉬기가 힘들다. 구름다리를 건너 사거리로 접어드니 퇴근한 노동자들과 장을 보러 온 사람들로 북적였다. 구급차가 요란하게 사이렌을 울리며 인파를 헤집고 들어와 사거리 모퉁이의 정형외과 의원 앞에 섰다. 또 누군가가 공장에서 일하다 다쳤을 것이다. 저 병원에 가면 공장이나 배에서 다친 사람들로 항상 만원이었다. 어렸을 때는 자전거를 타다 넘어지거나 배탈이 나면 굳이 먼 병원에 가지 않고 저기로 갔었다. 원장 아들이 대를 이어 운영한다는데 요즘은 쇠락해 가는 티가 난다. 병원 옆 상가는 카페라도 들어오는지 주변 가게와는 어울리지 않는 세련된 인테리어로 수리를 하고 있다. 이 사거리는 늘 공사 중이다. 새로 들어선 식당이 갑자기 문을 닫고 어느 날엔가 치킨집이 되고, 치킨집이 1년도 안 돼 김밥집이 된다. 그렇게 가게의 업종은 변해도 사거리 모습은 내가 어렸을 때와 크게 변하지 않았다. 어른들은 그걸 발전이 없다고 말하지만 나는 변하지 않는 이 거리와 골목이 좋다. 거리를 걷다 보니 담임과 면담하면서 생겼던 긴장이 나도 모르게 풀렸다.

3

도배 공사를 한 지 이틀이 지났건만 아직도 방 안에서 시큼한 본드 냄새와 종이 냄새가 난다. 창문을 열려다 황사가 심하다는 방송이 떠올랐다. 황사가 아니어도 이 동네에는 공장이 많아 먼지가 심하다. 기름이 섞여 있는 먼지는 창틀에 내려앉아 끈적끈적하게 엉겨 붙는다. 처음에는 입으로만 숨을 쉬면서 공부해 보려 했으나 답답했다. 할 수 없이 교과서와 문제집을 들고 언니 방으로 왔다. 언니 방은 내 방보다 반 평 정도 넓지만 세탁기와 잡동사니가 쌓여 있는 베란다와 연결되어 가구를 놓을 자리가 없고 햇볕도 잘 들지 않는다. 언니 책상 앞에 앉아 마음을 다잡는데 4층에서 뭔가가 쿵 하고 넘어지더니 우당탕거리는 소리가 이어졌다. 간간이 알아들을 수 없는 중국 말도 들렸다. 공장 기숙사로 쓰이는 4층은 열 시쯤이면 조용해지는 편인데 오늘따라 시끄럽다.

4층짜리 우리 빌라는 큰길에서 동네로 들어오는 모퉁이에 있다. 빌라 앞 큰길은 아파트가 세워지기 전에는 4.5톤 이상의 화물차는 다닐 수 없는 왕복 1차선 도로였다. 목재 회사였던 자리에 아파트가 올라가면서 길이 넓혀지고, 맞은편 길가의 일제 강점기 때 나가야 주택들이 헐리고 빌라가 들어섰다. 영세한 건축업자들이 재개발 지역의 이점을 이용해 일조권이나 주차장 따위는 고려하지 않고 날림으로 지은 집들이라 입주민들만 곤란을 겪었다. 판잣집 신세를 면하고 실내 화장실과 욕실이 있는 집을 꿈꾸던 이들은 입주하고부터 차라리 판잣집이 편했다는 말을 입에 달고 살았다. 우리 빌라는 그나마 골목 모퉁이에 있어 햇볕 걱정은 덜하는 편이지만, 재개발 지역에는 일조권 사선 제한법이 완화되기 때문에 더러는 볕이 아예 들지 않는 곳도 있다고 한다. 나는 엄마 배 속에 있을 때부터 이 집에서 살았다.

　우리 빌라는 8평 원룸과 방 세 개짜리 20평 집이 마주 보고 있는 구조다. 1층 오른쪽 102호에는 작년 겨울에 팔순 잔치를 한 할머니가 혼자 산다. 마흔 살쯤 된 아들과 둘이 살았는데 용접공인 아들이 광양에서 일하게 됐다며 떠난 뒤 홀로 남았다. 1층 원룸은 비어 있다. 당뇨를 앓는 아저씨와 발달 장애가 있는 오빠가 살던 집인데 몇 년 전 그 오빠가 복지관에 간 사이, 아저씨가 목을 매 자살을 했다. 시신은 수도세를 받으러 갔던 우리 아빠가 발견했다. 아저씨 옆에 놓인 유서에는 아들이 기초 생활 수급권을 받을 수 있게 해 달라는 부탁이 담겨 있었다. 엄마 말로는 아저씨가 합병증으로 일을 못 하는데도 정부에서 당뇨는 근로가 가능한 병이라며 수급권을 주지 않았다고 했다. 1층 오빠는 발달 장애 진단을 받았지만 전문대를 졸업했고 장애 등급도 높지 않아 기초 생활 수급권을 받을 수가 없었다. 아빠와 엄마는 장애인 복지관 사회 복지사와 함께 아저씨의 장례식을 치러 주었다. 그리고 오빠는 장례를 치르자마자 주민 센터 사회 복지사가 소개해 준 장애인 시설로 들어갔다. 나는 그게 잘된 일인지 아닌지 잘 모른다. 엄마는 장애인 제도가 잘 갖추어져 있다면 오빠도 혼자 힘으로 살수 있는데 시설로 가야 하는 게 안타깝다고 했다. 그렇게 두 사람이 떠난 뒤, 1층 원룸은 몇 년째 빈집으로 남아 있다.

2층 오른쪽 202호에는 다섯 살, 두 살 남매를 둔 부부가 산다. 아빠는 아침 일찍 출근하고 늦게 퇴근해 만날 일이 거의 없는데 주말에 어쩌다 층계참에서 만나 인사를 하면 무뚝뚝한 표정으로 고개만 끄덕인다. 엄마는 베트남에서 왔는데 젊고 무척 밝다. 그집 가람, 자람 두 남매는 인사성이 바르고 개구쟁이다. 계단이나 골목에서 만나면 먼저 아는 척하며 장난을 걸어온다. 1년 전부터 베트남에서 온 이모가 같이 사는데 키가 작고 말랐지만 단단하고 다부져 보인다. 영민 오빠나 정민 언니와는 알고 지내는 것 같은데 나는 아직 말을 틀 기회를 얻지 못했다. 2층 원룸 201호에는 중국인 부부가 사는데 거의 얼굴 볼 새가 없다. 보통 새벽에 나가 밤늦게 들어오는 데다 부부끼리도 말이 없는지 늘 조용하다.

3층 302호에는 우리가 살고, 그 맞은편 301호에는 영민 오빠와 동생 정민 언니가 산다. 두 남매는 내가 다닌 초등학교 뒤편에 있는 보육 시설에서 자랐다. 엄마가 일주일에 한 번씩 보육원으로 동화책 읽어 주러 다니다가 영민 오빠를 알게 되어 개인 후원자가 되었다. 내가 초등학교에 입학한 뒤부터 엄마는 영민 오빠를 생일이나 명절에 초대해 같이 밥을 먹었다. 정민 언니가 초등학생이 되고서는 언니도 그 자리에 함께했다. 영민 오빠는 고등학교에 입학하고 아빠가 강사로 일하는 학원에 다니다 그 보육원에서는 드물게 4년제 대학에 진학했다. 그것도 인천에 있는 국립 대학이었다. 오빠는 보육원을 나오면서 마침 비어 있던 우리 앞집을 LH 전세 주택으로 얻었다. 기숙사에 들어갈 수도 있었지만 엄마가 곁에서 돌봐 주고 싶어 했다. 오빠는 50만 원이 채 안 되는 기초 생활 수급비로 지내면서 학교에서는 근로 장학생으로 일했다. 근로 장학금은 다달이 받지 않고 학기별로 장학금 형태로 받았다. 그렇게 하지 않으면 한 달 수입으로 잡혀서 수급권을 박탈당하거나 금액이 깎일 수 있다고 했다. 같은 이유로 아르바이트도 마음대로 할 수가 없었다. 영민 오빠를 보면서 가난한 사람들이 국가의 도움을 받으려면 가난을 벗어나려 애쓰는 대신 가난을 유지하기 위해 애써야 한다는 것을 알게 되었다. 세월호 참사가 일어나기 두 달 전, 서울에서 세 모녀가 자살한 사건이 알려졌을 때 나는 1층 101호 아저씨와 영민 오빠가 떠올랐다. 가난한 사람들을 돕기 위한 제도가 잘 쓰이려면 불법 수급자를 걸러 내는 데 인력을 낭비하는 대신, 도움을 못 받는 가난한 사람들을 찾아내는 데 더 노력을 쏟아야 한다고 생각한다. 그 생각을 못 하는 건지 일부러 안 하는 건지 그게 궁금하다.

4층은 양쪽 집 모두 부둣가에 있는 주물 공장의 기숙사로 쓴다. 원룸에는 방글라데시에서 온 노동자 셋이, 우리 위층에는 중국인 노동자들이 산다. 빌라는 아파트처럼 관리 사무소가 있는 게 아니라 수도세를 걷고 건물을 수리하는 자잘한 일을 누군가 맡아서 해야 한다. 그런데 그런 일을 할 사람이 우리 엄마 아빠뿐이다. 장마철이 되면 늘 비가 새서 몇 년에 한 번씩 방수 공사를 해야 하는데 그때마다 돈을 걷는 일도 만만치가 않다. 돈 걷는 일은 엄마 아빠가 하니 나한테 직접 피해가 오는 건 아닌데, 4층의 소음은 고3인 나에게 치명적이다. 도무지 집중이 안되는 요즘에는 더욱 피해가 크다.

"공부를 하는 거야, 자는 거야?"

언니가 등을 치는 바람에 깜짝 놀라 깼다. 귀마개 때문에 현관문이 열리는 소리를 듣지 못했던 모양이다.

"잔 거 아니거든."

"침까지 흘려 놓고 안 잤다는 게 말이 돼?"

언니가 가방을 방바닥에 던지고 침대 위에 누웠다. 그리고 두 팔을 들어 스마트폰을 올려다보며 물었다.

"엄마는?"

"오늘 할아버지 제사잖아. 이따 아빠 학원 끝나고 같이 온댔어."

"엄마는 그놈의 제사에서 언제 해방되냐? 근데 너는 왜 이 방에 있어?"

"내 방 아직도 냄새나. 거실에서는 공부가 안돼서."

"고딩이나 대딩이나 사는 게 다 고단하다, 고단해."

언니의 목소리에 기운이 하나도 없었다.

"무슨 일 있어?"

"아니. 오늘 강의 꽉 차 있는 날인데 카페에 진상 손님까지 와서 지친다, 지쳐."

"그러니까 영화관은 왜 관뒀어? 그 꿀 알바를."

"동생아, 세상에 꿀 알바라는 건 없느니라. 돈 버는 일은 다 힘들어."

스물네 살밖에 안 된 언니의 힘없고 건조한 말투가 안쓰럽게 느껴졌다. 의자에서 일어나 언니 옆으로 가 누웠다. 언니가 팔꿈치로 내 어깨를 치며 말했다.

"뭐냐? 공부 안 하고?"

"그냥, 오랜만에 언니 옆에 누워 보고 싶어서."

"오랜만이기는 하다. 너 초등학교 때까지는 여기 비집고 들어와서 같이 잤는데."

"그러게."

천장에는 언니가 중학교 때 붙여 놓은 별 스티커가 그대로 있었다. 이제는 형광등을 꺼도 빛이 나지 않는데 떼지 못하게 한다. 그 바람에 언니 방 천장은 10년째 도배를 새로 하지 못했다.

"언니, 저거 언제까지 붙여 놓을 거야?"

"계에에속."

"야광 효과도 없는데 그냥 떼 버려."

"불 끄면 처음에 그래도 잠깐 빛이 나. 난 저거 절대 안 뗄 거야. 저 별은 내 꿈의 북극성이야. 내가 길을 잃고 어디로 갈지 모를 때마다 저 별을 보며 다시 방향을 잡는다고."

언니는 어릴 적부터 꿈이 많았다. 그러나 아직까지 그 많은 꿈 중 어느 한 가지도 이루지 못했다. 중학교 때부터 목표로 했던 대학에 가지 못했고, 대학에 가면 꼭 하고 싶다던 유럽 배낭여행, 해외 봉사 활동, 교환 학생, 학생 기자, 학교 방송국 아나운서도 하지 못했다. 3년 내내 알바와 학점에 매여 있던 언니가 4학년을 앞두고 휴학했을 때는 아르바이트비를 모아 유럽 배낭여행이라도 갈 줄 알았다. 그러나 언니는 휴학 기간 1년을 영화관 아르바이트와 영어 학원에 다니는 걸로 다 보내 버렸다. 하필 언니가 휴학을 할 때 아빠의 학원 강의 시간이 줄어들었고, 돌봄 교실 보조 강사로 일하던 엄마마저 근무 시간이 단축되었다. 엄마가 나가는 학교에서 무기 계약직으로 전환되는 걸 막으려고 근무 시간을 줄였다고 했다. 돈은 모이지 않고 쓸 곳은 그대로였다. 아마 언니는 혼자서 몇 번이나 계산기를 두드렸을 것이다. 그리고 항상 그랬듯이 유럽 배낭여행도 꿈 목록에만 남겨 두고 현실에서는 지웠을 것이다. 언니는 휴학 1년의 마지막을 2박 3일간의 일본 여행으로 끝냈다. 하필 왜 일본이냐는 말에 언니는 그때 비행기 푯값이 가장 싼 곳이 나가사키였다고 했다. 여행에서 돌아온 언니의 가방에는 일본 편의점에서 산 동전 파스가 잔뜩 들어 있었다. 엄마는 그 동전 파스를 받아 들고 눈시울을 붉히며 말했다.

"미안해."

"미안할 게 뭐 있어?"

"일본이라도 더 좋은 데 갔다 오지. 겨우 나가사키야."

"엄마는 나가사키도 안 가 봤잖아. 나름대로 좋았어. 거기 인천이랑 참 비슷해. 나가사키가 일본이 최초로 개항한 항구잖아. 차이나타운도 있어. 엄마도 가 보면 좋을 텐데. 나가사키 짬뽕하고 돈가스밖에 먹을 게 없는 것 빼고는 괜찮았어. 지우한테 나가사키 카스텔라를 사다 주고 싶었는데 그건 너무 비싸서 패스."

우리는 그 동전 파스를 요긴하게 썼다. 엄마는 항상 언니한테 미안해했다. 등록금을 다 마련해 주지 못해 대출 신청을 하라고 권할 때, 언니가 아르바이트를 구하느라 컴퓨터 앞에 매달려 있을 때, 영화관 마감을 하고 새벽에야 집에 돌아올 때마다 엄마의 얼굴이 어두워졌다.

"언니, 저거 붙인 거 엄마 집 나갔을 때지?"

언니가 놀라며 물었다.

"그걸 기억하고 있었어?"

"엄마 아빠가 거실에서 싸울 때 언니가 울면서 저거 붙였던 거 기억나거든. 언니가 그때도 똑같은 말 했어. '이 별은 내 꿈의 북극성이야.'라고."

"그랬어? 하여튼 최지우, 너는 사소한 것까지 다 기억하더라."

"사소한 게 아니라 나한테는 충격이었으니까."

초등학교 4학년 때였다. 자고 일어나니 엄마가 없었다. 언니는 엄마가 전날 밤 가방을 메고 집을 나가는 걸 봤다고 했다. 아빠는 밤을 새웠는지 떼꾼한 눈으로 우리에게 천 원짜리를 몇 장을 주면서 말했다.

"미안해. 아침이 없다. 둘이 우유랑 빵이라도 사 먹고 학교 가."

불안한 마음을 감추고 집을 나서는데 현관문 밖에 여울이 아빠가 서 있다가 당황한 얼굴로 물었다.

"호 혹시 엄마 계시니?"

여울이 엄마는 벌써 며칠째 집에 오지 않았다고 했다. 여울이가 아무런 내색을 하지 않아서 전혀 모르고 있었다. 그날 저녁 아빠가 우리에게 말했다.

"엄마가 아파트로 이사 가려고 10년 동안 부었던 적금을 해약해서 의료 기기 임대 사업에 투자했어. 이자가 40퍼센트나 된다고 해서 뭔가 이상하다 했는데 그게 사기였다는구나."

언니가 싸늘한 목소리로 물었다.

"한울이네 엄마 때문이지?"

"꼭 한울이 엄마 때문이라고는 할 수 없지. 한울이 엄마도 피해자니까."

중학생이었던 언니는 아빠에게 이르듯 말했다.

"아빠, 외할머니한테 전화해 봐. 외할머니도 그동안 모은 돈 투자했다고 했어."

"뭐?"

"외할머니만이 아닐지도 몰라."

언니 말이 맞았다. 다단계 사기 사건의 피해자가 여울이네와 우리만이 아니라는 게 드러나는 데 일주일이 채 걸리지 않았다. 아빠는 피해자 모임에 나가 합숙하던 엄마를 며칠 만에 데려왔다. 엄마는 우리 앞에서 몸 둘 바를 모르고 계속 울기만 했다. 아빠가 말했다.

"수업료 치른 거라 생각하자. 피해자 모임에 나가 봤자 뾰족한 수 없어. 우리 그냥 열심히 살자. 내가 학원 강의 더 할게."

엄마는 긴가민가하면서도 친구인 여울이 엄마를 믿었다고 했다. 그 무렵 언니와 내가 우리도 아파트로 이사 가자고 허구한 날 졸라 댔었다. 다행히 엄마는 며칠 앓아누웠다가 다시 일을 나가기 시작했지만 여울이 엄마는 집으로 돌아오지 않았다. 우리 외할머니는 그 충격으로 쓰러졌고, 그 일로 여울이네 엄마 아빠는 이혼했다. 그로부터 몇 년이 지나자 그 사기 사건은 영화나 드라마의 소재가 되어 세간의 이목을 끌었다. 영화 속에서는 사기단의 우두머리가 갱단이나 경찰의 추적을 받아 잡히거나 다시 도주하는 이야기가 흥미롭게 펼쳐졌다. 그런데 그 영화 속 어디에도 피해자가 된 우리 동네 사람들의 삶은 없었다. 영화가 아무리 인기를 끌어도 세상은 그 엄청난 사기 사건의 피해자인 노인, 주부, 가난한 사람 들의 삶에는 주목하지 않았다. 우리의 삶은 영화에서처럼 끝이 정해져 있지 않았다. 아무리 구차하고 힘들어도 도망갈 곳이 없었다. 그래서 하루하루를 이 악물고 사는 수밖에 없었다. 벽에 누수가 생겼을 때, 한겨울에 수도관이 동파했을 때, 엄마는 아파트로 이사 가지 못한 게 자신의 탓인 것처럼 고개를 숙였다. 외할머니가 뇌졸중으로 쓰러져 영영 다시 깨어나지 못한 것도 자책했다. 이모할머니가 누구 탓도 아니라며 옆에서 지켜주지 않았다면 엄마는 더 오랫동안 힘들었을 거다.

"그래서 언니는 지금 어디로 갈지 방향을 정했어?"

"응?"

"저 야광 북극성이 언니를 어디로 안내하냐고."

"공무원."

"뭐?"

"뭘 그렇게 놀라. 현실적이고 합리적인 선택이야."

"9급?"

"당연하지."

"너무 갑작스럽잖아. 영화감독에서 9급 공무원이라니."

언니가 어이없다는 듯이 말했다.

"웬 선사 시대 때 얘기야. 그 꿈 접은 지 오래다."

"꿈이 너무 급락한 거 아냐?"

"그게 왜 급락이야. 9급 공무원 시험 공부하는 사람들이 얼마나 많은데."

"왜 다 공무원이야? 강이네 학교에도 공무원반이 있대. 지역 공무원 특채 준비라나?"

"공무원은 학력, 남녀 차별 같은 게 없으니까. 우리처럼 가진 것 없고 뒷배 없는 사람들한테는 유일하게 공정한 경쟁을 제공하기 때문이지."

"4년 동안 3천만 원 가까이 대학에 갖다 냈는데 전공도 못 살리고 또 공무원 시험 공부를 해야 해?"

"최지우 씨, 당신은 아직 세상을 몰라요. 꿈? 전공? 그런 거 없어. 돈 있는 애들이야 여전히 꿈을 꾸겠지. 그런데 나처럼 고만고

만한 애들은 취업이 꿈이고 목표야. 내가 영화관 알바하면서 깨달은 건 우리나라는 정말 철저한 계급 사회라는 거야."

"계급 사회?"

"똑같은 대졸이어도 정규직이냐, 계약직이냐에 따라 지위가 달라. 매니저, 바이저가 기 싸움 하는 거 보면서 서글펐어. 동료가 아니라 을과 병, 정으로 계급이 매겨져 있었으니까. 우리 같은 알바생들은 아예 끼지도 못해. 불가촉천민인 셈이지. 그런데 더 기가 막힌 게 뭔지 알아? 그 큰 영화관이 거의 알바로, 그러니까 불가촉천민의 노동으로 돌아간다는 거야. 매점이랑 인포메이션, 검표를 오픈, 미들, 마감까지 돌아가며 일해야 하니까 정신이 없어. 봐, 여기 팔목에 덴 상처 아직도 있잖아. 팝콘 꺼내다가 몇 번 뎄는지 몰라. 근데 그냥 우리가 각자 치료하고 말아야 해. 물론 대학생 알바로야 그럭저럭 괜찮아. 최저 시급에다 주휴 수당 있고 영화도 공짜로 볼 수 있고 밥도 한 끼는 주고. 그런데 시스템이 없어. 매니저, 바이저 밑이 바로 우리인데 큰일이 터졌을 때 누군가 책임을 질 시스템이 존재하지 않아. 어느 날 문득 그게 소름 끼치더라."

"공무원은 다를까?"

"다르지 않겠지. 그렇지만 생활이 안정되잖아. 칼퇴근에, 월차, 연차, 정기 휴가 모든 게 보장이 되잖아. 졸업하고도 알바, 비정규직을 돌며 살고 싶지는 않아. 한때 영화를 꿈꿨던 거 사실이지. 그런데 어떤 현실을 담든 영화는 그냥 판타지에 지나지 않더라. 우리가 손에 넣을 수 없는 욕망들을 영화가 실현해 주는 것 같지만 현실에선 여전히 빈손일 뿐이고. 그래서 영화를 보고 나면 더 허탈하고 공허해질 때가 있어. 이제 나는 꿈이 아닌 현실만 보려고. 공무원 시험만큼 공평한 건 없다는 게 내 결론이야."

나는 언니의 체념이 아팠다. 그러면서도 언니의 선택을 믿고 싶다. 나의 북극성은 언니였다. 나는 언니가 선택해 가는 길을 지지하고 싶다. 언니가 침대에서 일어나 노트북을 꺼내는 걸 보고 나도 책상에 앉았다.

4

—지우야, 집에 가기 전에 동전 파스 꼭 주고 가라.

토요일이라 다섯 시까지 자습을 하고 휴대 전화를 꺼냈더니 이모할머니한테서 메시지가 와 있었다.

—아, 걱정 마. 어제부터 도대체 메시지를 몇 번 보내는 거야.
—니가 하도 까먹으니까 그러지. 내일 서울 올라가기 전에 붙이려고
 그래.
—오늘은 절대 안 까먹어. 집에 있는 거 다 가지고 나왔어.

학교에서 이모할머니네로 가는 길목의 자유시장은 저녁거리를 사러 나온 사람들로 붐볐다. 노점에서 말린 생선을 파는 아저씨

는 장에 늦게 나왔는지 서둘러 상자에서 말린 박대와 조기를 꺼내 좌판에 가지런히 놓고 있다. 길 건너 황금잉어빵과 와플을 구워 파는 트럭에는 중학생들이 잔뜩 모여 있다. 붐비는 시장의 풍경을 보면 왠지 기분이 좋아진다.

은화동으로 향하는 오르막길에는 보행 보조기를 밀고 가는 할머니와 폐지를 모아 손수레에 실은 할아버지가 달팽이처럼 느릿느릿 걷고 있다. 그때 승용차 하나가 좁은 골목으로 들어와 경적을 울려 댔다. 할머니가 황급히 길가로 피하고 할아버지도 손수레를 반대편으로 옮기려다 휘청했다. 얼른 다가가 손수레 앞 모서리를 잡아 드렸다.

"고맙수."

할아버지가 무사히 돌아 내려가는 걸 보고 나는 반대편 오르막을 올랐다. 삼거리 슈퍼 앞에는 고춧잎이 한가득 담긴 함지박을 놓고 앉은 할머니가 먼 산을 바라보고 있고, 모퉁이 기름집에서는 참기름을 새로 짜는지 고소한 냄새가 진동했다. 빈집이 늘어가는 우리 동네와 달리 이 동네는 아직 곳곳에서 활기가 느껴진다. 오래된 구멍가게는 편의점으로 간판을 갈아 달고, 옷 가게였던 곳은 뻥튀기를 파는 가게가 되었지만 산동네 꼭대기 삼거리에는 내가 어렸을 때부터 있었던 세탁소, 미장원, 슈퍼, 기름집이 그대로다. 삼거리를 지나 좀 더 올라가면 산마루 사거리가 나온다. 역사가 100년이 넘은 교회를 가운데 두고 북쪽으로는 가파른 내리막길이고 양옆으로는 꼬불꼬불 좁은 골목길이 이어진다. 사거리에서는 오늘도 무슨 영화를 찍는지 꽤 큰 밴과 탑 차가 교회 축대 아래 서 있다. 우리 동네에서도 가끔 영화나 드라마를 찍지만 대부분 범죄물이나 스릴러의 추격 장소로나 잠깐잠깐 등장한다. 그러나 이 은화동 골목에서는 7, 80년대가 배경인 로맨스 영화나 가족 영화를 주로 찍는다. 밴에 혹시라도 아는 배우가 있나 들여다보았으나 아무것도 보이지 않았다. 촬영장을 지나 북쪽 내리막길로 접어들었다. 이모할머니네는 그 언덕길 맨 아래 모퉁이의 낡은 개량 한옥이다. 마당은 손바닥만 하지만 옥상에 장독과 화분 들이 옹기종기 모여 있어 정겹다. 이모할머니네 집은 또 다른 사거리와 이어지는데 골목을 따라 일제 강점기 때 조선 기계 제작소, 전기 회사의 관리자와 기술자 들이 살던 사택이 비교적 그대로 남아 있다. 잠수정 공장의 조선인 노동자 숙소로 지어진 은강동의 나가야 주택에서 척박하고 고독한 가난이 전해진다면, 은화동의 일본식 연립 주택은 소박한 살림집 느낌이 든다.

현관문을 열고 들어가자 마늘과 파 냄새가 코를 찔렀다. 열무 특유의 풀 비린내도 났다.

"할머니, 지금 뭐 해? 허리 아프다면서."

"아침에 시장 갔더니 열무가 좋더라고."

"진짜 못 말려."

나는 이모할머니를 도와 종량제 봉투를 가져다 양파와 마늘 껍

질 같은 걸 그러담고, 플라스틱 절구와 그릇들을 모아 설거지를
시작했다.

"놔둬."

"놔두기는. 내일 서울 간다며?"

"응."

"왜 가는데?"

"내가 서울 갈 일이 뭐 있어?"

"다시 시작한 거야?"

"그럼. 여기서 주저앉을 거면 시작도 안 했어."

이모할머니는 은강방직 해고 노동자다. 할머니는 나보다 어린
나이에 노동자가 되었다. 그리고 노조 활동을 하다가 해고된 뒤
수십 년 동안 블랙리스트에 올라 힘들게 살았다. 그러다 내가 아
기 때 민주화 운동 관련 명예 회복과 보상을 신청해 싸움을 시작
했다. 이모할머니와 동료들은 내가 네 살 때쯤 은강방직 해고 노
동자들의 민주화 운동 참여와 명예 회복을 인정받고, 원직 복직
하라는 판결을 받았다. 그러나 그 뒤로도 싸움은 끝나지 않았다.
여전히 복직이 안 되었고 회사의 사과도 받지 못했기 때문이다.
그래서 진실·화해를 위한 과거사 정리 위원회에다가, 은강방직
조합원들을 해고하고 블랙리스트를 만들어 다른 곳에 취업도 못
하게 방해하고 감시하며, 인권을 탄압한 국가와 회사를 조사해
달라고 신청했다. 이모할머니는 동료들을 만나러 갈 때나 집회

를 하러 갈 때, 동료들과 은강방직에 항의하러 갈 때 나를 데리고 다녔다. 나도 이모할머니를 따라다니는 걸 좋아했다. 이모할머니의 동료들은 구호와 노래를 곧잘 따라 하는 나를 예뻐했다. 할머니들을 따라다니며 얻어먹는 간식도 즐거움 중 하나였다. 이모할머니와 동료들은 내가 6학년 때 은강방직을 상대로 손해 배상 소송을 냈다. 과거사 정리 위원회에서 중앙정보부가 그때 은강방직 노동자들을 탄압한 배후라는 것을 밝혀냈기 때문이다. 그래서 국가에다 소송을 제기하고 재판을 두 번이나 했는데 작년 2월, 대법원에서 은강방직 해고 노동자들의 위자료 청구가 부당하다는 판결을 내렸다.

"이제 어떤 싸움이 남았어?"

"헌법 재판소에다가 소원을 낼 거야."

"그게 뭔데?"

"국가가 보상할 필요가 없다는 대법원 판결이 맞는지 물어보는 거지."

"정말 끝이 없구나. 피해를 당한 사람이 있고 잘못한 사람들을 분명히 아는데 법은 왜 이렇게 복잡한 거야?"

"법이 우리처럼 힘없는 사람들 편이 아니라서 그래. 법치주의, 법치주의 하지만 결국 정권에 따라 달라져."

"판결이 정권에 따라 다르다고? 그게 뭐야? 삼권 분립이라며."

"역시 우리 지우는 똑똑해. 나는 방통대에서 공부하면서 삼권 분립이라는 거에 대해 제대로 알게 됐는데."

"에이, 할머니, 이건 초등학교 때부터 배우는 거야. 그런데 뭔 김치를 이렇게 많이 했어?"

"입이 여럿이잖아. 너희도 먹어야 하고, 영민이네도 좀 주고."

"영민 오빠까지 챙겨? 하여튼 이모할머니도 엄마랑 외할머니랑 똑같아."

나는 이모할머니가 버무린 김치를 함지박에서 플라스틱 통으로 옮겨 담는 동안, 마루 한가득 늘어놓은 쟁반과 그릇을 정리하고, 파와 열무를 다듬고 나온 부산물들은 음식물 쓰레기봉투에 넣었다. 이모할머니는 일어났다 앉았다 할 때마다 에구구 소리를 냈다.

"아유, 정말. 할머니, 이젠 좀 쉬엄쉬엄 살아."

"세상이 그렇게 쉬엄쉬엄 살게 하질 않는다."

이모할머니는 은강방직과 국가에 사과와 배상을 받아 내고야 말 거라고 벼른다. 그래야 자신들이 청춘을 바친 그 세월을 인정받을 수 있다고 믿는다. 엄마는 그런 이모할머니의 든든한 지원군이고 응원단이다. 작년에 대법원 판결이 난 뒤에는 엄마도 이모할머니가 절망하고 주저앉을까 봐 걱정을 많이 했다. 그런데 이모할머니는 다시 일어나 동료들과 변호사들을 만나고 있다.

"빨리 결론이 나면 좋겠다."

"그러게."

"할머니 보상받으면 그걸로 뭐 할 거야?"

"뭐 하긴. 아직도 노조 하다 쫓겨난 사람들이 많아. 그 젊은이들 도와야지."

"뭐야. 아깝게."

"아깝기는. 그러려고 싸우는 거야. 이게 헛된 일이 아니라는 걸 보여 주려고."

"역시 우리 이모할머니야."

"놀리냐?"

"아니, 진짜야. 나는 이모할머니를 세상에서 제일 존경해."

"우리 지우한테 계속 존경받으려면 진짜로 더 끝까지 잘 싸워야겠네."

나는 엄지손가락을 치켜올려 보였다. 김치를 가지고 나오려는데 현관 신발장 위에 홍보 전단 같은 게 있었다. 뭔가 하고 봤더니 새 조합장 선출 공고였다. 그제야 아까 은화교회 앞에 걸려 있던 플래카드가 떠올랐다.

"할머니, 여기 재개발 무산된 거 아니었어?"

"아닌가 봐. 그러잖아도 너희 아빠더러 좀 알아보라 하려고. 새 조합장 후보가 이번에는 아주 큰 건설 회사를 유치할 거라고 했대. 다음 달에 교회에서 조합원 총회를 한다는데 거길 가면 재개발에 찬성하는 게 될까 봐 가야 하나 말아야 하나 걱정이다."

"이 동네 사람들은 재개발에 대해 어떻게 생각해?"

"노인들 중에는 반대하는 사람이 많지. 재개발 결정이 10년을 끌면서 나간 사람도 많고. 재개발 되면 자식한테 좋을 거라고 생각하는 노인들도 있어. 큰 집을 갖고 있으면 모를까 아파트에 들어가려면 돈을 더 마련해야 할 텐데 걱정이다. 다들 쫓겨나면 이제 가난한 사람들이 들어가 살 데도 없으니."

"난 재개발 안 되면 좋겠다. 이 동네 정말 예쁜데."

"네 눈에도 예뻐 보여?"

"그럼."

할머니가 아련한 눈빛으로 아파트가 내다보이는 창문을 바라보며 말했다.

"은화동은 내 청춘의 화양연화야. 국민학교 때 오라비랑 놀던 골목, 중학교 때 친구들이랑 놀던 곳도 그대로지. 집에서 은강방직까지 걸어 다니던 길도 그대로고. 해고된 뒤 노동 교회에 있을 때는 경찰들이 우리를 감시했단 말이야. 누가 뭐래도 이 은화동 골목은 내가 잘 알지. 숨바꼭질하듯 요리조리 피해 다녔어. 골목마다 추억이 새겨져 있고, 나랑 친구들이 흘린 피눈물이 고여 있어."

할머니가 보자기로 싸 준 김치 통 두 개를 낑낑거리며 들고 기와집 골목으로 들어섰다. 마을버스가 서는 아파트 정류장까지 가는 지름길이다. 어렸을 때 언니와 부잣집 골목이라고 부러워하던 이 골목에도 사람의 온기가 느껴지지 않는 집이 생겼다. 기와

집 골목을 지나 은화아파트 쪽으로 나가려는데 길모퉁이의 작은 집에 서점 간판이 걸려 있다. 오랫동안 비어 있던 집이 몇 주 전에 공사하는 걸 보며 누군가 새로 이사 오는 것 같아서 반가웠는데, 서점이라니 더 기분이 좋았다. 낮에 문을 열 때 와 봐야겠다고 생각하며 큰길로 향했다.

학교 옆 시립 아파트 단지 앞 정류장에 도착해 김치 통을 벤치에 올려놓았다. 마을버스가 오려면 10분을 기다려야 했다. 길 건너편으로 재개발 조합 사무실이 보인다. 주민들의 품격을 높여 줄 명품 아파트 신축을 축하한다는 플래카드에 큰 건설 회사 이름이 여럿 적혀 있다. 재개발을 찬성하는 사람들은 어떤 건설 회사가 들어오느냐에 대해서도 계산기를 두드렸다. 아빠는 이 동네 사람들 열 명 중 아홉 명은 그 아파트로 못 들어갈 거라고 했다. 은화동 역시 은강동처럼 강화나 이북에서 피난 온 사람들, 전라도나 충청도에서 이농한 사람들이 많다. 재개발이 시작되면 아파트에 들어갈 돈이 없는 사람들은 동네를 떠나고, 이 동네에 담긴 삶의 시간들이 다 사라질 것이다. 은강방직 노동자들이 다녔던 노동 교회, 그 노동자들이 피로를 씻던 오래된 목욕탕도 마찬가지 신세다. 고달프고 가난했던 그 시간들을 지운다고 우리의 삶이 풍요로워질지 모르겠다.

마을버스가 전 정거장에 도착했다는 전광판을 보고 김치 통을 드는데 오토바이 한 대가 내 앞을 지나가며 요란하게 경적을 울려 댔다. 깜짝 놀라 뒤로 물러서자 안전모를 쓴 사람이 손을 들어 흔들었다. 미안하다는 건지, 놀리는 건지 모르겠지만 기분이 엉망이 되어 버렸다. 며칠 전에는 아파트 앞 삼거리에서 오토바이가 길을 막는 바람에 부딪칠 뻔했는데 얼핏 보니 그때 그 오토바이와 비슷했다. 벌써 세 번째다.

마을버스에 오르자마자 맨 앞자리에 앉아 있던 영민 오빠가 아는 척을 했다. 얼른 옆에다 김치 통을 내려놓았다.

"이모할머니네 갔다 오는 거야?"

"응. 이제 오빠도 딱 보면 아는구나."

"그럼."

"이모할머니가 오빠 김치도 챙겨 줬어."

"안 그러셔도 되는데."

오빠가 민망한 표정으로 머리를 긁적였다.

"우리 이모할머니 오지랖이야. 학교에서 오는 거야?"

"응. 너 앉을래?"

"아니."

마을버스가 은강중공업 앞 오거리에서 오른쪽 은화부두로 꺾었다. 아직 늦은 시간도 아닌데 불 켜진 데가 별로 없었다. 어렸을 때는 외할머니랑 이쪽으로 가끔 왔었다. 그때도 부두는 예전의 활기를 잃은 뒤였지만 부둣가에는 식당 몇 곳이 영업을 하고 있었다. 그중에 생선을 연탄불에 구워 주는 식당이 생각난다. 드럼통 안에 화로를 들이고 그 위에다 나무 판을 얹은 석쇠에 생선을 직접 구워 먹을 수 있었다. 은화부두는 은성포구처럼 주로 황해도에서 피난 온 어부들과 서해에서 한강을 따라 새우젓이나 농산물을 나르던 마포 어부들이 자리 잡은 곳이다. 엄마가 초등학생 때까지도 배가 수시로 드나들고 수협과 큰 어판장이 있었다고 한다. 어부들이 많으니 식당도 많고 드나드는 사람도 많았을 것이다.

"지우야, 너 여기 와 본 적 있어?"

영민 오빠가 나를 따라 창밖을 내다보며 물었다.

"응, 어렸을 때 외할머니랑. 풍어제 같은 거 할 때 자주 구경 왔어. 근데 여기도 많이 변했어. 저쪽 공장 뒤로 가면 은강동하고 비슷한 외주물집이랑 판잣집 들이 있어. 우리 외할머니 친구가 저 끝에 살았거든."

영민 오빠가 내 말에 고개를 끄덕이면서 하품을 했다.

"피곤해?"

"응. 과제 때문에 사흘을 거의 못 잤어."

"근데 또 편의점 야간 알바 하러 가야 하잖아."

"응."

"힘들겠다."

"괜찮아. 그래도 사장님이 배려해 준 덕이야."

"거기서는 세금 떼고 현금으로 알바비 받는 거야?"

"응. 그래야 사장님도 손해가 아니니까."

"아, 진짜. 그 법 안 바뀌나? 가난한 사람들 돕는 법이 왜 그렇게 까다로워?"

"그러게. 부양 의무제라도 없어지면 좋겠다. 나야 이제 한 학기만 버티면 되는데 보육원 후배들은 부양 의무제 때문에 계속 어려울 거라 걱정이야. 사회복지학을 전공하니까 이런 복지 제도의 허점에 대해 더 자세히 알게 돼서 고민이 많아."

버스에서 내려 집으로 걸어가며 조심스럽게 물었다.

"오빠는 졸업하면 어디 취직할 거야?"

"그것도 고민이야. 내가 가고 싶은 데가 있다고 갈 수 있는 것도 아니고. 작년에 졸업한 선배들 보면 취업이 쉽지가 않아."

나는 문득 지난번 담임과 했던 면담이 떠올랐다.

"그래도 사회 복지사 자격증이 있으면 좀 낫지 않아?"

"아니야. 사회 복지사가 좀 많아? 몇 년 전만 해도 서울에 있는 상위권 대학 사회복지과를 나온 애들은 대기업에 취업이 됐는데 요즘은 기업 복지팀이나 사회공헌팀에서도 경영학과 나온 애들을 주로 뽑는대. 그런 자리가 많지도 않고. 그래서 내 친구들 중에는 사회 복지 공무원 준비하는 애들이 많아."

"사회 복지도 공무원이야? 오빠는 그쪽으로는 생각 안 해?"

"공무원도 보람 있고 생활이 안정적이긴 하겠지. 그런데 나는 일단 취업을 해야 해. 시험 준비하려면 학원 다니느라 다른 일은 하기 힘들더라고. 내 형편으로는 어렵지. 계약직으로라도 일을 구하고 천천히 생각해 보려고."

"그럼 복지관 알아봐야 하나?"

"거기도 학벌이 좌지우지해. 처우가 괜찮고 근무 환경도 좋은 복지관은 가기 힘들어. 나는 다문화에 관심이 많아서 그쪽으로 갈까 생각 중이야."

"그것도 좋은 생각이다."

"그렇지?"

"난 오빠는 뭘 하든 잘할 거라 생각해."

"지우가 그런 말 해 주니까 되게 기분 좋은데?"

"그래? 그럼 앞으로도 계속 해 줄게."

우리 빌라 앞에 뜯어낸 누런 타일과 도배지가 눈에 들어왔다. 영민 오빠가 물었다.

"어느 집이 공사하지?"

"그러게?"

입구 계단을 올랐는데 1층 원룸 현관문이 열려 있었다. 오빠가 놀라며 목소리를 낮춰 말했다.

"이 집 영영 안 나갈 거라더니 누가 이사 오나 봐?"

영민 오빠가 문 안쪽을 흘끗거리며 말했다.

"어지간히 어려운 사람인가 보다. 이리로 이사 오는 거 보면."

5

집에 돌아와 문제집을 푸는데 잠이 쏟아졌다. 잠을 쫓기 위해 내 비밀 파일을 열었다. 그동안 이모할머니와 돌아가신 외할머니한테 들은 이야기들을 모아 놓은 파일이다. 언젠가부터 나는 이모할머니와 외할머니의 이야기를 소설로 쓰고 싶다는 생각을 하게 되었다. 처음에는 주로 할머니들 이야기를 모았는데 점점 사람이 늘어났다. 엄마, 아빠, 강이, 강이 할머니, 영민 오빠와 정민 언니, 여울이, 여울이 엄마……. 모두 저마다 소설책 한 권 분량의 이야기들을 품고 있다. 요즘은 그동안 모은 파일을 바탕으로 할머니 세대 때부터 이야기를 정리하고 있다. 입시가 코앞이지만 공부가 잘 안될 때면 나도 모르게 이 파일을 열게 된다.

옥자와 영자

옥자의 어머니는 황해도 연백, 아버지는 교동이 고향이다. 교동도는 고려 시대 때부터 간척한 땅이 넓어 대농들이 많았다. 옥자네 친가도 부농이어서 할아버지는 일본 유학까지 다녀왔다. 일본에서 사회주의자가 된 할아버지는 교동이나 강화의 교회에서 청년들을 가르쳤다. 당시 강화읍에는 방직 회사들이 많았는데 거기에서 일하는 노동자들을 대상으로 야학을 열기도 했다. 그러면서 남몰래 독립운동을 도왔다. 큰일을 하느라 가족을 돌보는 일에는 소홀했다. 그래서 그 너른 땅에서 농사짓고 사람을 부리는 일은 모두 할머니의 몫이었고, 아들인 옥자 아버지는 중학교만 겨우 졸업하고 집안일을 도맡아 해야 했다. 옥자 아버지는 나이 스물에 연백 출신의 옥자 어머니와 결혼했다. 그때는 교동이 강화가 아니라 연백에 속해 있었다. 그러다 한국 전쟁이 터졌다. 전쟁 와중에 좌익으로 몰려 숨어 다니던 옥자 할아버지는 행방불명이 되고 할머니는 화병으로 돌아가셨다. 전쟁을 거치며 친가는 풍비박산이 났고 옥자 아버지는 가족을 데리고 도망치듯 교동을 떠나 강화로 나왔다. 전쟁이 끝나자 연백은 북한 땅이 되었고 옥자 어머니는 친정 가족들과 영영 이별을 맞았다.

옥자네가 은강으로 나온 것은 옥자의 맏언니 미자가 고려궁지 아래 있던 방직 회사에 다니다 폐병으로 죽고 나서였다. 1958년

1월, 아직 돌이 채 되지 않은 옥자는 엄마 등에 업혀 은화동 산동네 움막집으로 왔다. 이삿짐을 풀자마자 둘째 언니 정자는 어머니와 함께 지금 자유아파트 자리에 있던 성냥 공장에 취직했다. 열네 살이었다. 그리고 아버지는 주로 은강부두에서 일했다. 그때는 미국에서 보내 준 원조 물자들이 인천항으로 들어왔다. 갯벌이 넓고 조수 간만의 차가 큰 인천 앞바다는 배들이 항구로 드나들기가 힘들어서, 먼바다에 세워 두고 작은 배로 물건을 날랐다. 옥자 아버지를 비롯한 한국인 노동자들이 은강부두로 들어온 옥수수 같은 구호물자를 다시 트럭에다 옮겨 실었다. 학력이 낮고 기술도 없는 은화동, 은강동 남자들이 은강부두에서 일했다.

그해 3월 옥자의 맏오빠 영환이 기계 공고에, 둘째 오빠 경환이 국민학교에 입학했다. 그러나 영자는 바로 집 앞에 학교가 있는데도 갈 수 없었다. 영자는 돌쟁이 옥자를 업고 밥을 했다. 고작 열 살이었다. 영자는 동생이 울면 혼자 어르고 달래다 지쳐 포대기로 업고 은화고개를 넘어 성냥 공장까지 갔다. 그러면 어머니가 눈치를 보며 공장을 빠져나와 젖을 물렸고, 옥자가 까무룩 잠이 들면 다시 업고 집으로 데려왔다. 영자는 학교에 다니는 남동생이 그렇게 부러울 수가 없었다. 고등학생이던 영환이 영자에게 한글을 가르쳐 주었다. 정자 역시 자기보다 어린 동생이 집안일을 하는 게 안쓰러워 월급날이면 풀빵을 사와 몰래 영자에게만 주었다.

은강으로 온 지 2년 만에 옥자 아버지가 리어카를 마련했다. 새

리어카에 막걸리를 뿌리며 고사를 드렸다. 어머니는 머지않아 곧 부자가 될 것처럼 아이들에게 조금만 더 고생하라고 말했다. 그런데 아버지가 그 리어카를 끌고 일하다 교통사고를 당했다. 인천항 근처에서 통운 회사 트럭이 아버지를 친 것이다. 허리와 골반 뼈, 허벅지 뼈까지 부러졌다는데 희한하게 리어카는 말짱했다. 통운 회사에서는 횡단보도가 아닌 데서 건너다 다쳤으니 아버지 잘못이라며 위로금 조로 얼마를 주고 말았다. 몇 달 동안 병상에 있던 아버지는 병원비를 감당 못해 다 낫지도 않은 상태에서 퇴원을 했다. 옥자는 큰 오라비가 아버지를 리어카에 싣고 오던 장면을 기억한다. 퇴원하고도 아버지는 꼼짝 못하고 누워 지냈다. 가끔 머리가 하얗게 샌 할아버지가 집으로 와 침을 놓고 갔다. 용하다고 소문이 난 침술사였다는데 아버지가 지팡이라도 짚고 다시 걷게 된 것은 그로부터 몇 년이 더 지난 뒤였다.

　기계 공고만 나오면 큰 회사에 취직해 집안을 일으키겠다던 영환은 아버지의 사고로 학교를 그만두고 조선소에 들어갔다. 어머니는 아들이 못내 안타까워 출근할 때마다 눈물 바람이었지만, 영환은 용접 기술을 배우면 남부럽지 않게 살 수 있다며 가족들을 위로했다. 옥자는 영환이 월급날 사 오던 오란다와 부채 과자를 어렴풋이 기억한다. 그러나 정작 큰 오라비의 얼굴이나 모습은 잘 떠오르지 않는다. 영환은 갓 스물이 되던 해에 세상을 떠났기 때문이다. 옥자는 큰 오라비가 바람이 많이 부는 날이면 일 가는 게 겁난다고 하던 걸 기억했다. 영환은 선측 철판을 용접하다가 발판에서 떨어져 죽었다. 옥자는 텔레비전 뉴스에서 노동자들이 떨어져 죽었다는 소식을 볼 때마다 세상이 이렇게 변했는데도 용접하는 이들의 안전에는 여전히 관심이 없는 것에 화가 났다. 아버지는 영환 앞으로 나온 보상금으로 지금 옥자가 살고 있는 집을 샀다. 방 두 칸에 다락 하나뿐이었지만 손바닥만 한 마당이 있어 은화고개 중턱에 있던 움막집에 비하면 궁궐 같았다. 어려운 형편에도 다섯째 경환은 중학교에 입학했고, 3년 뒤에는 형이 다니던 기계 공고에 진학했다. 영자는 동생이 중학교에 입학하던 날, 왜 자기는 학교에 보내 주지 않느냐고 따졌다. 어머니는 딸들은 어차피 남의 집 사람이 될 테니까 아들을 공부시키는 게 당연하다고 했다. 영자는 학교에 가는 대신 은강중공업 앞 설렁탕집에서 일했다. 설거지, 청소, 손님 접대까지 온갖 잡일을 도맡아 했지만 월급은 아버지가 다 가져갔다. 영자가 생각하기에 제 가족이 그나마 굶지 않고 사는 것은 순전히 어머니와 딸들 덕분이었다. 그런데도 집안을 이끌어 갈 사람은 아들이라고 하니 원통했다.

영자는 설렁탕집에서 일하면서 은강방직이란 곳을 알게 되었다. 영자의 꿈은 은강방직에 취직하는 것이었다. 악착스럽고 일머리가 좋은 영자는 사장 눈에 들었다. 황해도에서 피난 와 설렁탕집을 차린 사장은 얼마 안 되는 월급마저 아버지한테 빼앗기는 영자를 두 남두었다. 그래서 영자를 수도국이 있는 산 아래 공민학교에 입학

시켰다. 영자는 2년 동안 여섯 시면 퇴근해 학교로 가 열심히 배웠다. 아버지는 여자가 공부를 해서 뭐 하느냐고 타박했지만 이를 악물었다. 설렁탕집 손님들이 기특하다며 백 원 이백 원 주는 잔돈을 모아 은강방직에서 일하는 남자한테 촌지를 주고 취직할 기회를 얻었다. 어머니 아버지가 대기업에 취업했다고 엄청 좋아했다. 그러면서 셋째 정자를 시집보내겠다며 선 자리를 알아봤다. 성냥 공장을 그만두고 인천교 근처 신발 공장에 다니던 정자는 처음 선본 남자와 결혼했다. 군산에 있는 조선소에서 용접을 하는 남자였다. 정자는 결혼을 해서라도 집에서 벗어나고 싶어 했다. 다행인지 불행인지 정자의 남편은 큰 오라비처럼 일찍 죽지는 않았다. 그 대신 정자가 폐암으로 죽을 때까지 손찌검을 하고 부려 먹었다. 옥자는 언니 생각을 하면 가슴이 미어졌다. 정자 언니는 한 번도 행복한 적이 없었을 것만 같았다. 방직 공장에 다니던 큰언니 미자는 열다섯에 폐병으로 세상을 떠났으니 미자보다는 행복하다고 할 수 있을까. 옥자는 언니가 시집간 뒤 딱 두 번 봤다. 아버지 돌아가셨을 때랑 어머니 돌아가셨을 때. 언니가 살던 군산에 가 본 건 장례식 때가 처음이었다.

옥자는 영자 언니를 우러러보았다. 체육 대회나 미스 은강 대회를 할 때는 온 식구가 초대받았다. 하늘색 유니폼을 입은 언니가 멋있어 보였다. 그래서 자기도 크면 은강방직에 다니겠다고 마음먹었다. 옥자는 국민학교 졸업이 자기가 딸 수 있는 최종 학력임을 모르지 않았다.

영자는 은강방직에 다니던 시절이 가장 행복했다. 거기서 공민
학교 동창인 미순을 만났다. 미순은 영자보다 세 살 많았지만 처음
부터 죽이 잘 맞았다. 미순네 아버지도 영자네 아버지처럼 술과 도
박에 빠져 가족들한테 폭력을 휘둘렀다. 여자는 살림 밑천이라며
학교에 보내지 않고 일을 시킨 것도 비슷했다. 그래서 서로 의지를
많이 했다. 은강방직에 다니는 여공들은 다들 뼛속까지 가난한 처
지라 금세 마음이 통했다. 영자는 실을 뽑는 '정방'이라는 부서에
서 일했다. 일제 때부터 있던 공장이라 그런지 쓰는 말이 다 일본어
라 외우기가 힘들었다. 커다란 기계 수백 대가 돌아가는 소리가 너
무 시끄러워서 일하는 사람들끼리 말도 나눌 수 없었다. 소음 때문
에 담임이나 언니들이 하는 말을 알아듣지 못해 혼도 많이 났다.
영자보다 2년 먼저 은강방직에 입사한 미순의 도움이 아니었다면
적응하기 힘들었을 것이다. 정방은 솜에서 실을 뽑을 때 먼지가 엄
청 나와서 스펀지로 닦아 내지 않으면 30분도 안 되어 얼굴이 하
얗게 변했다. 실이 끊어지면 얼른 이어야 하니까 기계를 떠날 새가
없었다. 기계가 돌아가는 중에는 화장실도 제대로 못 가서 나중에
는 참다 못 해 기계 옆 마루에다 오줌을 쌌다. 실이 끊어지면 담임
한테 혼나니까 창피한 걸 참고 급한 일을 해결했다. 바지에 싸는
것보다는 나았다. 화장실도 제대로 못 가는 판이니 밥 먹는 시간이
넉넉할 리 없었다. 밥을 먹는다기보다 5분 안에 입에 쑤셔 넣고 일

을 했다. 한겨울에 반팔을 입고 일해도 온몸이 땀범벅이 될 정도로 더웠다. 발까지 땀이 차 무좀으로 고생하고, 먼지가 많으니 항상 가렵고 얼굴에 뭐가 났다. 또 화학 약품을 쓰니 냄새가 심해서 눈을 제대로 못 뜨기 일쑤였다. 영자는 특히 피부가 여린 편이라 여기저기 벌겋게 부어오르고 짓물렀다. 달거리할 때가 가장 곤혹스러웠다. 그때는 지금처럼 일회용 생리대가 없어 어머니가 소창을 끊어다가 만들어 준 생리대 겉에 비닐을 대고 옷핀이나 기저귀 고무줄로 속옷에 고정했다. 그런데 생리대를 갈러 갈 틈이 없으니 걸핏하면 생리 혈이 새어 나와 바지에 묻었고, 어쩌다 남자 직원이 그걸 보면 이맛살을 찌푸리며 버러지 보듯 했다. 그래도 회사에 다니는 게 설렁탕집에서 허드렛일을 할 때보다 재미있었다. 무엇보다 또래 친구들과 속 얘기를 하고 어울릴 수 있어서 좋았다. 영자는 야간 근무가 끝나는 날이면 친구들과 응봉공원이나 월미도로 놀러 갔다.

영자를 비롯한 여성 노동자들은 삼교대로 돌아가서 다른 부서의 기능공들이랑 마주치는 시간이 흔치 않았다. 그래도 어쩌다 낮 근무를 하면 점심시간에 잔디밭에서 축구나 배구를 하는 남자 직원들을 볼 때가 있었다. 그중에 영자의 눈에 띄는 남자가 생겼다. 키가 다른 사람들보다 훨씬 크고 얼굴이 반반했다. 미순은 그 남자가 바람둥이라는 소문이 자자하다며 마음 두지 말라고 했지만 영자는 자꾸 끌렸다. 첫 데이트 날 동방극장에서 영화를 봤는데 하필 제목이 '위험한 청춘'이었다. 영자는 옥자한테 자신의 운명이 영화 제목하고 똑같다는 한탄을 했었다. 당진이 고향인 남자는 중학교를 졸업하고 작은아버지네서 소 키우는 일을 돕다가 인천으로 오는 여객선을 타고 도망치듯 떠나왔다고 했다. 영자는 부모님이 안 계시다는 남자가 안쓰러웠다. 그 동정심이 자신의 발목을 잡으리라고는 생각하지 못했다. 남자는 처음 데이트한 날 영자를 자기 집으로 데리고 갔다. 영자는 그때까지 성교육이라는 것을 받아보지 못했고 그 흔한 에로 영화 한 편 본 적이 없었다. 그래서 남자가 다가오는 걸 어떻게 거부해야 하는지 몰랐다. 아침에 남자 집을 나와 골목 끝에 있는 공중화장실에 갔더니 속옷에 피가 묻어 있었다. 공장에서 만난 남자는 영자를 보고도 아는 척을 하지 않고 피했다. 미순은 원래 그런 남자라고 신경 쓰지 말라고 했다. 영자는 미순한테 남자와 같이 잤다는 얘기를 털어놓지 못했다. 그런데 그 뒤로 석 달이 넘도록 생리가 없었다. 남자의 집으로 찾아가 임신을 한 것 같다고 말하자 남자는 임신이 그렇게 쉬운 거면 자기는 벌써 애 여럿 딸린 아버지가 되었을 거라고 했다. 그러면서 어디서 다른 놈이랑 뒹굴었는지 어떻게 아느냐는 험한 말까지 했다. 며칠을 눈물로 보낸 영자는 미순에게 털어놓았다. 그리고 미순이 알려 준 싸리재 어디쯤에 있는 여관에서 아기를 지웠다. 열아홉 살이었다. 밤근무를 하고 나와 수술을 받고 그날 저녁 다시 출근하자 허리는 끊어질 것 같고 온몸이 퉁퉁 부어 왔다. 식은땀을 흘리며 야간 근무를 했다. 어머니에게는 말하지 못했다. 그러고 얼마 뒤 아버지가 간경화로 세상을 떠났다. 조문객을 받기 위해 고등학생이던 남동생 경환과 천막을 치는데 진눈깨비까지 내렸다. 아버지가 죽은 게 슬퍼서가 아니라 자신의 처지가 서러워 눈물이 자꾸 쏟아졌다. 그런데 그 장례식장으로 남자가 찾아왔다. 그러고는 말없이 궂은일을 도맡아 했다. 삼우제를 치른 뒤 남자가 영자에게 사과했다. 아무것도 가진 게 없어서 겁이 났다고 눈물을 흘렸다. 영자의 마음이 또다시 흔들렸다. 그리고 사십구재가 끝나자마자 남자 집으로 들어갔다. 남자 집에는 고등학교를 졸업한 남동생이 와 있었다. 1년을 시동생과 한방을 쓰며 살았다. 그 와중에도 임신을 하고, 이듬해에 딸을 낳다. 스무 살이었다. 남자는 영자가 딸을 낳자 몹시 서운해했다. 그리고 딸이 백일도 되기 전에 아들이 갖고 싶다며 밤마다 영자를 겁탈하듯 덮쳤다. 뼈대 있는 집안의 종손도 아니고, 물려줄 재산도 없는 사람이 아들, 아들 하는 게 싫었다. 그런데 이상하게 임신이 되질 않았다. 속으로는 다행이다 싶으면서도 다시 걱정이 되었다. 더구나 생리 때가 아닌데도 피가 비치고 허리와 배가 심하게 아파 왔다. 참고 참다 병원에 갔더니 염증이 너무 심해 자궁을 들어내야 한다고 했다. 그때 영자의 나이가 겨우 스물두 살이었다. 의사는 몸이 그 지경이 되도록 참았느냐며 한숨을 쉬었다. 그 뒤로 남자는 집에 들어오지 않는 날이 잦아졌다. 자궁이 없는 여자는 여자도 아니라면서 폭언과 폭력을 휘둘렀다. 생활비도 제대로 주지 않았다. 영자는 은강중공업 뒤 부둣가에서 굴을 까던 어머니한테 부탁해 일을 얻기 시작했다. 젖먹이를 데리고 부두에서 일할 수는 없어서 굴을 포대째 가져와서 부엌에 쭈그리고 앉아 깠다. 영자는 딸 경순을 혼자 키우다시피 하면서도 어머니를 설득해 막냇동생 옥자를 중학교에 보냈다. 옥자는 영자 딸 경순이 세 살이 되던 해에 중학생이 되었다. 영자는 중학교 교복을 입은 동생을 보고 눈물이 났다. 옥자만큼은 자기처럼 살지 않기를 바랐지만, 옥자마저 졸업은 하지 못했다. 옥자가 중학교 3학년이던 늦가을에 어머니가 덕적도로 굴을 따러 갔다가 바위에서 미끄러져 크게 다쳤다. 고등학교를 졸업한 경환은 군대에 있을 때라 옥자가 병간호를 도맡았다. 그 무렵 이미 집을 나가 다른 살림을 차리고 있던 남자가 아직 취업할 나이가 안 된 옥자를 다른 사람의 주민 등록 등본으로 취직시켜 주었다. 그때는 그런 일이 흔해서 회사에서도 몇 년에 한 번씩 진짜 주민 등록으로 바꿀 기회를 주었다. 영자는 남자가 그걸 빌미로 유세라도 부릴까 걱정스러우면서도 한편으로는 안심이 되었다. 군대에서 전역한 경환은 고등학교 선배 소개로 선원 학교를 수료하고 원양 어선을 탔다. 공고 목공과를 나와서는 취업할 데가 마땅하지 않았다. 그때 은강동이나 은화동에는 원양 어선을 타다 하와이나 라스팔마스, 상파울루 같은 도시에 정착하는 청년들이 종종 있었다. 경환도 옥자가 은강방직 해고 노동자가 되었을 때 스페인의 라스팔마스에 정착했다. 어머니 아버지는 아들이 집안의 기둥이라고 여겼지만 어느 아들도 집안의 기둥이 되지는 못했다.

옥자가 은강방직에 들어갔을 때는 영자가 다닐 때와 달리 기숙사와 샤워실이 생겼고, 점심시간도 제대로 지켰다. 옥자는 그게 노동조합에 여성 지부장이 당선되면서 얻어 낸 것인 줄 모르고 회사가 다 알아서 해 준 줄로만 알았다. 당시에 은강방직은 다른 회사보다 규모가 크고 월급도 센 편이었다. 입사하려면 키가 155센티미터는 넘어야 한다는 조건이나 3개월 수습 기간 같은 규정들이 조직적이고 꽤 세련되어 보였다. 그것이 다 허상이라는 사실을 아는데에는 오래 걸리지 않았지만 말이다. 옥자는 처음에는 노동조합에 별로 관심이 없었다. 할아버지에 대한 기억 때문에 아버지는 '빨갱이'라는 말에 유난히 예민했다. 그래서 영자와 옥자는 그때만 해도 반공정신이 투철했다. '민주주의'라는 말이 빨갱이와 같은 말처럼 들렸다. 그런데 옥자가 은강방직에 들어간 이듬해에, 공석이 된 노조 지부장을 뽑는 일로 사달이 벌어졌다. 정문 옆 노조 사무실 앞에서 시위를 하는데 경찰들이 온다는 소문이 들리자 언니들이 옷을 벗기 시작했다. 옥자는 울면서 팬티와 브래지어 차림으로 노래를 부르는 언니들을 보며 뭔가에 얻어맞은 것 같았다. 저 정도로 온몸을 바쳐 싸우는 데에는 이유가 있으리라고 생각했다. 파업을 주도하는 선배 언니들이 우러러보였다. 입사하는 순간 저절로 노조에 가입이 되긴 했지만, 언니들을 따라 은화동에 있는 교회에 가서 목사님의 설교를 듣고 꽃꽂이나 요리 같은 것도 배우고 선배들에게 교육을 받으며 비로소 자기도 노동조합의 일원이 되었다는 기분을 느꼈다. 옥자는 선배들과 이야기하고 목사님을 만나면서 세상 보는 눈이 밝아졌다. 옥자의 친언니들은 가난에 짓눌려 있었다. 물론 노조에서 만나는 언니들 개개인의 삶은 친언니들 못지않은 사연들이 있었지만 동등한 동지로 만나니 뭔가 달랐다. 옥자가 노동조합 활동을 하는 걸 안 영자의 남편은 노동 교회에 발을 끊으라고 으름장을 놓았다. 어머니한테도 옥자가 도시산업 선교회에 물들어 빨갱이가 되었다며 겁을 주어, 어머니는 옥자가 집 밖으로 나가지 못하게 막았다. 그러나 옥자는 노동조합을 그만둘 생각이 눈곱만큼도 없었다. 똑똑했던 막내가 중학교를 졸업하지 못한게 안타까웠던 영자도 동생이 노조를 하며 더 똑똑해지고 심지도 굳건해진 것 같아 좋았다. 남자는 영자에게 옥자가 노조를 그만두게 하라며 협박했지만 영자는 옥자의 활동을 지지했다. 영자의 딸경순이 초등학생 때 은강방직의 노조 탄압이 극에 달했다. 회사는 남자 직원과 용역을 동원해 노조 선거를 방해하고, 공장에 있는 오래된 재래식 화장실에서 똥을 퍼다가 여성 노동자들에게 뿌렸다. 옥자는 경찰들이 회사의 폭력을 막아 줄 거라 믿고 도와달라고 했지만, 경찰이 보호하는 것은 노동자들이 아니라 회사였다. 더 기가막힌 일은 똥물을 뿌리는 남자 직원 중에 영자의 남편이 있었다. 옥자는 형부가 앞장서서 자신들에게 똥물을 뿌린 것이 부끄럽고화가 났다. 영자는 옥자한테 그 이야기를 전해 듣고는 이혼을 결심했다. 오래전부터 바라 왔지만 가난한 딸한테 아버지마저 빼앗는 것 같아 참고 있었다. 그러나 옥자에게 한 일을 알고 더는 참을 수가 없었다. 남자에게 이혼 얘기를 꺼내자 사정없이 주먹이 날아들었다. 영자는 맞으면서도 딸을 지켜야 한다는 생각뿐이었다. 고막이 터지고 달팽이관까지 망가졌다. 응급실 간호사가 가정 폭력 같다며 사진을 찍고 진단서도 떼 놓는 게 좋겠다는 충고를 해 주었다. 딸을 데리고 집을 나온 영자에게 도움의 손길을 내민 사람이 은혜 엄마였다. 옥자가 노조에서 만난 언니 동생 들과 친자매처럼 지냈듯이, 영자에게는 은강방직에서 친구가 된 미순과 은강동으로 시집와서 만난 은혜 엄마가 있었다. 어쩌다 보니 셋 다 부모 복은커녕 남편 복도 없어 홀로 자식을 키우는 처지였다. 영자의 남편은 경순이 중학생이 됐을 때 이혼 서류를 들고 왔다. 같이 살던 여자가 아들을 낳았다고 했다. 영자는 이혼을 해 주면서 절대 딸 앞에 나타나지 말라는 조건을 붙였다. 만에 하나 아비 노릇 하려고 들면 가만 안 두겠다고. 딸한테도 너는 원래 아비 없는 자식이라고, 내가 혼자 낳아 혼자 키웠으니 오로지 내 딸이라고 말했다. 경순도 아버지를 아버지로 생각한 적이 없다고 했다. 영자는 항상 남자보다 여자들이 더 강하다는 말을 입에 달고 살았다. 은혜 엄마나 미순이 언니만 봐도 그랬다. 홀로 아이를 키우기 위해 굴을 까고 배 페인트칠도 같이 다녔다. 배를 빙 돌아 가며 두드려 녹을 벗겨 내고, 사포로 쓸고, 거기다 페인트칠을 몇 겹 하는 과정은 여간 힘든 일이 아니었다. 목장갑을 껴도 구멍이 뚫리고 손톱이 닳았다. 배 밑창까지 그 작업을 하려면 며칠 밤을 새워야 했다. 남자들도 한나절을 못 버티는 일을 영자와 은혜 엄마, 미순은 몇 년이나 해내며 자식들을 돌봤다.

옥자는 똥물 사건에 항의하며 명동성당에서 단식 투쟁을 했다. 겁이 나고 무서웠지만, 혼자가 아니라 동료들과 함께여서 버틸 수 있었다. 단식을 하는 동안 회유와 협박이 많았다. 복직을 하려면 노동조합을 하지 않겠다는 서명에 동의하라는 으름장을 들었지만 그런 복직이라면 하고 싶지 않았다. 부모님과 종교 단체까지 회유를 해서 단식을 풀었지만 끝내 해고가 됐다. 그 뒤로는 노동 교회에서 먹고 자면서 복직 투쟁을 했다. 몇 년을 죽기 살기로 싸우다 선배들이 하나둘 결혼하면서 옥자처럼 어린 후배들만 남게 되었다. 처음에는 교회나 해외 인권 단체에서 도와주는 돈으로 싸웠지만 계속 그럴 수는 없었다. 옥자를 비롯한 은강방직 해고 노동자들은 길고 긴 싸움이 되리라 생각하고 다시 일자리를 알아보러 다녔다. 그런데 블랙리스트에 올라 다른 데에 취직조차 할 수 없었다. 그릇 회사, 버스 회사, 신발 회사 안 찾아가 본 데가 없었으나 은강방직 해고 노동자라는 게 들통나면 며칠 혹은 몇 달 만에 쫓겨났다. 정치 깡패들도 수시로 옥자와 동료들을 감시하고 위협해 사는 게 살얼음판 위를 걷는 것 같았다. 그저 노동자로 사람대접을 받으며 살겠다고 했을 뿐인데 그렇게 탄압이 지속되니 순간순간 절망이 찾아왔다. 그때 은강방직뿐 아니라 여기저기서 노동조합을 하다가 해고된 노동자들이 서로 힘이 되어 주었다. 그나마 옥자는 어머니가 돌아가셔서 더는 부양할 가족이 없었지만 집안의 가장 노릇을 해야 했던 동료들은 옥자보다 더 힘든 날들을 보냈다. 옥자와 동료들이 그 시절의 진실과 마주하는 데 20년이란 시간이 필요했다. 정권이 바뀐 뒤 민주화 운동에 대한 보상 절차가 마련되었다는 소식을 듣고 옥자와 동료들이 다시 만났다.

이모할머니와 외할머니한테 들은 얘기들을 쭉 정리한 글을 읽다 보면 나라면 어땠을까 하는 생각을 하게 된다. 커다란 기계 사이에서 솜털로 범벅이 된 채, 방광이 빵빵해지도록 화장실에 가지 못하고, 생리대도 제때 갈지 못하면서 일하는 상상만으로 식은땀이 흐른다. 똥물을 뒤집어쓰는 순간을 떠올리면 분노와 수치심이 치밀어 오른다. 그 현장을 소설을 통해 보았을 때와 내가 상상하며 글로 옮길 때 느끼는 감정의 깊이가 다르다. 그래서 나는 쓰기로 한다. 이모할머니와 엄마, 그리고 내게로 이어지는 삶의 시간을.

6

토요일 자습은 지루하기 짝이 없다. 오늘처럼 미세 먼지가 물러간 오후면 엉덩이가 저절로 들썩거린다. 창밖으로 보이는 은행나무에는 연둣빛 새순이 꽃처럼 피어났다. 밖으로 뛰쳐나가고 싶은 걸 참고 교실을 둘러본다. 눈을 문제집에 고정시키고 열심히 공부하는 아이들은 다섯 손가락을 채울까 말까다. 아침부터 내내 엎드려 자는 아이들이 대부분이다. 뒤늦게 대학을 포기하고 미용으로 진로를 바꾼 아이는 네일 미용사 시험 기출문제집을 풀고 있고, 더러는 스마트폰으로 웹툰을 본다. 성적이 좋은 상위권 아이들은 면학실로 가 쾌적한 환경에서 공부하니 교실에 남은 아이들끼리 학습 분위기가 잘 잡히질 않는다. 아직도 '인 서울'의 꿈을 버리지 못하고 학원으로 과외로 뺑뺑이를 도는 아이들이 있는가 하면, 나 같은 어중이떠중이들은 이렇게 화창한 토요일 오후까지 자습을 한다. 오늘처럼 생리통이 심한 날은 담임 눈치를 보지 않고 조퇴하고 싶은 마음이 굴뚝같다. 화장실에서 생리대를 갈고 나오는데 강이에게서 메시지가 왔다.

—학교야?

—응.

—몇 시에 끝나?

—5시.

—5시까지 있을 거야?

—그럼. 왜?

—나 정민 언니랑 있다.

—?

—정민 언니가 월급 타면 쏘기로 했었잖아. 그게 오늘이야. 너도 오래.

—어디야?

—여기 상상마을.

—상상마을? 너 알바는?

—사장이 아들 태권도 발표회 때문에 서울 간다고 쉰대. 이런 날 없다.

강이한테는 확실히 대답하지 않았지만 화장실에서 나와서는 곧장 교무실로 갔다. 담임 선생님한테 생리통이 심해 집에 가야겠다고 했더니 고3이 생리통 때문에 자습에 빠지느냐며 굳이 내

모의고사 성적을 들먹였다. 어깃장이 나서 고3 때는 생리도 멈추면 좋겠다는 말을 했다가 싫은 소리를 몇 배로 듣고 나왔다. 언니는 늘 나더러 하고 싶은 말이 있어도 먼저 침 한 번 삼키라고 했다. 그러면 굳이 안 해도 될 말은 삼켜진다고. 그러나 나는 항상 침을 삼킬 새가 없이 하고 싶은 말이 먼저 튀어나온다. 어쨌든 학교 밖으로 벗어나니 생리통도 약해지는 것 같다. 버스를 탈까 하다가 걷기로 했다. 응봉산 동쪽 기슭에 있는 우리 학교에서 서쪽 기슭에 있는 상상마을까지는 고작 10여 분 거리다. 산등성이에 아슬아슬하게 세워진 빌라 단지를 지나면 낡은 개량식 한옥들이 남아 있는 산동네가 나온다. 그 건너편으로 재래시장과 수십 년 된 아파트가 위태롭게 서 있다. 주택 조합이 결성되고 대형 건설 회사가 재건축을 한다더니 무산되었다. 금세 무너질 것 같은 아파트에는 아직 사람이 살고, 아파트 앞 재래시장은 녹슨 셔터들이 내려져 있거나 유리문 군데군데가 깨어진 채 방치된 상태다. 차이나타운 입구의 금빛 아치 아래로 들어서는데 공원에서 이어지는 가파른 내리막길로 오토바이 한 대가 쏜살같이 내려와 바로 내 앞을 지나갔다. 한 발짝이라도 먼저 내디뎠더라면 부딪칠 뻔했다. 벌써 다섯 번째다. 고가를 올라가는 오토바이 번호판을 외워 얼른 스마트폰 메모장에 입력했다. 월요일에 반드시 신고를 하리라 마음먹었다.

응봉산 서쪽 기슭에는 개항기 때 지은 외국인 저택과 일제 강점기 때 은강방직 일본인 직원들이 살았던 사택이 있다. 그 밑에는 빌라와 주택이, 더 아래로는 우리 동네 외주물집을 닮은 집들이 골목골목 자리 잡고 있다. 이 기슭에 상상마을이 들어선 건 2년 전쯤이다. 골목 어귀부터 백설 공주와 일곱 난쟁이, 신데렐라, 미키 마우스 따위의 플라스틱 조형물이 뜬금없이 서 있고, 계단이나 담에는 오즈의 마법사, 인어 공주, 피노키오 그림들이 그려져 있다. 이름은 상상마을인데 상상은 없고 애니메이션 주인공들이 동네를 국적 불명의 값싼 테마파크로 만들어 놓았다. 3년 전엄마 아빠 결혼 20주년 기념 여행 때 갔던 부산의 감천마을과 통영의 동피랑마을에도 벽화가 그려져 있었지만 이렇게 어색하지는 않았다. 마을의 역사와 삶을 품지 않은 벽화는 동네와 어울리지 못하고 겉돌았다.

정민 언니와 강이가 있다는 카페는 유명한 배우의 사진으로 도배가 되어 있었다. 친구들 사이에서 인기 있는 카페다. 빙수를 먹고 있던 정민 언니가 지갑을 들고 일어서며 물었다.

"지우는 뭐 먹을래?"

"이거 같이 먹지 뭐."

"왜 먹던 걸 먹어. 오늘은 내가 쏘는 거야."

강이가 내게 눈짓을 했다.

"그럼 나는 자몽 주스."

정민 언니가 주문을 하러 간 사이, 강이가 언니에게 친절하게 대하라고 말했다. 강이는 누구에게든 배려가 깊지만 정민 언니를 특별히 챙긴다. 언니가 내게 주스를 내밀면서 쑥스러워했다.

"여기 궁금했는데 이제야 와 보네. 사진 좀 찍고 차이나타운 가서 저녁 사 줄게."

"사진?"

"응. 이 카페 사진 잘 나오는 데로 유명해."

정민 언니가 스마트폰을 꺼내 SNS를 검색해 우리에게 내밀었다.

"봐, 우리 어린이집 선생님들도 여기 자주 오거든. 그래서 꼭 이렇게 사진 찍고 싶었어. 이 등 아래에서 저기 바깥 풍경이 보이게."

"그래? 그럼 내가 찍어 줄게."

정민 언니와 강이는 서로 사진을 찍어 주며 즐거워했다. 주위 사람들이 우리를 보기라도 할까 봐 뒷목이 간지러웠지만 두 사람은 아랑곳하지 않았다. 정민 언니와 강이가 사진을 여남은 장 찍고 나서야 카페를 나왔다. 주말이라서 그런지 골목마다 인파가 붐볐다. 특히 커플로 보이는 젊은이들이 많았다. 예전에는 평범한 주택가 소방 도로였던 오르막길을 따라 카페와 분식집, 소품 가게 들이 줄지어 들어서 있었다.

"사람 진짜 많다."

"이런 데는 사람들이 많아야 제맛이지."

강이와 정민 언니가 알라딘과 재스민 공주를 본떠 놓은 조형물에 얼굴을 들이밀고는 사진을 찍어 달라고 했다. 마지못해 스마트폰을 받아 드는데 강이가 볼멘소리로 말했다.

"야, 최지우. 얼굴 펴. 이런 데 와서는 여기에 맞게 노는 거야."

나랑 다닐 때마다 쓸데없는 풍경 사진만 찍어 댄다고 투덜거리던 강이는 오랜만에 마음 맞는 친구를 만나 들떠 있었다. 정민 언니와 강이는 2층 벽돌 건물을 색색의 바람개비로 꾸민 '바람개비 집'이라는 데서 사진을 찍겠다고 골목으로 들어갔다.

"저기가 핫 스폿이야."

정민 언니가 가리키는 곳에 사람들이 줄을 서 있었다. 한 커플이 바람개비 집으로 올라가는 길 옆의 외주물집 댓돌을 들더니 그걸 놓고 사진을 찍기 시작했다. 여자와 남자가 번갈아 가며 찍고는 댓돌을 그대로 둔 채 내려왔다. 강이는 두 남녀가 보이지 않을 때까지 기다렸다가 댓돌을 제자리에 돌려 놓았다. 그런데 그때 방문이 열리더니 허리가 굽은 노인이 문밖으로 얼굴을 내밀고는 버럭 화를 냈다.

"그 댓돌은 왜 또 건드려?"

강이가 당황해서 제대로 변명도 못 하고 쩔쩔맸다. 내가 얼른 다가가 상황을 설명하자 할머니가 누그러진 얼굴로 집 밖으로 나왔다.

"아이고, 미안하게 됐수. 내 하도 성가셔서 그래. 이 상상마을인지 뭔지 땜에 시달려서 죽겠수다."

"저런 일이 자주 있어요?"

"말도 마. 주말에는 저 팔랑개비 집 사진 찍는다고 여기까지 줄을 서. 어떤 사람들은 우리 집 방문까지 벌컥 연다니까. 원래 이 동네가 6·25 때 피난 온 사람들이 모여 살던 동네라 서로 가족처럼 살았어. 어디 갈 때도 문 닫고 가는 법이 없었다고. 내 자식, 남의 자식 없이 돌보면서 살았는데 이제는 집에 있으면서도 문을 걸어 잠그고 지내. 큰길가 집들은 팔고 다른 데로 이사라도 가지. 우리야 죽을 때까지 이러고 살아야 해."

할머니가 들어간 뒤 할머니 신발을 댓돌 위에 가지런히 놓고 돌아 나왔다. 해가 은강역 뒤로 뉘엿뉘엿 넘어가고 있었다.

"우리 차이나타운 가서 짜장면 먹자. 나 백짜장 먹고 싶어."

정민 언니를 따라 차이나타운까지 갔지만 거기도 주말이라 발 디딜 틈이 없었다. 할 수 없이 차이나타운에서 좀 벗어난 화교 학교 너머 만둣집으로 갔다. 아빠랑 가끔 왔던 데다. 중국 동포인 아줌마가 하는 곳인데 제법 맛있고 저렴하다. 가장 인기 있는 샤오롱바오와 새우만두, 군만두를 시켰다. 정민 언니가 물었다.

"지우야, 여기가 맛집이야?"

"응. 우리 아빠 말로는 SNS 맛집으로 유명하대. 서울서도 온대."

"그럼 우선 사진부터 찍고 먹자. 나 이런 게 소원이었어. 맛집 가서 사진 찍어서 SNS에 올리는 거. 내가 아까 카페 사진 올렸더니 벌써 '좋아요'가 마흔 개야."

"아, 그렇구나."

내 대답이 시큰둥하게 들렸는지 언니 얼굴에 서운한 기색이 드러났다. 우리는 만두를 다 먹을 때까지 별말을 나누지 않았다. 그런 불편함을 견디지 못하는 강이가 마지막 새우만두를 입에 욱여넣으며 정민 언니에게 뜬금없이 물었다.

"언니, 어린이집 선생님 한 지 1년 넘었지?"

"응. 나 졸업하자마자 시작했으니까."

"그래서 그런가. 이제는 선생님 티가 팍팍 나. 지우야, 너는 어때?"

강이가 언니 몰래 내 무릎을 발로 찼다. 나는 억지로 웃으며 맞장구를 쳤다.

"어? 나도 그래. 언니 진짜 선생님 같아."

정민 언니가 고개를 들어 나와 강이를 보며 수줍게 웃었다.

"진짜?"

"응. 목소리부터 딱 유치원 선생님 스타일이야."

강이는 천연덕스럽다. 어휘력이 그다지 좋은 편도 아닌데 듣는 사람이 기분 좋을 말을 잘 고른다. 어떨 때는 민망스러울 정도로 상대방을 추어주고 귀에 달콤한 말을 아무렇지도 않게 한다. 이런 어색한 순간에는 강이의 그 천연덕스러움이 장점이 된다. 다행히 정민 언니는 강이의 칭찬을 별 의심 없이 넙죽 받았다.

"강이가 그런 얘기 해서 말인데, 나도 내가 점점 선생님이 되어

가는 거 같기는 해."

"와, 언니도 느끼는구나. 어떤 점이?"

강이는 언니 말에 계속 장단을 맞췄다.

"솔직히 나 성적 따라 아동보육과 간 거잖아. 그래서 내가 애들을 잘 볼 수 있을까 걱정이 많이 됐어. 나도 다른 친구들처럼 유아 학습지 교사를 할까 했거든. 근데 교수님이 여기 이력서 넣고 면접 한번 보라는 거야. 우리 학교 졸업생만 셋이고 다른 사람들도 있었는데 붙었더니 다들 운이 좋다고 그랬어. 나는 공립 가는 게 그렇게 힘든 줄 진짜 몰랐거든."

"뭐든 공립은 다 좋지."

앞뒤 없는 강이 말에 정민 언니는 또 고개를 끄덕였다.

"처음엔 되게 힘들었는데 조금씩 보람 같은 게 느껴져. 나는 네 살 때부터 보육원에서 살았잖아. 아기들 보면 내 생각이 나. 아기들이 어린이집에 처음 올 때는 엄마나 할머니랑 안 떨어지려고 막 울어. 그런 아기들 보면 내가 잘해 줘야겠다 싶어."

"그렇구나. 언니는 아기들 마음을 누구보다 잘 알겠다."

강이 말에 언니 얼굴이 슬퍼졌다.

"그렇지."

강이가 정민 언니 눈치를 보며 물었다.

"그럼 힘든 점은? 뭐가 가장 힘들어?"

정민 언니가 화난 얼굴로 대답했다.

"민원. 민원이 제일 힘들어."

"민원? 그게 뭐야?"

"말하자면 엄마들이 어린이집에다 불만을 말하는 거지. 반찬이 너무 부실하다. 왜 애가 싫어하는 거 억지로 먹이냐. 애가 어린이집에 가기 싫어하는데 혹시 너무 무섭게 대하는 거 아니냐. 왜 우리 애는 안 예뻐하고 다른 애만 예뻐하느냐."

"정말?"

"응. 애들이 야외 놀이 하다가 넘어지고 친구들끼리 다투기도 한단 말이야. 그러다 상처가 나거나 멍도 들거든. 그럼 엄마들이 득달같이 전화해서 애들 안 보고 뭐 했느냐고 따져. 우리가 이러이러해서 그랬다 죄송하다 사과를 해도 맘 카페에 올릴 거라고 으름장을 놔. 그러면 우리는 재미있는 프로그램을 하려다가도 혹시 애들 다칠까 봐 신경 쓰게 되고. 그게 사실 애들한테 손해거든."

정민 언니는 안 물어봤다가는 섭섭했을 것처럼 여러 가지 이야기를 쏟아 냈다. 나는 언니의 말에 충분히 공감할 수 있었다. 얼마 전에 엄마도 한밤중에 전화를 받았다. 돌봄 교실에 다니는 아이 엄마가 자기 아이 손등에 할퀸 자국이 있다고 따지는 연락이었다. 아이들이 서로 다투다 생긴 상처라고 설명해도 그 책임을 돌봄 강사인 엄마에게 떠넘기며 추궁했다. 정민 언니가 말을 이었다.

"어린이집에 다니면서 알게 된 게, 사람들이 진짜 이기적이라는 거야. 다 자기 애만 특별해. 우리 애는 원래 예민하다. 큰 소리

내면 놀라니까 살살 말해 달라. 어린이집에서는 훈육 같은 거 하지 말고 사랑으로 대해 달라. 근데 애들 중에는 친구를 때리는 애들도 있고, 장난감을 혼자 갖겠다고 떼쓰는 애들도 있어. 그럼 규칙은 가르쳐야 하잖아. 애들 데리고 밥 먹이고 재우기만 할 수 없잖아. 그건 진짜 보육이 아니니까. 나는 보육이 교육이랑 다르다고 생각하지 않거든? 그런데 우리더러 교육은 하지 말고 보육만 하래."

"와, 그런 말까지 해?"

"응. 지난번에 텔레비전에 어떤 어린이집에서 아이를 학대한 게 나온 뒤로 교실마다 CCTV를 설치했어. 원장님이 하루 종일 그걸 보면서 우릴 감시해. 한번은 아이 팔뚝에 밥풀이 묻어서 내가 떼 주고 있는데 원장님이 달려와서 왜 꼬집느냐는 거야. 걸핏하면 민원이 들어오니까 긴장한 원장님 입장은 이해가 가는데 선생님들을 안 믿으면 어떻게 해."

"와, 진짜 대단하다. 그 정도인 줄 몰랐어."

"그런데 우리 어린이집 선생님들 중에도 아이가 있는 분들은 그게 또 이해가 된대. 언론에 문제 있는 어린이집이 하도 많이 나오니까 엄마들이 불안할 거래. 그래도 서로 믿지 않으면 아이를 맡기고 돌보는 게 어렵잖아. 우리를 자꾸 의심하면 솔직히 위축되거든. 아무리 보육비를 내고 보내는 거라고 해도 고마워하는 마음으로 존중해 주면 좋잖아. 근데 안 그래."

대학을 졸업한 뒤 온갖 종류의 돌봄 일을 해 온 엄마가 늘 말했다. 우리 사회는 돌봄이 중요하다고 떠들면서 돌봄 일 하는 사람들은 전혀 존중하지 않는다고. 돌봄 일을 하는 사람들이 남성이었다면 사회적 지위가 달라졌을지 모른다고 말이다. 시민운동가로 일하는 아빠의 수입으로는 생활할 수가 없어서 엄마는 나와 언니를 키우면서 갖은 아르바이트를 전전했다. 이모할머니 말로는 연우 언니를 낳고도 백일 만에 방문 과외를 나갔다고 했다. 언니가 학교에 입학한 뒤에는 아빠도 학원 강사를 하기 시작했지만 여전히 짬을 내서 지역 인터넷 신문 객원 기자, 시민 단체 반상근 간사 일을 하며 운동을 계속했다. 그 대신 엄마는 인터넷 강의나 단기 교육 과정을 수료하며 청소년 지도사, 보육 교사, 사회 복지사 같은 자격증을 그러모았다. 그러나 엄마가 딴 자격증들은 아빠의 운동과 다름없이 우리의 삶을 크게 바꾸지는 못했다. 몇 년 전 엄마는 방송 통신 대학교 유아교육과를 졸업했다. 일을 하면서 우리 건사하랴, 공부하랴 잠도 제대로 자지 못했다. 그러나 여전히 엄마의 일자리는 불안정했다. 엄마를 보면서 유아교육이나 사회복지학과 같은 데는 가지 말아야겠다고 생각했는데 정민 언니를 보니 그 결심이 더 확고해졌다.

"언니, 아까 보람도 있다고 그랬잖아. 어떨 때 보람이 느껴져?"

어느새 강이는 진짜로 보육 교사에 관심이 생긴 것 같았다.

"음, 우리 어린이집에는 다문화 가정이 많아. 한 부모 가정이나 조손 가정 아이들도 많고. 그 애들이 어린이집 와서 적응하는 모습을 보면 보람이 느껴지지.”

“언니네 어린이집에도 다문화 가정 애들이 많구나.”

“응. 2층 사는 가람이, 자람이도 우리 어린이집 다녀. 걔네들 덕분에 가람이 이모랑 친구 됐잖아.”

“가람이 이모 한국말 정말 잘하더라.”

“그렇지? 란이는 유튜브로 한국어를 배웠대.”

“에이, 말도 안 돼.”

“진짜야. 여기 오기 전에 한국 공장에 다니기는 했는데 그것보다 유튜브가 더 도움이 됐다던데?”

강이 눈이 휘둥그레졌다.

“언니, 나 그 언니 만나게 해 줘. 유튜브로 어떻게 외국어를 배웠는지 물어봐야겠다.”

“그래. 란이도 친구들 사귀고 싶어 해.”

만두 가게를 나와 다 같이 집까지 걸어가기로 했다. 차이나타운과 상상마을을 지나 고가 앞을 건너는데 또 한번 오토바이가 쌩하고 지나갔다.

“어, 김수찬이다.”

강이 말에 놀라 물었다.

“김수찬?”

“쟤 우체국 옆 짜장면집에서 일해. 가끔 우리 동네에서 마주쳐.

아까도 상상마을 입구에서 봤어."

"김수찬이라고? 저 오토바이 주인이?"

"응. 근데 쟤 학교 안 다니는 거 같아. 완전 양아치야."

몇 주 동안 계속 겁을 주던 오토바이의 주인공이 김수찬이라는 말에 분노가 호기심으로 바뀌었다.

7

내가 봉사를 나가는 지역 아동 센터는 은강방직 건너편에 있다. 어렸을 때 우리가 다녔고, 지금 정민 언니가 교사로 일하는 어린이집과도 가깝다. 지역 아동 센터에서 자원봉사를 하게 된 것은 남다른 뜻이 있어서는 아니다. 나처럼 생활 기록부가 빈약한 아이들은 봉사라도 해서 매수를 늘려야 한다는 언니의 충고에 1학년 겨울 방학 때부터 울며 겨자 먹기로 다니기 시작했다. 그런데 막상 봉사를 하다 보니 나도 모르게 책임감 같은 게 생겼다. 지역 아동 센터에는 원장인 목사님과 사회 복지사 두 분, 공공 근로를 하는 스물두 살 남자가 있다. 내가 하는 일은 일주일에 한 번, 다섯 시 반쯤 아이들 저녁 시간에 가서 식사 지도를 하고 3학년 애들 넷과 수학 문제집을 한 시간 정도 풀거나 놀아 주는 것이다. 3학년 아이들은 넷 중에 셋이 한 부모 가정이다. 내가 특별히 마음이 가는 소희란 여자아이의 엄마는 중국 동포라는데 한국말이 서툴다. 원장님 말로는 결혼한 지 3년 만에 남편이 아파트 공사장에서 떨어져 죽었다고 했다. 그래서 소희는 아빠를 기억 못 한다. 엄마가 횟집에서 일을 해서 센터에 밤 아홉 시까지 있어야 한다. 소희는 늘 정이 고프다. 내가 봉사하고 나올 때마다 팔에 매달려 조금만 더 놀다 가라고 조른다.

지난주 저녁 시간이었다. 반찬으로 소희가 좋아하는 감자 크로켓이 나왔다. 소희는 나를 보며 활짝 웃었다.

"언니, 나 이거 맨 나중에 먹을 거야."

"그냥 먼저 먹어."

"아니야. 맛있는 건 아껴 먹어야 해."

소희는 정말로 다른 반찬을 다 먹으면서도 감자 크로켓에는 손을 대지 않았다. 국에 만 밥을 마저 먹고 막 감자 크로켓으로 젓가락을 가져가는 순간, 조리사 할머니가 오더니 식판을 가져갔다. 소희의 얼굴이 울상이 되었다. 나는 얼른 일어나 감자 크로켓을 집으려 했다. 그러나 조리사 할머니는 인상을 찌푸리며 말했다.

"잔반에 손대지 마, 학생."

"아니, 그게 아니라요. 이거 소희가 좋아하는 반찬인데 아껴 먹느라 남긴 거예요."

"밥 늦게 먹는 버릇을 고쳐야지. 나 퇴근해야 해."

소희는 조리사 할머니가 감자 크로켓을 음식물 쓰레기통으로

던져 버리자 울음을 터뜨렸다. 그러고는 그날 수학 문제를 하나
도 풀지 못하고 계속 짜증을 냈다. 먹고 싶은 것을 빼앗겨 본 적이
없는 나로서는 반찬을 빼앗긴 설움이 어떤 건지 잘 몰랐다. 하지
만 학교의 점심 급식과 지역 아동 센터에서 먹는 저녁이 소희의
유일한 기쁨이라는 사실은 들어서 알고 있었다. 열 살짜리 아이
가 감자 크로켓 때문에 서럽게 우는 모습을 보며 마음이 너무 아
팠다. 오늘 저녁은 카레였다. 소희는 카레를 두 번이나 가져다 먹
고도 빈 식판을 내려다보며 더 먹을지 말지 고민했다. 내가 조심
스럽게 물었다.

"소희야, 더 먹고 싶어? 배 안 불러?"

"아니, 언니. 배는 부른데 여기 머리에서는 아직 배가 고프다고
해. 이상해."

소희가 자기 머리를 가리키며 하는 말이 강이가 초등학교 때
했던 말과 너무 똑같아 소름이 돋았다. 갑자기 코가 시큰거렸다.
우리 둘의 대화를 지나가다 들은 원장님이 소희에게 다가갔다.

"소희야, 그래서? 더 먹고 싶어? 저번처럼 체해서 배탈 날까 걱
정이지만, 소희가 먹고 싶다면 조리사님께 더 달라고 할게."

소희는 눈을 데굴데굴 굴리더니 숟가락을 놓고 말했다.

"아니에요, 원장님. 내일 더 많이 먹을래요."

저녁을 먹고 사회 복지사 선생님께 허락을 받아 아이들과 수학
문제집을 푸는 대신 빙고 게임을 하며 놀았다. 내가 고3이 되었는

데도 지역 아동 센터 봉사를 그만두지 못하는 이유, 그건 입시 때문이 아니라 소희 때문이다.

센터를 나오다 중국집을 살폈다. 아직 간판에 불이 켜져 있었다. 중국집 앞에는 두 달 전부터 내 앞을 알짱거리던 그 오토바이가 서 있었다. 나는 길을 건너 고가 도로 아래에서 기다리면서 배달하러 나오는 사람이 수찬이인지 알아보기로 했다. 고가 밑에는 종이 상자와 신문지 들을 빨간 끈으로 묶은 폐지 더미가 쌓여 있고 빈 리어카도 세워져 있었다. 오늘도 하루 종일 은강동 주변을 다니며 폐지와 고물 들을 모았을 노부부는 집에 들어갔는지 보이지 않았다. 빈 리어카 뒤로 가 우체국과 어린이집 사이의 중국집을 바라보았다. 몇 분 지나지 않아 비둘기 여러 마리가 날아와 내 주위에서 종종거렸다. 무슨 일인가 했더니 방금 전 센터에서 받은 빵이 겉옷 주머니에 들어 있었다. 빵을 잘게 뜯어 아스팔트 위에 뿌렸다. 그러자 다리 아래 콘크리트 구조물 사이에 숨어 있던 비둘기들이 날아와 주워 먹었다. 비둘기들은 차들이 오갈 때마다 고가 위로 날아올랐다가 다시 내려앉았다. 부리 끝이 휘거나 한쪽 눈이 없는 아이도 있었다. 빵 부스러기를 쪼아 먹으면서도 계속 곁을 살피는 모습이 애처로웠다. 고가 밑에 깃들어 사는 비둘기나 도시 변두리로 밀려난 은강동 사람들이나 별다르지 않았다. 새들을 멍하니 내려다보다 책가방에서 반쯤 남은 생수병을 꺼내 폐지 더미 한 귀퉁이에 있는 낡은 플라스틱 대야에다 부었다. 비둘기 몇 마리가 날아와 목을 축였다. 물을 먹는 아이들을 보고 있는데 누군가 소리쳤다.

"거기, 학생, 비둘기 모이 주는 거 불법이야."

뒤를 돌아보니 발목까지 올라오는 가죽 워커에 무릎이 훤히 보이는 찢어진 청바지, 트레이닝 점퍼를 입은 남자가 서 있었다. 혹시나 하고 아래위를 살펴보는데 또 한마디를 했다.

"비둘기 모이 주는 거 이 동네 꼰대들한테 들키면 혼쭐나."

목소리를 다시 들으니 수찬이가 맞았다. 수찬이는 초등학교 때부터 다른 남자아이들보다 톤이 높았다. 비음이 섞인 목소리는 얼핏 들으면 울고 난 것처럼 들렸다. 나는 그런 수찬이의 목소리를 좋아했었다. 외모만 보고는 수찬이인 줄 몰랐을 거다. 중학교 때까지 나보다 작았던 키가 180센티미터도 넘어 보였고 그때보다 훨씬 말랐다. 거기에다 귓밥과 코, 심지어 아랫입술에까지 피어싱을 하고, 파마를 한 형광 핑크색 머리카락은 헬멧만큼 부풀어 있었다. 수찬이는 중국집 앞에 세워 두었던 오토바이를 끌고 내게로 왔다.

"너 올 줄 알았다."

"뭔 소리야?"

"어제는 나 알아봤지? 그동안 몇 번이나 널 보고 아는 척했는데 계속 모르더니 어제는 뭔가 눈치챈 것 같았거든."

"아닌데?"

"그래? 아님 말고."

껄렁거리는 폼이 낯설었다. 수찬이는 강이, 여울이처럼 어린이집부터 중학교까지 같이 다닌 친구였다. 중학교 2학년 무렵만 해도 여울이와 1, 2등을 다투던 수찬이의 성적이 곤두박질친 건 3학년 1학기 때다. 갑자기 3주나 무단결석을 하다가 돌아온 수찬이는 수업 시간이든 쉬는 시간이든 항상 엎드려 있었고, 꾸중하는 선생님들한테 짜증을 내며 반항했다. 수찬이가 공업 고등학교에 원서를 넣었다고 했을 때는 귀를 의심했다. 그러더니 졸업식에도 오지 않았다. 언젠가 엄마가 수찬이 엄마가 중국으로 돌아갔다는 소문을 전해 들었다고 했다. 고등학교 1학년 때 여울이가 연안부두 쪽 주유소에서 아르바이트하는 수찬이를 봤다고 했지만, 그 뒤로는 소식을 들을 수 없었다.

"너 진짜 학교 안 다니냐?"

다짜고짜 묻자 수찬이가 피식 웃었다.

"너답다. 잘 지냈느냐는 인사 정도는 하고 물어보지."

"너도 너답지 않잖아. 도대체 옷차림이 그게 뭐야?"

수찬이가 웃음을 거두고 딱딱한 얼굴로 대답했다.

"나 학교 재미없어서 자퇴했어."

"누가 학교를 재미로 다녀?"

"난 재미없으면 안 해, 원래."

"그래서 지금은 재미있어서 그거 해?"

내가 오토바이를 가리키며 묻자 수찬이가 어깨를 으쓱해 보였다.

"응. 돈도 벌 수 있고, 자유롭고."

내 표정이 좋지 않았는지 수찬이가 겸연쩍은 듯 머리를 긁적였다.

"그렇게 이상하게 보지는 마. 내가 주유소랑 돼지갈빗집, 감자탕집에서 다 일해 봤는데 이게 제일 적성에 맞아."

"적성에 맞는다고?"

"배달 일을 무시하지 마. 이것도 전문직이야."

"위험하잖아."

"위험하지. 힘들고. 근데 중졸로 위험하지 않고 안 힘든 일을 어떻게 하냐?"

"그걸 알면서 학교를 관두냐?"

"학교 다닌다고 나을 것도 없어. 어쨌든 우리 가게 좋아. 사장님이 교회 다녀서 일요일은 꼬박꼬박 쉬거든. 그거 하나 때문에 다니는 거야. 요즘 장사가 안돼서 배달을 좀 멀리까지 나가는 게 귀찮기는 하지만."

"너 그때 공고 갔지?"

"응."

"무슨 과였더라?"

"로봇응용과."

로봇이라는 말에 나도 모르게 갑자기 웃음이 나왔다. 그러자 수찬이도 따라 웃었다.

"거봐. 네가 생각해도 웃기지? 내가 로봇에 관심이 있었던 것도 아니고, 그냥 성적대로 간 거야. 우리 과 애들 다 그랬어. 학교에서도 어이가 없었는지 과 이름 바꾸더라. 1학년 1학기 여름 방학 지나고 열 명이 자퇴를 했어. 그 전에 이미 세 명이 퇴학당했고. 2학년 올라가니까 세 반이었던 로봇응용과가 두 반으로 줄었더라. 되게 웃기지?"

수찬이의 말투가 너무 덤덤해서 더는 물을 수가 없었다. 궁금한 것을 쏟아 내고 나니 문득 거리감이 느껴졌다.

"어쨌든 반갑다."

어색하게 인사하고 돌아서려는데 수찬이가 오토바이를 끌면서 따라오며 물었다.

"너 아직 비치빌라 살지?"

"응."

"나도 오늘부터 거기 산다."

"뭔 말이야? 우리 빌라에 빈집 없는데?"

"없긴 왜 없어. 1층."

발걸음을 멈추고 수찬이를 돌아보았다.

"거기 이사 오는 사람이 너야?"

"응."

"누구랑?"

"혼자."

"혼자? 너희 집 망했어?"

내 말에 수찬이가 깔깔깔 웃었다. 내가 생각해도 뜬금없는 질문이었다.

"너 진짜 아무것도 몰라?"

"뭘?"

"나는 우리 집 일 소문난 줄 알았는데."

"무슨 소문?"

"우리 아빠 작년에 돌아가셨어."

나는 할 말을 잃고 수찬이를 가만히 쳐다보았다. 수찬이는 아무것도 모르는 내가 이상하다는 듯이 되물었다.

"우리 엄마 중국 간 건 알지?"

"예전에 얼핏 들은 것도 같아. 그런데 아빠 왜 돌아가신 거야? 사고 났어?"

"아프셨어."

"미안해. 힘든 줄도 모르고."

"미안하기는. 그리고 내 인생에서 제일 힘들었던 순간은 너한테 고백했다 차인 중학교 2학년 때야."

"무슨 헛소리야."

"진짜야."

"장난으로 고백해 놓고 힘들기는 개뿔."

"야, 넌 정말 내가 장난했다고 생각해? 아니야. 나 진심이었어. 유치원 때부터 한결같았던 내 순정을 넌 단번에 걷어찼어."

"헛소리 그만하고. 아빠는 어디가 편찮으셨던 거야?"

"우울증, 그리고 망상증이 있었어."

수찬이는 아빠의 병명을 아무렇지도 않게 말했다. 수찬이가 담담하게 말했다고 해서 나까지 담담하게 들어도 되는 것인지, 어떻게 반응을 해야 할지 몰라 당혹스러웠다. 섣부른 위로는 오히려 주제넘은 짓 같았다. 그런 난감한 순간에 갑자기 은강방직 담벼락에서 뭔가가 뛰어내리더니 인도 옆에 세워 둔 자동차 밑으로 들어갔다가 잽싸게 길을 건너 비어 있는 공장 담을 넘었다. 고양이보다는 작고 쥐보다는 커 보였다.

"저게 뭐지? 족제비인가?"

놀란 가슴을 쓸어내리는데 수찬이가 덤덤하게 말했다.

"청설모잖아."

"청설모? 여기에 청설모가 산다고? 이 도시에?"

"응. 은강방직 안에 나무가 많잖아. 종종 공장 담을 넘어오는 애들이 있어. 저번에 내 오토바이에 치일 뻔했잖아. 내가 베스트 드라이버라 겨우 피했지. 가끔 쟤네랑 마주치면 불쌍하다는 생각이 들어. 공장 담 안에서 태어나 저기 갇혀 살잖아. 그래서 담을 넘는 거 같아. 나도 그렇거든. 여기 은강에 갇혀 있다가 탈출하고 싶으면 오토바이 타고 자유로도 가고, 강변북로를 따라서 남양주, 홍천까지 가기도 해. 거기서 다시 돌아와야 한다는 게 슬프긴 하지만."

"넌 여전하구나. 멋진 척하는 거."

수찬이가 날 보고 씩 웃었다.

"내 말이 멋져 보인 거냐?"

수찬이의 너스레에 나도 웃고 말았다. 아파트 앞 상가에 다다르자 수찬이가 편의점을 가리켰다.

"다 왔네. 돈 버는 내가 편의점 커피라도 사 줄까?"

수찬이는 내 대답은 듣지도 않고 편의점 앞에 오토바이를 세운 뒤 자물쇠를 채우고는 안으로 들어갔다. 마침 영민이 오빠가 계산대에 있다가 수찬이 뒤를 따라 들어선 나를 보고 놀랐다.

"웬일이야?"

"친구를 우연히 만났어."

오빠는 수찬이를 눈살피면서도 더 캐묻지는 않았다. 수찬이는 편의점 도시락과 콜라, 내가 고른 아이스크림을 들고 2층으로 올라갔다.

"뭐야? 저녁 안 먹었어? 거기서 안 줘?"

"주지. 근데 맨날 짜장이나 짬뽕 먹는다고 생각해 봐. 질려. 이 편의점 도시락이 나의 주식. 양이 너무 적지만."

수찬이는 양이 적다면서도 다 먹지 않고 깨작거리다 말았다.

"먹는 게 왜 그래?"

"오늘따라 입맛이 없어. 너 때문이야. 가슴이 쿵덕거려."

"아, 진짜 헛소리 그만하라고."

"헛소리 아닌데?"

일일이 대꾸하기 곤란해 말머리를 돌렸다.

"엄마는 자주 연락하셔?"

"중국 갔다니까."

수찬이의 얼굴이 처음으로 딱딱하게 굳었다. 맨밥을 꿀꺽 삼키고 나서 다시 말을 이었다.

"연락 안 해. 한동안 기다렸는데 생각해 보면 우리 엄마, 끔찍했을 거야. 아빠가 엄마한테 북한에서 보낸 간첩이라고 하면서 방에 가둬 놓고 그랬었어. 러시아 스파이라고도 했다가, 중국 공안에서 보낸 경찰이라고도 했다가."

"그게 무슨 말이야?"

"우리 아빠 병은 의심하는 게 증상이래. 엄마는 아빠가 변한 걸잘 못 받아들였던 거 같아. 아빠가 중국 공장에 파견 근무 갔을 때엄마랑 만났거든. 엄마는 그 공장에서 통역 알바 하고 있었대. 우리 엄마 연변대학교에 다녔대. 한국 사람들은 잘 모르지만 공부잘해야 가는 데래. 책 읽는 거 좋아하고 컴퓨터도 아빠보다 더 잘했어. 그런데 아빠 만나서 고생만 한 거지 뭐."

"아빠는 언제부터 편찮으셨던 거야?"

"아빠가 나 6학년 때 같이 노조 하던 아저씨들이랑 해고됐어. 그때부터 회사 앞에 천막 치고 농성을 시작했고."

"네가 그 얘기 했던 거 기억나. 엄마랑 같이 아빠 농성 천막에 간다고."

"처음에는 금방 복직할 줄 알았대. 그런데 3년 동안 농성을 했는데 복직이 안 됐어. 그래서 우리 엄마가 식당 일 다니고 그랬어. 그러다 우리 중3 때 회사가 용역 깡패랑 경찰을 동원해서 천막을 덮친 거야. 한 아저씨는 머리를 쇠 파이프로 맞고 쓰러져서 중환자실로 갔는데 한 달 만에 돌아가시고, 우리 아빠는 갈비뼈가 여러 대 부러져서 입원했어. 그때 아빠를 때린 사람이 10년 동안 같이 일한 사람이었대. 우리 집에도 자주 놀러 오던 아저씨거든. 아빠는 갈비뼈가 부러지고 온몸에 타박상을 입은 것보다 그게 더 아팠나 봐."

"진짜 배신감 느꼈겠다."

"그런데 폭력을 휘두른 사람들은 구속도 안 되고, 그 폭력을 막던 아저씨들만 감옥에 갔어. 그런 일이 아무렇지도 않게 일어난다는 게 정말 믿어지지 않았어. 그래서 그런지 아빠가 이상해졌어. 좀 달라졌다고 느낀 건 병원에서부터였어. 자꾸 누가 자기를 감시하고 있다는 거야. 몇 년 동안 함께 농성한 아저씨들이 면회를 오면 경찰이나 회사에서 보냈느냐고 의심하고 그랬대. 엄마가 같은 병실 보호자랑 얘기하면 무슨 얘기 한 거냐며 캐묻고. 병원

에서 경찰한테 조사받을 때도 이상한 소리를 했나 봐. 경찰이 정
신과 상담을 받아 보라고 했는데 엄마는 회사 사람들이 진짜 아
빠를 감시하는 줄 알았대. 농성하는 동안 실제 그런 적이 있었거
든. 그런데 어느 날 아빠가 나더러 학교도 가지 말라는 거야. 누가
나를 납치할 거라고. 엄마도 못 나가게 막고. 전화도 걸지 못하게
하고, 받지도 못하게 했어."

"너 학교 빠진 게 그때였어?"

"응. 엄마가 몰래 나를 내보내려다가 들켰는데 아빠가 자기를
배신했다면서 엄마를 방에 가뒀어. 아무도 나가질 못하게 하니까
나중에는 냉장고도 텅텅 비고. 엄마가 이대로 굶어 죽을 거냐고
울고불고해도 소용없었어. 그러다 경찰이 왔어. 아빠 동료들이랑
친구들이 아빠랑 엄마가 다 전화를 안 받고, 집 전화도 안 되니까
신고를 했대. 아빠는 입원하고 할머니가 시골에서 올라오셨지. 그
뒤로 입원하고 퇴원하기를 반복했어. 그 병은 약을 잘 먹어야 낫
는다는데 자꾸 숨기고, 그러면 의심병 도지고. 아빠가 세 번째 입
원했을 때 엄마한테 이혼하자고 했대. 미안하다면서."

"그래서 진짜 이혼을 하신 거야?"

"응. 엄마도 지쳤겠지. 날마다 울었어. 아빠가 계속 자살 시도도
하고 그랬거든. 엄마가 떠나고 나서 학교 그만뒀어. 다니기도 싫
었지만 아빠 때문이기도 했어. 할머니가 혼자서 아빠 지키는 걸
너무 힘들어했거든."

"몰랐어. 정말 힘들었겠다."

수찬이가 껄끄러운 표정으로 바라봤다.

"불쌍하게 보지 마. 나는 누가 날 불쌍하게 보는 게 제일 싫어."

"불쌍하게 보는 게 아니야. 너 힘든 줄 몰랐던 게 미안해서 그렇지."

"네가 미안할 일이 아니지."

"언제 돌아가셨어?"

"작년 봄에. 그때 한식이라 벌초한다고 고향에 가셨었거든. 거기서……."

수찬이가 잠시 말을 멈췄다. 태연한 척해도 아빠의 죽음을 아무렇지 않게 말하는 것은 불가능한 일이었다.

"인천으로 올라오지 않고 아빠 고향에서 장례를 치렀어. 아마 그래서 소문이 안 났나 봐."

"어떻게 그 얘길 그렇게 담담하게 말해?"

"그럼 뭐 울어? 나는 아빠 죽고도 안 울었어. 그냥 아빠가 이제는 좀 편하겠구나 그런 생각이 들더라."

"아빠 돌아가시고 계속 그 집에서 살았어?"

"응. 할머니랑 둘이서. 아빠 죽고 할머니가 치매가 심해지셨어. 사실 그 전부터 증세가 있었는데 아빠 때문에 병원도 못 가 봤거든. 그런데 슈퍼 간다고 나가서는 왜 나갔는지 까먹고, 집도 잃어버리고. 한 음식 또 해서 냉장고에 썩은 음식들이 쌓이고. 겁이 나서 혼자만 알다가 옆 동 사는 막내 고모한테 말했지. 고모들이 우리 아파트 팔아서 할머니 요양원 보내고, 남은 돈으로 빌라 사 준 거야. 너 알아? 그 원룸 3천만 원이야. 전세가 아니라 사는 게. 암만 후진 동네 후진 빌라라고 해도 너무 싸더라."

나는 그 집에서 사람이 죽었다는 말을 할까 말까 망설였다. 그동안 아파트로 이사 가는 사람은 있어도 아파트에서 길을 건너 이 동네로 다시 오는 사람은 드물었다. 게다가 다른 집도 아니고 월세로도 들어오는 사람이 없던 1층으로 이사 온다니 수찬이가 애처로워 보였다. 그런데 수찬이는 그 사실까지 이미 알고 있었다.

"최지우. 너도 알지? 그 집에 살던 사람 자살했다더라. 우리 고모가 그거 듣고 열 받아서 공인 중개사랑 싸웠는데 내가 괜찮다고 했어. 원래 수리 안 한 채로 3천 3백까지 내렸는데, 그거 알고 아예 우수리를 떼서 3천만 원에 산 거야. 수리하는 데 한 5, 6백만 원 들었는데 그래도 거저 산 거나 마찬가지지. 라이더 형들이 그런 집 있으면 자기도 소개해 달랄 정도였어. 가만 보면 내가 운이 좋은 편이야."

수찬이는 원래 모든 일에 긍정적인 아이였다. 까불거리기는 해도 정이 많고 재미있는 이야기를 잘하는 데다 운동도 좋아해서 친구들한테 인기가 있었다. 아무리 그래도 그런 일을 겪고도 운이 좋은 편이라고 말하는 것이 자기 최면인지 진심인지 알 수 없었다. 듣는 사람 입장에서는 수찬이의 너스레가 다행스러웠지만 그만큼 수찬이의 마음은 더 쓰라릴 것 같았다. 수찬이는 편의점을 나와 집으로 오는 동안 내 학교생활에 대해 물었다. 내 대답이 시큰둥했는지 빌라에 다 와서는 잠깐 볼멘소리를 했다.

"나는 진지하게 대답해 줬는데 너는 왜 건성이야."

"건성 아니야. 학교에서 별로 재미있지도 않고, 꿈도 없어. 다 사실이야."

수찬이는 나를 빤히 내려다보다 오토바이를 빌라 어귀 계단 옆 자전거 보관함에 세워 놓고 자물쇠를 채웠다.

"이게 내 밥줄이야. 고모가 새로 사 준 거거든. 3백만 원도 넘어."

그러더니 현관문에 달린 번호 키를 눌렀다. 우리 빌라 어느 집에도 없는 최신형 잠금장치였다.

"한번 들여다볼래?"

괜찮다고 하려다 궁금한 마음에 보기로 했다. 영민 오빠네 집하고 똑같은 크기인데 짐이 적어서 그런지 넓어 보였다. 침대가 있으면 좁은 느낌이 들 줄 알았는데 벙커 침대라 오히려 꽤 쓸모가 있어 보였다.

"이 인테리어는 누구 감각이야?"

"당연히 내 감각이지. 이게 우리 아빠가 남기고 간 집으로 내가 누릴 수 있는 사치의 전부니까. 자주 놀러 와."

4차선 도로를 사이에 두고 아파트와 80년 넘은 판자촌이 공존하는 동네. 우리 동네가 없었다면 돈이 부족해 집을 구하지 못하는 사람들은 고시원이나 쪽방으로 떠밀려 갔을 것이다. 이곳을 벗어나지 못하는 사람들이 있고, 떠났던 사람이 돌고 돌아 다시 이 골목으로 스며들기도 한다. 그래서 나는 이 동네가 사라지지 않고 살아남으면 좋겠다. 이 도시에도 수찬이처럼 갈 데가 없어진 사람들이 깃들 곳이 필요하다. 언니는 대학교 3학년 때 통학 시간이 너무 오래 걸린다며 월 30만 원짜리 고시원에 들어갔었다. 그러나 석 달 만에 집으로 돌아왔다. 잠들지 못할 만큼 소란한 고시원에서 정작 말을 섞을 사람이 없었다고 했다. 알람 소리, 휴대 전화 진동 소리, 심지어는 트림과 방귀 소리까지 들리는데, 사람들의 얼굴은 볼 수 없는 게 너무 외로웠다며 눈물을 글썽였다. 그나마 얼굴을 보고 대화를 나눠 본 사람은 관리인뿐이었다는 말에 나도 울컥했다. 언니가 그랬다. 익명이 편할 줄 알았는데 고립이 더 힘들다고. 어쩌면 수찬이가 이 빌라를 선택한 게 다행일지 모른다는 생각이 들었다.

"이 빌라 재미있는 데야. 다문화 가정, 보호 종료 청년, 장애인, 이주 노동자 다 모여 살아."

내 말에 수찬이가 어깨를 으쓱했다.

"이 빌라만 그래? 이 주변 다 그래. 그래서 난 이 동네가 좋아."

"이사 온 거 축하해."

2부

강이 이야기

이틀 후에 인천으로 내려온 간난이와 선비는 우선 간난이가 공장에서 사귄 어떤 동무 집에서 유하게 되었다. 그리고 그 동무의 주선으로 대동방적공장에 들어가게 되었으며, 경찰서에서 신원보증까지 헐하게 맡게 되었다. 동시에 대동방적공장에서는 사숙을 허하지 않고 전 여공을 기숙사에 수용한다는 것이 한 철칙이 되어 있다는 것도 알았다. 내일은 세 동무가 일시에 기숙사로 들어가기로 생각을 하고 월미도로, 만국공원으로 해가 질 때까지 돌아다녔다.

—강경애 『인간문제』(1934년)

1

문을 열자마자 주방 한쪽에 걸려 있던 외할머니의 점퍼와 모자가 없는 것부터 보였다. 외할머니가 다시 공공 근로를 다니기 시작했다. 몸도 안 좋으면서 기회만 생기면 마다하지 않고 나간다. 아무리 가지 말라고 해도 소용이 없다. 교복을 사복으로 갈아입고 혹시 먹을 게 있나 냉장고를 열었더니 어제 배달된 도시락뿐이다. 냉동실은 열어 보지도 않았다. 보나 마나 푸드 뱅크에서 받아 온 냉동식품이 빈틈없이 꽉 들어차 있을 것이다. 저녁마다 도시락을 배달받은 건 재작년부터다. 고등학교에 입학하면서 그 전에 2년 정도 받았던 기초 생활 수급권이 박탈되었다. 외할머니와 같이 주민 센터에 가서 문의하니 왕래조차 없는 외삼촌이 또 문제였다. 내가 중학교에 입학하고 나서 통장인 지우 엄마의 권유로 기초 생활 수급권을 신청했다. 그때도 처음에는 외삼촌 때문에 자격이 안 된다고 했다. 외할머니의 하소연을 들은 구청 사회 복지사는 전화 통화 내역에다 통장까지 복사해 내고 소명서를 쓰라고 했다. 우리가 얼마나 가난한지, 일가친척 하나 없이 얼마나 외로운 사람들인지를 증명한 뒤에 정부의 도움을 받을 수 있었다. 그런데 2년 만에 다시 부정 수급자로 걸렸다. 사회 복지 통합 전산망에 외삼촌의 새집과 월수입까지 자세하게 나타나 어쩔 수 없다고 했다. 사회 복지사는 정 형편이 어려우면 세대 분리를 해서 내 학비라도 보조를 받으라고 했다. 그렇게 해서야 나는 학비 보조를 받을 수 있었고, 외할머니는 도시락 배달을 받게 되었다. 나는 도시락 배달이 마뜩지 않지만 그래도 그 덕분에 외할머니가 혼자 저녁을 대충 때우지 않아 다행이다. 외할머니는 그것조차 두 번에 나눠 먹는다.

아르바이트하는 치킨집까지는 집에서 고작 5분이다. 정시에 도착했지만 사장은 이맛살을 찌푸렸다.

"문 잠그고 갈 뻔했잖아. 튀김기 오른쪽 타이머가 고장 났어. 내가 휴대용 타이머 걸어 놨으니까 그걸로 해. 그리고 손님 없을 때 재고 좀 살펴봐."

"네."

"나는 한 여덟 시쯤 올게."

"네."

기분 나쁜 걸 감추고 순순히 대답했다. 재고 확인은 낮에 손님이 없을 때 자기가 해도 될 텐데 굳이 나한테 미룬다. 사장은 이혼한 뒤 홀로 아들을 키우고 있다. 그래서 6학년인 아들이 학원 갔다 오는 여섯 시면 집에 가 저녁을 차려 주고 같이 있다가 여덟 시쯤 다시 나온다. 평일에는 손님이 많지 않아서 혼자 가게를 봐도 크게 힘들지는 않다. 사장은 부평에 있는 자동차 회사에 다니다 희망퇴직 후에 카페를 하다 망해서 이 치킨집을 열었다. 프랜차이즈라고는 하나 텔레비전이나 라디오에 광고 한번 하지 않는 이름 없는 브랜드다. 권리금이나 컨설팅 비용이 다른 데보다 싸서 선택했다고 했다. 그런데 길 건너 아파트 단지 안에 치킨집이 있고, 맞은편 상가에도 맥줏집 겸 치킨집이 얼마 전에 생겼다. 그러니 배달도 하지 않는 이 작은 치킨집이 잘될 리 없다. 그나마 부둣가 쪽 공장 노동자들이나 이주민들이 싼 맛에 단골이 되었다. 손님이 많지 않으니 편하고 집도 가까워 일하기는 그럭저럭 괜찮긴 하다. 그래서 계약서에는 6개월만 하겠다고 썼지만 사장이 그만두라고 하지 않으면 졸업 때까지 붙어 있을까 생각 중이다. 아직 청소도 마치지 않았는데 손님이 들어왔다. 안산댁 아줌마였다.

　"강이야, 양념 두 개 포장해 줘라."

　"할머니가 아줌마 요새 김포에 계신다고 하던데?"

　안산댁 아줌마는 아파트 건설 현장에서 청소 일을 해서 며칠씩 집에 오지 못할 때가 많다.

"응, 오늘 민지 아빠 생일이라서. 민지도 오랜만에 집에 올 거야."

"아, 그래요? 아저씨 좋아하시겠다. 언니는 잘 지내죠?"

"그럼. 이제 스태프 벗어나서 샴푸 안 한다고 좋아해."

민지 언니는 인문계 고등학교에 다녔지만 고3 때 취업반에 들어가 미용 기술을 배웠다. 그리고 지금은 강남에 있는 프랜차이즈 미용실에서 일하며 고시원에서 지내고 있다. 언니네 아빠는 5년 전에 일하던 식당에서 화상을 입었다. 1년에 걸쳐 치료했지만 양손이 오그라들고 팔뚝에 후유증이 심해 아직 투병 중이다. 공상으로 처리하는 바람에 보상이나 재활 비용을 받지 못해 아줌마가 버는 돈으로 치료비를 대야 한다. 그래서 안산댁 아줌마는 시멘트 독이 올라 손이 엉망이 되었어도 공사장 청소를 그만두지 못한다.

"아줌마, 치킨 세 개 튀겼어요. 하나는 민지 언니한테 주는 제 선물이에요."

눈물 많은 아줌마의 눈시울이 붉어졌다.

"하여튼 강이 너는 너무 착해서 탈이다. 알바해서 얼마 번다고."

"에이, 아줌마가 해다 주신 반찬 먹고 이만큼 컸잖아요. 민지 언니한테는 따로 연락한다고 전해 주세요."

"고맙다."

여기서 일하는 게 좋은 이유는 어려서부터 함께 지낸 동네 사람들을 만날 수 있기 때문이다. 웬만해서는 거의 다 아는 사람들이라 괜한 실랑이나 갑질이 거의 없다. 올 1월까지 다녔던 고기 뷔페는 일이 너무 힘들었다. 시급은 여기보다 높았지만 사장과 실장을 뺀 직원이 모두 고등학생이었다. 음식을 만들고 설거지하고 서빙까지 아르바이트생들이 다 했다. 떡볶이집에서 일할 때는 주인아줌마가 틈만 나면 오는 길에 장을 봐 오라고 했다. 당연히 근무 시간에 들어가지 않았다. 감자탕집에서 일할 때는 사장 할아버지가 일주일에 한 번쯤 나왔는데 격려를 한답시고 어깨를 주무르고 엉덩이를 슬쩍슬쩍 만졌다. 햄버거집에서 일할 때는 배달하는 오빠들이 치근덕거렸다. 어떤 오빠는 나더러 뚱뚱한 걸 다행으로 알라고 했다. 내가 5킬로그램만 더 날씬했으면 나를 어떻게 했을 거라는 둥 떠들면서 말이다. 치킨집 아저씨는 그동안 겪은 사장들에 비하면 양호한 편이다. 청소년을 고용하는 사장들은 어떻게든 시간당 임금을 깎으려고 한다. 그런데 여기는 최저 임금을 깎지 않을 뿐 아니라 근로 계약서도 썼다. 수많은 아르바이트를 했지만 계약서를 쓴 것은 처음이었다.

안산댁 아줌마가 가고 나서 열흘째 빨지 않은 앞치마를 둘렀다. 집에 갈 때마다 가져가 빨아야 해 놓고는 계속 까먹는다. 사장이 이런 데는 무심한 편이라 그것도 마음에 든다. 꾀죄죄한 앞치마를 두른 채 주방을 대충 청소했다. 그리고 냉동실의 닭과 냉장실의 소스, 무가 얼마나 남았는지 셌다. 재고 확인을 마치고 탁자 앞에 앉아 스마트폰 중국어 단어장을 열었다. 나는 관광 특성화 고등학교에 다닌다. 중학교 때 학교 홍보를 나왔던 선배의 말에 귀가 솔깃해 입학했다. 수업만 열심히 따라가면 외국어 회화 자격증을 딸 수 있고, 고졸로도 호텔이나 여행사에 취직이 가능하다고 했다. 선배들이 말한 찬란한 비전이 신기루라는 걸 깨닫는 데 1년이 채 걸리지 않았다. 아르바이트하느라 졸린 눈으로 1학년 내내 매달렸지만 학교 수업만으로는 중국어 어학 시험인 HSK 2급을 따는 것은 불가능했다. 중국어 자격증을 따 졸업하자마자 가이드로 취업하려던 야무진 꿈은 일찌감치 고깃집 설거지통에 물로 쓸려 보내야 했다. 그래서 2학년 때부터는 모아 두었던 돈으로 컴퓨터 회계 학원에 등록했다. 워드 프로세서 2급 자격증은 두 달 만에 땄는데 전산 회계 운영사 3급은 좀 어려웠다. 더 다니자니 수강비가 부담이 되었다. 결국 요즘은 다른 쪽 진로를 알아보고 있으나 마땅한 게 없다. 그래도 중국어는 포기하지 않으려고 틈틈이 단어장을 열지만 어느새 유튜브에 들어가 뷰티 방송을 보고 있다.

"뭐냐? 너 폰 또 새로 샀냐?"

지우가 가게로 들어서자마자 인상을 쓰며 말했다.

"배터리가 너무 빨리 닳아서."

"작년 봄에 바꾼 거잖아."

변명을 하고 보니 갑자기 짜증이 확 올라왔다.

"그래서? 내 돈 내고 내가 바꾸는데 왜 잔소리야?"

"걱정돼서 그렇지. 넌 최신 폰만 나오면 사고 싶어 안달이잖아. 우리 반 애들은 고3 돼서는 아예 폴더 폰 쓰는 애들도 많아. 솔직히 최신 폰에 매달리는 애들 다⋯⋯."

"다 뭐? 또 자존감이 없어서 그렇다느니 어쨌다느니 하게?"

지우한테 처음 그 말을 들었을 때는 화가 났다. 그러나 곰곰이 생각하면 틀린 말은 아니다. 나는 초등학교 6학년 때부터 내가 가진 옷이나 신발이 나를 대변한다는 것을 알았다. 그래서 중학교에 입학해서는 쥐꼬리만 한 용돈을 아껴서 브랜드 운동화를 사 신었다. 그런데 매점에 가는 것을 포기하고 산 브랜드 운동화가 나를 다른 친구들과 똑같이 만들어 주지는 않았다. 다른 아이들은 나보다 더 빨리 새 운동화로 갈아 신었다. 조바심에 가방, 신발, 스마트폰까지 아이들과 같은 브랜드를 쓰겠다고 외할머니한테 떼를 부리기도 했다. 하지만 아무리 발버둥을 쳐도 나는 그 아이들 사이에 낄 수 없었다. 그래도 '신상' 운동화를 신고 최신 스마트폰이라도 써야 어깨가 좀 펴지고 주눅도 덜 들었다. 여울이는 새 스마트폰을 살 돈으로 학원에 다니라고 구박했지만 학원비는 스마트폰 할부금보다 훨씬 비싸다. 지난겨울 한 달 아르바이트비를 다 써서 패딩을 샀을 때 지우는 내가 내 등골을 빼 먹는다며 한심해했다. 틀린 말은 아니었지만 마음에 생채기가 남았다. 등골을 뺄 부모가 없으니 내가 일해서 갖는 것까지 뭐라고 하면 억울했다.

"오늘도 잔소리하려면 그냥 가."

"잔소리하러 온 거 아냐. 손님으로 온 거지. 반반 치킨 하나. 여기서 먹고 갈 거야."

지우가 자리에 앉으며 말했다. 내 기분은 아랑곳하지 않고 치킨을 시키는 태도가 못마땅했다.

"치킨 반반 안 돼. 양념인지 프라이드인지 정해."

지우가 어이없다는 표정으로 물었다.

"왜 반반이 안 돼?"

"원래 반반 없어."

"없긴 왜 없어? 메뉴판에 있네. 반반."

맞다. 메뉴판에는 반반도 가능하다고 쓰여 있다. 그걸 깜박했다.

"저기 알바님. 메뉴에 없어도 반반 해 달라면 해 줘야 하는 거 아닙니까? 손님은 왕인데."

손님은 왕이라는 말에 또 부아가 났다. 빨리빨리 해 달라고 재촉하는 말보다 손님은 왕이라는 말이 더 싫다. 손님은 왕이라는 논리를 들이대는 사람들은 아무 이유도 없이, 내가 인상을 찌푸렸다느니 친절하지 않다느니 무 서비스를 더 안 준다느니 하며 트집을 잡았다.

"야, 최지우. 내가 그랬지. 손님이 왕이라는 말 하지 말라고."

지우가 조금 당황한 얼굴로 장난스럽게 받아넘겼다.

"그 말이 어떻다고 정색을 하고 지랄이십니까?"

"지랄? 손님, 알바생한테 막말하시면 안 되죠. 왕 대접을 받고 싶으면서 왜 그렇게 함부로 말합니까? 손님은 치킨이 먹고 싶어서 왔으니 돈 주고 사 드시면 되는데 왜 굳이 왕 대접을 원하냐고요?"

장난기 어렸던 지우의 표정이 갑자기 진지하게 바뀌었다.

"강이야, 미안. 실수한 거 같다. 그 말은 취소. 그래도 메뉴에 있는 반반 치킨은 주세요."

더는 안 된다는 말을 할 수 없었다. 마침 새 손님이 와 치킨과 생맥주를 주문했다. 나는 대꾸를 하지 않고 튀김기 온도를 높였다. 그리고 냉장고에서 닭을 꺼내 타이머를 맞췄다. 지우가 내 눈치를 보는 게 느껴졌다. 타이머가 울린 뒤 닭을 건져 기름을 빼는데 지우가 주방 쪽으로 왔다. 나는 모르는 척 기름 뺀 닭을 대충 반으로 갈라 반은 양념이 든 양푼에 넣고 반은 접시에 담았다. 가만히 내 동작을 지켜보던 지우가 겸연쩍은 얼굴로 말했다.

"진짜 미안해."

"됐어. 항상 먼저 기분 나쁘게 해 놓고는 쿨한 척 사과하고. 맨날 나만 멍청이가 되는 것 같아."

지우는 자기 치킨은 밀쳐 두고 손님 치킨을 잽싸게 쟁반 위에 올려놓았다.

"이거 내가 갖다드릴게."

손님 테이블에 다녀온 지우는 제 몫의 반반 치킨을 내려다보고는 생글거렸다.

"이강 씨, 화 푸세요. 저녁은 드셨어요?"

나는 여전히 삐친 척 최대한 딱딱하게 대답했다.

"편의점에서 삼각 김밥 먹었어."

"집에 먹을 거 없어?"

"없긴. 엄청 많아. 우리 냉동실엔 바늘 들어갈 틈도 없어. 할머니가 푸드 뱅크에서 주는 거 다 받아 오잖아. 이번엔 용가리 치킨 잔뜩 넣어 놨더라. 손녀가 치킨집에서 일하는 거 뻔히 알면서. 완전 짜증 나."

"냉동식품이나 편의점 음식이나 거기서 거기지 뭐."

"편의점은 유통 기한이나 있지. 우리 집 냉장고에는 유통 기한이 없어."

"할머니들은 왜 그럴까?"

"없이 살아서 그렇대."

어느새 지우와 평소처럼 대화를 나누고 있었다. 지우랑은 늘 이런 식이다. 내가 털털한 건지, 지우의 꾀에 넘어가는 건지 헷갈린다.

"안녕하시오. 여기 치킨 세 마리!"

부두 쪽 주물 공장에 다니는 아저씨들이 가게로 들어오며 호기롭게 외쳤다. 얼른 달력을 보니 월급날이었다.

"아저씨들, 이번 달은 월급이 제대로 나왔나 봐요?"

"이제는 월급날도 알고 있고 우리가 단골이 맞긴 맞나 보우."

"그럼요."

아저씨들은 지우네 빌라 4층에 산다. 한 아저씨는 중국 지린에서, 한 아저씨는 지안에서 왔다고 했다. 처음에는 낯선 억양의 말투에 겁을 집어먹었지만 지금은 길에서 만나도 반갑게 인사를 나누는 사이가 됐다.

"아저씨, 딸하고는 연락 닿았어요? 저번에 전화 안 된다고 걱정하셨잖아요."

"스마트폰을 글쎄 화장실 변기에 빠뜨렸다잖우. 그래서 또 돈 보냈지요."

"중국은 다 화웨이 쓰죠?"

"그러티."

내가 치킨을 튀기며 이야기하는 걸 지우가 불안한 눈빛으로 엿살피는 게 보였다. 아저씨들이 포장을 받고 나가자 정색하며 물었다.

"강이야, 너 저 사람들하고 친해?"

"단골이니까."

"단골이라고 친한 척하고 그러지 마. 어떤 사람인지도 모르면서."

"어떤 사람인지 왜 몰라. 너희 4층 살잖아. 나랑 얘기한 아저씨는 딸이 전교 1등이래. 엄마 아빠가 다 한국에 나와 있어서 중학교 때부터 기숙사 있는 학교에 다닌대."

"저 아저씨 부인도 우리 빌라에 산다고? 나 여자들은 못 봤는데?"

"부인은 서울 대림동에 있는 식당에서 일한대. 거기는 쉬는 날이 없어서 아저씨가 2주에 한 번 쉬는 날마다 서울 간대. 저 아저씨들 참 좋아."

"좋기는. 넌 왜 모든 사람이 다 좋냐? 저 아저씨들 너무 지저분해. 음식물 쓰레기 처리를 제대로 안 해서 썩는 냄새가 계단에 꽉차 있어. 아무 데서나 침 뱉고 담배 피우고. 목소리는 왜 그렇게 큰지. 우리 집에서도 얘기하는 게 다 들려. 노답이야."

"야, 최지우. 넌 나보다 생각이 깊고 아는 것도 많은 애가 왜 저아저씨들만 보면 뭐라 해? 그거 편견이고 차별이야."

지우가 당황스러워하며 말했다.

"네가 안 겪어 봐서 그래. 저 아저씨들 정말 더럽다고."

"월급날이니까 일찍 끝난 거지, 저 아저씨들 맨날 열 시 넘어서까지 일해. 일요일도 한 달에 한 번이나 두 번밖에 안 쉰대. 시간이 없잖아. 그리고 아무래도 중국이랑 여기랑 문화가 다를 테고. 그런 거 좀 서로 이해하면서 바꿔 가야지."

"나도 괜한 편견 갖기는 싫은데 진짜 불편해. 너희 사장이 저녁시간에 너 혼자 두고 나가는 것도 좀 그래. 저 아저씨들……."

"좀 뭐? 괜찮아. 길가도 환하고 길 건너면 아파트 후문이고. 사람들 항상 지나다니는 데다 양옆이 다 가게야. 네가 걱정하는 그런 일 없어."

지우는 너무 까다롭고 예민하다. 그런데 지우는 도리어 내가 조심성이 없다고 한다.

"안심하지 마. 내가 사장 올 때까지 같이 있을까?"

"왜 갑자기 오버하고 그래?"

"오버가 아니라 걱정되니까."

"너 있어 봤자 도움 안 돼. 빨리 가서 공부나 하셔."

나는 지우가 먹다 만 치킨을 포장해 손에 들려 주며 등을 떠밀었다.

2

외할머니가 며칠째 몸이 안 좋다. 어젯밤엔 자면서 식은땀을 흘리고 헛소리까지 했다. 공공 근로도 모자라 낮에 동네 할머니들이랑 덕적도로 조개잡이를 다녀왔단다. 외할머니는 키가 작고 말랐는데도 당뇨, 고혈압, 고지혈증, 협심증까지 있다. 그래서 조금이라도 아프면 마음이 조마조마하다. 아까는 버스에서 내리는데 119 구급차가 우리 골목 쪽에서 나왔다. 깜짝 놀라 달려갔더니 외할머니가 평상에 앉아 동네 할머니들과 화투를 치고 있었다. 몸이 좀 좋아져서 나와 있는 것일 텐데 괜히 놀란 가슴을 감추느라 소리를 치고 말았다.

"쉬라니까 왜 나와 있어?"

외할머니는 내 눈치를 슬금슬금 보며 집으로 들어갔다. 아르바이트를 하러 나오면서도 저녁 꼭 챙겨 먹으라며 잔소리를 했다.

좀 살갑게, 다정하게 말해도 좋았을 것을 찜찜한 마음이 가시지 않았다. 학교에서 담임과 진로 면담을 한 뒤로 머릿속이 엉킨 실타래 같은데 오늘따라 손님은 왜 그렇게 많은지 잠시도 쉴 새가 없었다. 그 와중에 아홉 시에 온다던 사장은 열 시가 넘어서야 왔다. 너무 화가 나서 손님들이 어지르고 나간 테이블을 정리하면서 돌아보지도 않았다. 사장은 카드 매출 전표를 보더니 깜짝 놀랐다.

"오늘 무슨 날이야? 평일 손님이 왜 이렇게 많았어?"

"내가 어떻게 알아요? 사장님 늦어도 아홉 시까지 오신다고 했잖아요. 너무하시는 거 아니에요?"

따지다가 나도 모르게 울음이 나왔다. 사장이 당황하며 변명을 했다.

"미안해. 우리 아들이 학교에서 좀 안 좋았나 봐. 요즘 자꾸 나한테 짜증을 내서 애 하나 키우는 게 너무 힘들다. 분리 불안이 좀 나아지나 했더니 사춘기가 왔나 봐."

별것 아닌 일에 눈물까지 보여 민망해졌다.

"6학년이면 사춘기 맞죠."

퉁명스럽게 대답하고 돌아보니 사장이 튀김기에 새 닭을 넣고 있었다. 사장은 나한테 들으라는 건지 혼잣말을 하는 건지 저녁에 아들과 있었던 일을 줄줄 늘어놓았다. 그리고 늘 그러듯이 아들과 자기를 두고 제 살길을 찾아 나간 아내에 대한 원망으로 끝을 맺었다. 사장은 평소에도 누구한테 하는 얘기인지 모르게 혼 잣말처럼 신세타령을 한다. 오죽하면 스무 살도 안 된 나한테 하 소연하나 싶은 생각에 넋두리를 종종 들어 준다. 그러나 오늘 같 은 날은 듣는 것도, 맞장구를 쳐 주는 것도 귀찮다. 뒷정리를 마치 니 어느새 열한 시 반이었다. 원래 평일은 열한 시까지인데 또 초 과됐다. 나는 사장에게 지난 주말이랑 오늘 한 초과 근무를 합쳐 서 계산해 달라고 말했다.

"하여튼 강이 넌 나이도 어린 게 왜 그렇게 지독하냐?"

"지독한 게 아니라 정확한 거죠. 안 주시면 저 그만둘 거예요."

"협박하냐?"

"협박 아니고 제 정당한 권리를 말하는 거예요."

사장도 내가 일머리가 좋다는 걸 알고 있다. 이전에 대학생과 아줌마에게 한 번씩 맡겨 봤는데 다 나만 못 했다고 한다.

"이거나 가져가서 먹어."

사장이 내가 청소하는 동안 튀긴 닭을 불쑥 내밀었다.

"아들 가져다주려고 튀기신 거 아니에요?"

"오늘은 너 주려고 튀겼어. 고생했어. 미안해."

내가 사장한테 큰소리를 칠 수 있는 것은 이런 면 때문이다. 종 종 과하게 부려 먹긴 해도 나를 사람으로 대접해 준다. 초과 근무 에 대한 임금을 요구하면 장사가 안 된다느니, 업종을 바꿔야 한 다느니 엄살을 피우면서도 반영해 준다. 양심이 없는 어른들을 하도 만나서 그런지 이 정도면 괜찮다는 생각이 든다.

가게를 나와 집으로 가려다가 편의점 쪽으로 발걸음을 옮겼다. 배가 고팠다. 사장이 준 치킨은 지금 먹고 싶지 않았다. 저녁 내내 기름 냄새를 맡고 나면 치킨을 먹고 싶은 마음이 눈곱만큼도 남지 않는다. 반면 편의점에 가면 항상 먹을 게 넘친다. 지우 말대로 편의점은 내게 언제나 마르지 않는 곳간이다. 스트링 치즈와 스파게티 컵라면을 사서 2층으로 올라갔더니 창가에 정민 언니가 앉아 있었다. 언니도 나와 같은 걸 먹으며 스마트폰을 들여다보는 중이었다.

"언니, 안녕?"

"응, 안녕."

정민 언니가 얼굴을 들어 대답하고는 다시 고개를 숙여 스마트폰을 들여다보았다. 언니는 아직도 내가 서먹한 것 같다. 다른 자리로 갈까 하다가 이미 인사를 했는데 떨어져 앉는 것도 이상해 옆에 앉으며 물었다.

"야식이야, 저녁이야?"

"저녁. 오늘 환경 미화 하느라 이제 끝났어."

"어린이집도 야근을 하네?"

"내일 학부모 상담 있는 날이거든."

"어디든 다 힘들구나."

"그렇지."

정민 언니는 내 말에 대답을 해 주면서도 스마트폰에서 눈을 떼지 않았다.

"뭐 봐?"

언니가 멋쩍은 웃음을 지으며 대답했다.

"먹방. 지금 나랑 똑같은 거 먹어."

"아, 언니도 먹방 좋아하는구나."

"너도?"

"난 요즘 스트레스를 이걸로 풀어. 보다 보면 나도 먹고 싶어지는 게 문제지."

"그래? 나는 그냥 대리 만족으로 끝나는데."

"언니는 대리 만족이 되는구나. 난 안 돼. 그래서 살이 자꾸 더 쪄. 난 세상에서 다이어트가 가장 힘들어. 근데 언니는 먹어도 살 안 찐다며?"

"응. 보육원에서 하도 눈칫밥을 먹어서 그런가?"

정민 언니의 말에 어떻게 대답해야 할지 몰라 당황스러운데 언니가 아무렇지도 않게 물었다.

"참, 강이야. 너 토요일에도 알바해?"

"응."

"그럼 일요일 날 해야 하나?"

"뭘?"

"첫 월급 타면 너희한테 한턱 쏘기로 해 놓고 1년이 넘었잖아."

"아, 토요일도 여섯 시 전에는 괜찮아."

"그래? 그럼 내가 나중에 연락할게."

언니는 내 대답은 듣지도 않고 스파게티 용기를 들고 일어났다. 나라면 같이 먹던 사람이 다 먹을 때까지 기다릴 것 같은데 정민 언니는 상관없다.

내가 정민 언니를 알게 된 건 언니가 보육원에서 나와 영민 오빠네 집으로 온 뒤였다. 지우네서 같이 밥을 몇 번 먹고 어쩌다 노래방도 갔다. 내 딴에는 좀 친해졌다 싶어 길에서 아는 척을 하면 언니는 처음 보는 듯이 건성으로 인사하고 가 버렸다.

웬만한 사람과는 쉽게 친해지는 나도 정민 언니는 쉽지 않았다. 그런 정민 언니를 지우 엄마가 잘 보듬어 주었다. 그런데 언니는 지우 엄마의 관심을 간섭이라고 여겼다. 하루는 지우가 정민 언니 때문에 힘들다고 투덜거렸다.

"언니 겨우 학사 경고를 면했대."

"학사 경고가 뭐야?"

"낙제."

"대학에도 그런 게 있어?"

"그럼. 그래서 국가 장학금도 못 받고, 다음 학기 등록금을 언니가 퇴소할 때 가지고 나온 자립 지원금이나 디딤씨앗통장에서 내야 하는데 문제는 그 돈도 거의 안 남았다는 거야."

"왜?"

"다 썼대. 너무 철딱서니가 없어. 영민 오빠는 여태껏 자립 지원
금이랑 디딤씨앗통장 하나도 안 건드렸어. 등록금 다 장학금으로
냈잖아. 근데 정민 언니는 그 돈 어디다 썼는지 알아? 노트북 빼
고는 먹을 거랑 옷, 신발 이런 거 사는 데 썼대. 노트북도 비싼 걸
로 샀어. 전문가들이 쓰는 거."

지우는 웬만해서는 다른 사람 험담을 하지 않던 아이라 정민
언니에 대해 그렇게까지 나쁘게 말하는 게 좀 놀라웠다.

"영민 오빠는 언니 생각해서 기숙사 들어간 거잖아. 언니가 집
에 살면서 우리 엄마한테 돈이랑 학점 관리하는 법 배우라고 배
려한 거거든."

"그렇겠지. 오빠도 그렇게 도움을 받았으니까."

"그런데 언니가 거부했어. 그러더니 이게 뭐야? 그래서 영민 오
빠 1년 휴학하기로 했대."

"왜 오빠가 휴학해?"

"정민 언니가 자기가 휴학하고 알바한다고 했는데 오빠는 그게
더 걱정된대. 복학 안 할까 봐. 언니가 학교 안 다니고 싶어 하거
든. 오빠는 보육원 출신이 더 졸업장이 필요하다는 입장이야. 그
나마 사회에서 대접받고 살려면 그거라도 있어야 한다고."

영민 오빠는 휴학하고 나서 월급을 현금으로 줄 수 있는 곳을
어렵게 찾았다. 해삼, 홍합 따위의 건어물을 물에 불려 음식점에

납품하는 공장이었는데, 사장과 사장 부인, 그리고 사장 여동생인 공장장이 운영하는 작은 업체였다. 오빠는 사람들이 착하고 가족적인 분위기라며 좋아했지만, 그 착한 사람들이 해산물을 불릴 때 수산화나트륨을 넣었다. 그 공장은 식품 위생법에 걸려 문을 닫고 말았다. 오빠는 석 달 가까이 일했지만 마지막 한 달 치 월급은 받지 못했다. 다행히 편의점에서 일하게 돼서 정민 언니의 등록금을 마련했다. 지우 입장에서는 영민 오빠를 힘들게 하는 정민 언니가 한심해 보였겠지만 나는 언니가 좀 이해됐다. 언니가 몇 번이나 갔다는 패밀리 레스토랑은 나도 한번쯤은 정말 가 보고 싶었던 곳이고, 언니가 산 가방과 신발, 옷도 내가 사고 싶었던 것들이다.

나도 처음 아르바이트해서 30만 원을 손에 쥐었을 때, 사고 싶은 것부터 떠올랐다. 난생처음 만져 보는 그 큰돈이 운동화 한 켤레랑 가방 하나 사니 바닥났다. 지우는 그때도 나더러 생각이 없다고 지청구를 주었다. 그렇지만 지우가 뭐라고 하건 내 돈으로 갖고 싶은 물건을 사면서 맛본 쾌감은 짜릿했다. 그래서 다시 아르바이트를 했다. 정민 언니는 그동안 보육원에서 교통 카드를 충전해 주고, 옷은 계절마다 정부에서 주는 돈으로 보육사 선생님이랑 같이 샀다고 했다. 보육원에서는 아르바이트도 마음대로 할 수 없었으니 늘 용돈이 궁했을 거다. 그랬던 언니의 통장에 다달이 수십만 원이 들어오고 또 다른 통장에는 몇백만 원이 있으니 갑자기 큰 부자가 된 기분이었을 거다. 나 같아도 분명히 그랬을 거다. 나는 정민 언니한테 자주 동병상련을 느낀다.

고등학교 1학년 때 기초 생활 수급권을 박탈당하고 찾아간 주민 센터에서 정민 언니와 영민 오빠를 만났었다. 영민 오빠가 그랬듯이 정민 언니도 사회 복지 통합 전산망에 엄마가 조회되어 기초 생활 수급권이 끊겼다고 했다. 외할머니가 사회 복지사와 언쟁을 높이며 실랑이를 하는 동안 민원실에 있는 정민 언니와 영민 오빠의 이야기를 엿듣게 되었다. 좀처럼 큰소리를 치지 않는 오빠가 화난 목소리로 말했다.

"그 여자는 절대 너를 부양할 의사가 없어."

"오빠가 어떻게 알아?"

"이미 내가 2년 전에 겪은 일이라고."

"나랑 오빠랑 다를지 모르잖아."

"뭐가 달라? 그 여자는 벌써 결혼했다고."

정민 언니가 소리쳤다.

"왜 엄마를 자꾸 그 여자라고 해?"

"그 여자지. 언제 봤다고 엄마야?"

며칠 뒤 연우 언니 생일잔치에 온 정민 언니가 지우 엄마와 한참 이야기를 나눴다. 얼핏 듣기로는 언니네 엄마에게 내용 증명을 보내고 기다리고 있는 것 같았다. 저녁을 먹고 같이 설거지를 하다가 정민 언니에게 먼저 말을 건넸다.

"언니, 우리도 외삼촌 때문에 수급비 못 받았어."

"그래서?"

언니가 쌀쌀맞게 되물었다.

"아니, 나는 그냥……."

당황해서 말문이 막혔다.

"괜히 동정하는 척하지 마. 가정집 애들이 뭘 안다고."

언니의 거스러진 말투보다 '가정집 애'라는 말이 뼈아팠다. 정민 언니와 내가 같은 처지라고 느껴서 한 말이 언니가 듣기에는 거북했던 모양이었다. 내 편에서는 공감과 선의였지만 언니에게는 아닐 수도 있다는 걸 미처 생각하지 못했다. 정민 언니가 내뱉은 가정집 아이라는 말을 초등학교 때 이후로 오랜만에 들었다.

4학년 때 짝이 정민 언니가 지냈던 보육원에 살았다. 그 애는 항상 나를 가정집 아이라고 했다. 할머니와 나처럼 사는 가족을 조손 가정이나 결손 가정이라고 한다는 걸 알았을 때 내가 뭔가 모자라는 사람이라는 생각이 들어 슬펐다. 그런데 보육원에 사는 내 짝은 그런 나를 부러워했다. 조손 가정, 혹은 결손 가정 아이보다 시설 아이가 더 슬픈 말이라는 것을 그때 알았다. 나보다 더 슬픈 사람이 있다는 건 기분 좋은 일이 아니었다. 나는 짝 앞에서 할머니 얘기를 잘 하지 않았다. 친구들이 내게 없는 엄마 아빠 얘기를 할 때 상처를 받았던 것처럼, 할머니조차 없는 그 아이에게 상처를 주고 싶지 않았다. 서로 너무 조심스러워서였을까. 나와 짝은 4학년이 끝나도록 친해지지 못했다. 그런데 5학년 때도 같은 반이 되었다.

새 학기가 시작되자마자 내가 장염에 걸렸다. 수업 시간에도 화장실로 달려가는 나를 보고 아이들이 키득거렸다. 일주일쯤 지나다 나아서 기쁜 마음으로 식판을 들고 배식을 기다리는데, 뒤에 있던 남자애가 설사를 하면서도 밥은 먹느냐면서 놀렸다. 옆에 있던 다른 아이는 내게 뚱보, 먹보에 이어 똥보까지 더해 '삼보'가 됐다고 했다. 주위에 있던 애들도 재미있다며 웃었다. 늘 그랬듯이 모르는 척, 아무렇지 않은 척하고 자리에 앉았는데, 이번에는 여자애들이 약속이라도 한 듯 피해 앉았다. 하지만 4학년 때 짝은 자리를 피하지 않았다. 그렇다고 내게 눈길을 주거나 말을 걸지도 않았다. 그냥 말없이, 그러나 아주 천천히 밥을 먹었다. 나도 그 아이의 속도에 맞춰 천천히 점심을 먹었다. 짝은 평소에 밥을 너무 빨리 먹어서 선생님한테 지적을 받곤 했다. 나는 알고 있었다. 그 아이가 다른 아이들을 따라 자리를 피하지 않으려면 얼마나 큰 용기가 필요한지를. 그럼에도 그 아이에게 고맙다는 말을 하지 못했다. 그럴수록 오히려 그 아이를 더 곤란하게 만든다는 것을 알고 있었기 때문이다. 그 아이와 나는 그렇게 서로를 배려했다. 그건 우리처럼 약한 아이들끼리의 연대감이었다.

아이들한테 따돌림을 당할 때마다 집에 와서 조손 가정, 결손 가정 같은 거 하기 싫다며 떼를 썼다. 외할머니가 해 줄 수 있는 것이 없는 줄 알면서도 억지를 부렸다. 외할머니가 나를 위해 얼마나 열심히 살아왔는지 알면서도 할머니보다 더 늙고 낡은 집이 싫어지고 욕실은커녕 화장실도 없는 판잣집이 부끄러워졌다. 창문 없는 내 방은 감옥처럼 느껴졌다. 동네 아줌마가 이사 가면서 주고 간 허름한 옷장과, 구청에서 컴퓨터를 교체하면서 불우한 학생들에게 나눠 준 구형 데스크톱도 치욕스러웠다.

어느 날 4학년 때 짝과 둘이 과학실 청소를 하게 되었다. 그 아이가 말했다. 내가 어떤 집에 사는지, 내가 얼마만큼 가난한지를 잊으라고. 엄마 아빠가 없다는 것도 잊고, 나를 향한 반 아이들의 시선도 외면하라고 했다. 무슨 말이든 못 들은 척, 아무것도 모르는 척하라고. 자기도 그렇게 하니까 괜찮아졌다고 했다. 나는 그 아이가 알려 준 대로 나만의 성을 쌓으며 초등학교를 졸업했다. 중학생이 되면 좀 나아질 줄 알았던 학교생활은 여전히 만만하지 않았다. 힘들 때마다 이상하게 배가 고팠다. 아무리 먹어도 허전한 마음이 채워지지 않았지만 그래도 먹는 순간은 그 헛헛함과 불안이 사라졌다. 물론 이제는 그렇게 먹지 않는다. 그 대신 자꾸만 사고 싶은 게 생긴다. 나는 정민 언니도 나와 비슷할 거라고 생각한다. 언젠가는 언니에게 내 얘기를 들려주고 싶다. 가정집 아이도 슬픔이 없는 것은 아니라고.

3

아르바이트를 마치고 골목 안으로 들어서자 차가운 바람이 불어왔다. 우리 동네 바람은 봄에도 한겨울 북풍처럼 차다. 할머니 말로는 길 건너 아파트가 지어지고 나서 겨울에는 그늘이 져 골바람이 춥고, 여름에는 바람길이 막혀 더워졌다고 했다. 나는 아파트가 세워지기 전 기억이 거의 없어서 그때가 더 살기 좋았다는 할머니의 말을 얼마만큼 믿어야 하는지 모르겠다. 터덜터덜 골목을 지나 집 앞까지 갔는데 안이 캄캄하다. 현관문을 열었더니 외할머니의 코 고는 소리가 요란하게 들렸다. 집에 맞아 주는 사람이 없다는 게 갑자기 슬퍼졌다. 골목 모퉁이로 나가 지우네 빌라를 올려다보았다. 다행히 지우 방에 불이 켜져 있었다.

초인종을 누르자 지우가 문을 열었다.

"어! 웬일이야?"

"들어가도 돼?"

"뭔 일 있어?"

"아니."

나는 지우를 밀고 집 안으로 들어섰다. 현관에 지우 신발과 슬리퍼 한 켤레 외에 다른 신발이 보이지 않았다.

"혼자야?"

"언니는 오늘 학교 도서관에서 밤새운댔어. 주말에 토익 시험이래. 엄마 아빠는 모임. 근데 왜? 무슨 일 있어?"

"아니. 너 방 도배 새로 했다며? 구경하려고."

지우는 어이없는 표정으로 나를 바라보았다. 오랜만에 지우 방에 들어와 보니 엄청 좁아 보였다. 1인용 침대도 놓을 수 없어 소파형 침대를 들였던 걸 잊고 있었다.

"이제 보니 네 방도 딱 고시원만 하다."

"네가 고시원에 가 보기는 했어?"

"그럼. 정희가 고시원으로 갔잖아."

지우가 깜짝 놀라 물었다.

"왜?"

"걔네 엄마 시립 요양 병원 상주 요양 보호사로 가셨어. 오빠가 결혼한대. 직장이 천안이라서 거기 살아야 하는데 돈이 없으니까 엄마가 전세금 빼서 줬대. 그래서 정희는 여성 전용 고시원 들어가고, 엄마는 병원 앞에 원룸 얻어서 짐은 거기다 두고."

"와, 그게 말이 돼? 걔네 오빠 염치가 없다. 어떻게 엄마랑 여동생 사는 집을 빼서 전세를 얻어?"

"전세 아냐. 그게 거기 월세 보증금이래. 정희도 처음엔 뭐라 했는데 엄마가 오빠가 대학도 혼자 힘으로 다녔는데 결혼할 때 그것도 못 해 주냐고 했대. 전세금 빼도 4천만 원밖에 안 된대. 투룸 빌라였거든."

"아, 우리 주위엔 왜 다 지지리 궁상들만 있냐. 정말 짜증 난다."

"그러니까. 나도 주변에 부자가 있으면 좋겠어. 부자는 어떻게 사나 보게."

정희가 고시원에 들어갈 때 같이 이삿짐을 날랐다. 이삿짐이라고 해 봤자 책과 옷이 든 트렁크 두 개가 전부였다. 방이 얼마나 작은지 트렁크도 두지 못해 하나는 우리 집으로 가져왔다. 부엌도 따로 없는 고시원을 보고 나오는데 80년 넘은 낡은 집이라도 있는 게 다행이라는 생각이 들었다. 정희는 방음이 안 되는 것 빼고는 그럭저럭 괜찮다고 했다. 오히려 학교가 가깝다고 좋아했다. 정희 방을 떠올리며 지우 방을 휘둘러보고 침대 위에 앉는데 매트리스 한쪽이 푹 꺼졌다.

"와, 이거 뭐냐?"

지우가 깔깔거리며 웃었다.

"너 내 침대 물어내. 너 때문에 한쪽이 다 무너졌어."

"알았어. 내가 취직해서 돈 벌면 당장 네 침대부터 새로 사 줄게."

"와, 나 1년 뒤에는 새 침대 생기는 거야?"

"몇 달 안 걸릴 수도 있어."

"어제 면담했다더니 담임이 취업 도와준대?"

"그건 아니야."

"아니야?"

"응. 담임이 대학 가래."

"그래서 뭐라고 했어?"

"안 간다고 했지."

"왜?"

"원래 안 가려고 했는데 뭐. 내 형편에 무슨 대학이냐?"

"나는 뭐 달라?"

"그래도 넌 나랑 다르지. 엄마 아빠도 계시고."

"엄마 아빠 있다고 등록금이 나오니? 정민 언니랑 영민 오빠도 다 대학 다녔잖아."

"정민 언니랑 영민 오빠는 기초 생활 수급자잖아. 차상위는 별로 혜택이 없대."

"그래도 국가 장학금 있잖아. 우리 언니도 국가 장학금 제하고 나머지는 다 대출해서 냈어. 따지고 보면 우리가 더 막막해. 우리 아빠 언제 강사 자리 잘릴지 모른데."

"내 앞에서 네가 더 가난하다고 우기지 마. 아파트 살면서 휴먼 시아라서 창피하다는 여울이랑 똑같아 보이니까."

"찾아보면 길이 있으니까 너 하고 싶은 대로 하라는 거야."

"하고 싶은 게 뭔지 모르겠어."

"너희 반 애들은 어때? 진학이 많아, 취업이 많아?"

"반반."

"취업은 주로 어디로 해?"

"뭐 관광 쪽 애들은 호텔이나 여행사로 가고, 공항 면세점에 취직하려는 애들도 있고. 외식 조리 쪽은 패밀리 레스토랑으로 많이 가. 회계 쪽도 있고. 그런데 어제 담임이⋯⋯."

"담임이 뭐?"

담임 선생님한테 들은 반도체 회사 이야기를 하려다 지우 표정을 보니 침만 꼴깍 넘어갔다.

담임 선생님은 처음에는 전문대나 지방대를 권했다. 관광 쪽이든 회계 쪽이든 고졸로는 안정적인 직장을 구하기 힘들다고 했다. 내가 가정 형편상 당장 취업을 해야 한다고 했더니 선취업 후 진학제를 알려 주었다. 수도권에 있는 4년제 대학은 주로 경력자들 위주로 뽑기 때문에 가기 어렵지만 방통대에도 똑같은 제도가 있어서 금융 회계 계통으로 진학하면 일을 다니면서 학사 학위를 딸 수 있다고 했다. 문제는 취업이었다. 담임 선생님은 요즘에는 취업 의뢰서가 주로 생산직에서 온다면서 책상 위에 있던 파일 안에서 종이 몇 장을 꺼내 보여 주었다.

"반도체 회사 쪽은 어때? 공채 말고 수시 모집도 학교로 의뢰서

가 오거든. 꼭 사무직으로 가려고 고집하기보다 급여가 괜찮고 복리 후생도 잘되어 있는 이런 데도 생각해 봐. 강이는 출결이 좋고 1, 2학년 생기부도 좋아. 3학년 1학기 성적만 잘 유지하면 갈 수 있어. 솔직히 전문대 나와서 웬만한 데 가는 것보다 연봉도 높아."

연봉이 높다는 말에 귀가 솔깃했다.

"거기 가면 다 기숙사 아니에요? 제가 취업하면 할머니 혼자 계셔서."

"그래? 대기업은 기숙사 생활을 하는 데가 많지. 경기도라."

그러면서 컴퓨터 모니터에 창을 하나 띄웠다.

"여기는 인천에 있는 덴데 꽤 탄탄한 중소기업이더라. 나도 이번에 알았어. 이거 봐. 통근 버스도 있고. 대기업보다는 약간 페이가 낮지만 그래도 이 정도면 상당한 편이지. 집에서 다닐 수 있고, 복지도 잘되어 있어. 계열사 리조트 이용도 가능하대. 건강 검진 같은 것도 해 주고. 대기업은 아니어도 조건이 좋아. 반도체 쪽도 하청 공장들은 아주 열악하다는데 이 회사는 정말 괜찮네."

담임 선생님은 홈페이지를 꼼꼼히 살피면서 감탄사를 연발했다.

"근데 반도체 회사는 위험하지 않아요?"

"아니야. 요즘은 안전하대. 학교에서도 다 알아봤어."

"근무 시간은요?"

"이쪽 계통은 다 3교대야."

담임 선생님에게 생각해 보겠다고 하고 나왔는데 자꾸 끌렸다.

특히 초임 연봉이 2천이 넘는다는 말이 귓가에서 맴돌았다.

나는 지우 눈치를 살피다 조심스럽게 말을 꺼냈다.

"지우야, 반도체 회사 있잖아. 거기 요즘에는 예전하고 다르대. 안전 수칙도 강화되고, 시설도 잘돼 있고."

"뭐야, 뜬금없이? 그래서 뭐? 반도체 회사 가려고?"

"아니, 꼭 그런 건 아니고."

"거기 다니다가 백혈병 걸린 일도 있었다는데, 위험한 데 아니야? 너도 그냥 대학 가. 네 말대로 아직 네가 진짜 좋아하는 게 뭔지, 잘하는 게 뭔지 모르잖아. 전문대라도 가면 최소한 2년 정도는 시간을 가질 수 있잖아."

"전문대도 한 학기 등록금이 3백만 원 넘는다며. 그렇게 2년을 다니고도 취직 못 하면? 정민 언니한테 물어보니까 대학 가면 등록금만 드는 게 아니더라. 점심 사 먹고, 옷 사 입고, 화장품도 사야 하는데 그 돈을 어떻게 다 감당해? 나는 아무렇게나 입고 생얼로 학교 다니고 싶지는 않아. 정희는 이미 정했어. 그리 가기로."

"정희는 기숙사 있는 데가 좋겠지. 당장 지낼 데도 없으니까. 그래도 넌 할머니가 계시잖아. 어디 경리 자리는 없대?"

"고졸로는 회계 쪽으로 가기 힘들대. 담임 말로는 요즘 중소기업에서는 경력 많고 결혼한 사람들을 주로 고용한대. 알바 아니고 취업은 너무 힘든가 봐. 담임도 되게 속상해하면서 말해 준 거야. 머리가 터질 것 같아."

내 말에 지우가 한숨을 쉬었다. 착잡한 표정을 보자 지우도 면담을 했을 텐데 아무 말도 없었다는 게 생각났다.

"너는? 너도 면담했다며."

"응."

"담임이 문예창작과 갈 수 있대?"

"웬 문창과?"

"너 소설 쓰고 싶다며."

"소설을 쓰고 싶다는 거지, 문창과에 간다는 건 아니야."

"소설 쓰고 싶으면 그 과에 꼭 가야 하는 거 아냐?"

"그런 게 어디 있어? 대학 안 나와도 소설은 쓸 수 있거든. 그리고 난 그 과 못 가."

"거기도 성적 높아?"

"문창과는 내신만으로 안 돼. 실기가 60퍼센트가 넘어."

"정시도?"

"응."

"너 글 잘 쓰잖아."

"나처럼 써서는 못 가. 전문 학원 다니거나 작가나 시인한테 과외 받아서 쓰는 글이 나같이 주먹구구로 쓰는 글이랑 같겠어? 글쓰기 대회 수상 실적이라도 있다면 모를까. 나는 그런 거 없잖아."

지우도 수상을 할 기회가 없었던 것은 아니다. 작년 교내 논술 대회에서 1등을 해서 시에서 주최하는 대회에 나갈 기회를 얻었다. 그런데 학년 부장 선생님이 여울이에게 양보하라고 했다. 지우에게는 받으나 마나지만 상위권 대학에 지원할 여울이에게는 아주 요긴한 '스펙'이 된다고 했다. 나는 절대 양보하지 말라고 했지만 지우는 대회를 포기했다.

"그럼 너 소설 안 쓸 거야?"

"대학 안 가도 소설 쓸 수 있다고. 난 꼭 쓸 거야. 이미 조금씩 준비하고 있어. 언제 완성할지는 모르지만."

"와, 진짜? 무슨 얘기야?"

"우리가 태어나고 살아온 이 동네 이야기. 아무도 주목하지 않는 우리 이야기를 기록하는 게 내 꿈이야."

"우리? 그럼 나도 주인공이야?"

"그럼. 아직 우리들 이야기까지 나오려면 멀었지만."

"와, 지우야. 내가 돈 벌어서 너 글 쓰는 동안 먹고 입고 자는 거 다 해결해 줄게. 이제부터 내 꿈은 네 후원자 되는 거다."

"야, 이강. 제발 그만해라."

지우는 내 말을 농담처럼 받아넘겼지만 나는 진심이었다. 지우가 뭘 하든 지원군이 되어 줄 거다. 나한테 지우는 가족이다. 엄마가 하늘나라로 떠나고 외할머니와 나만 덜렁 남겨졌을 때는 정말 막막했다. 지우 외할머니와 이모할머니, 그리고 지우 엄마가 아니었다면 우리는 신문이나 텔레비전에 나오는 사람들처럼 고립되어 있다가 죽은 채 발견이 되었을지 모른다.

4

버스 정류장으로 가다가 아파트 입구에서 택시를 타는 여울이를 보았다. 여전히 아침마다 택시 타는 버릇을 고치지 못한 모양이다. 여울이는 고등학교에 간 뒤 휴먼시아 아파트에 산다는 말을 친구들한테 절대 하지 않는다고 했다. 나에게는 늘 부러움의 대상이었던 저 아파트가 누구에게는 부끄러움이라는 사실이 씁쓸하다.

어렸을 때는 여울이가 창피해하는 그 아파트의 놀이터가 그렇게 부러웠다. 그래서 놀기 싫다는 여울이를 억지로 불러냈다. 거기서 놀면 나도 아파트에 사는 아이가 된 것 같아 좋았다. 지우는 아파트 놀이터를 싫어했다. 내가 가자고 하면 마지못해 한 30분 놀고는 지루해했다. 지우는 놀이터보다 우리 집 앞 골목이나 윗동네와 아랫동네 사이 공터에서 노는 걸 더 좋아했다. 그곳에는 판자로 얼기설기 지은 굴 작업장이 있고, 구멍가게와 싸전 앞에 평상과 나무 의자들이 있어 동네 어른들의 사랑방이 되기도 했다. 거기서 놀면 할머니들의 잔소리를 들어야 했지만 한편으로는 어른들이 지켜보는 데서 노니까 안심이 될 때도 있었다.

은강초등학교에서 돌봄 보조 강사를 하는 지우 엄마 말로는 은강아파트 주민도 대부분 노동자들이라고 했다. 은강아파트는 평수가 넓지 않고 분양 동 옆으로 임대 동도 두 동이나 된다. 그런데도 아파트 사람들은 우리 동네 사람들이 자신들과는 다른 부류라는 듯이 섞이기 싫어했고, 우리 동네 사람들은 아파트 사람들한테 열등감을 느꼈다. 그 거리감이 여울이와 나 사이에도 똑같이 존재했다.

마을버스는 금세 왔다. 이 노선은 임대 주택이 있는 6번지 축대를 지나 은강초등학교를 거쳐, 은강중공업 뒤 은화부두를 돌고 나와 은화동으로 향한다. 버스는 은화동을 빠져나와 산동네 아래 주공 아파트 단지를 따라가다가 청과 시장에서 꺾어 중앙시장 앞길로 간다. 중앙시장 양옆으로 작업복이나 작업용 장갑, 비닐과 청소 도구 등을 파는 가게와 온갖 그릇과 갖가지 종류의 상을 파는 상점들이 줄지어 있다. 시장에서 파는 물건만 보더라도 은강구에 사는 주민들의 직업이 대강 짐작이 간다. 그 시장을 내려다보는 산동네는 재개발을 앞두고 있다. 그래서 길목에 플래카드가 어지럽게 걸려 있다. 시장 건너 야트막한 언덕에 자리한 우리 학교에는 선교사들이 학교를 세운 근대 초기와, 일제 강점기 때 지은 건물이 그대로 있다. 역사가 오래되었다고 해서 그 역사가 찬란하기만 한 건 아니다. 그 시간이 주는 명예 역시 모두의 것은 아니다. 우리 학교 같은 특성화 고등학교는 재단에서도 별로 신경을 안 쓴다. 요즘 우리 교실에는 수업 시간에 깨어 있는 애들이 거의 없다. 선생님과 내가 일대일 수업을 할 때도 있다. 그렇다고 내가 뭐 학업에 충실한 건 아니다. 나마저 잠들면 선생님이 힘들까봐 애써 깨어 있으려고 노력할 뿐이다. 정희는 졸리면 자는 거지 선생님한테 뭐가 미안하냐고 하지만 내가 선생님이라면 학생들이 다 엎드려 자는 교실에서 혼자 떠들기가 민망할 것 같다. 지우 말로는 일반 고등학교 교실도 우리 학교 못지않다고 한다.

"나 알바 잘렸어."

정희가 수업이 끝나고 교실을 나서며 말했다. 정희는 그동안 중앙시장 어귀에 있는 분식집에서 아르바이트를 했었다.

"그럼 새로 구할 거야?"

"아니. 나 다시 중국어 배우려고. 오늘 등록해."

"너, 반도체 회사 갈 거라며?"

"응. 거기서도 계속 공부할 거야. 나 방통대 중어중문학과 가려고. 딱 4년 일하고 중국으로 유학 가서 꼭 여행 가이드 될 거야."

정희는 아직도 가이드의 꿈을 접지 않았다. 정희라면 꿈을 꼭 이룰 거다. 정희가 늦었다며 버스 정류장으로 뛰어가는 뒷모습을 보며 천천히 골목을 내려왔다. 평일인데도 사람들이 몰려 있다. 오늘도 드라마나 영화를 찍는 것 같았다. 우리 학교 아래에는 일제 강점기 때 양조장, 정미소, 성냥 공장으로 쓰던 건물과 일본 조계지에서 밀려난 조선인들이 살던 집들이 남아 있다. 6·25 전쟁 이후에는 피난민들이 자리 잡고, 헌책방들이 하나둘 생겨나 한때는 수십 개에 이르렀단다. 그러나 지금은 몇 개뿐이다. 양조장, 정미소, 성냥 공장에는 예술가들이 갤러리와 공방을 열었다. 그곳이 점점 알려지면서 드라마나 영화 촬영지가 되었다. 나는 인파를 헤치고 지우의 단골 헌책방으로 갔다. 주인한테 지우 이름을 말하자 계산대 아래서 책 한 권을 꺼내 주었다. 지우 말로는 이 근처 어디에 살았던 희곡 작가에 대한 책이라는데 나는 이름도 들어 본 적이 없는 사람이다. 요즘 지우는 은강구나 웅봉구를 배경으로 하는 책을 사 모으는 재미에 빠져 있다. 헌책방을 나오다 맞은편에 새로 들어선 유니폼 전문 가게를 발견했다. 원래 서점이 있던 자리다. 그 서점은 엄마가 중학생 때부터 다닌 곳이었다. 내가 유치원생 무렵, 엄마는 쉬는 날마다 그 서점에서 책을 구경하고 셈하기 책과 한글 스티커 북을 사 주었다. 엄마가 세상을 떠난 뒤, 이 서점처럼 엄마와의 추억이 깃든 곳들이 천천히 사라져 갔다. 머리핀과 끈을 사 주던 지하상가 액세서리 가게는 네일 아트숍으로 바뀌었고, 엄마가 좋아하는 메밀국수를 팔던 병원 앞 분식집은 문을 닫았다. 그래도 엄마랑 자주 가던 애관극장과 극장 근처 재래시장 만둣집은 남아 있다. 엄마가 중학생 때부터 단골 이었다던 그 만둣집은 주인 할아버지가 돌아가시고 아들이 물려받았다. 오랜만에 거기서 할머니가 좋아하는 공갈빵을 사려고 길을 건넜다. 옛날부터 가구점들이 몰려 있는 언덕을 넘다가 문득 엄마랑 자주 가던 도서관이 생각나 기독병원 뒤로 올라갔다. 이미 벗꽃이 떨어지기 시작한 도서관 마당에는 엄마가 책을 읽어주던 벤치가 그대로 있었다. 그곳에 앉아 같이 읽던 그림책 『할머니가 남긴 선물』과 『우리 할아버지』가 떠올랐다. 그러자 엄마의 목소리가 생생하게 되살아나는 듯했다. 엄마가 그 그림책을 읽어줄 때마다 펑펑 울었는데 내가 같은 처지가 될 줄은 몰랐다. 그래도 엄마와의 추억을 떠올리는 일은 마음은 아플지라도 질리지 않는다.

도서관에서 내려와 공갈빵을 파는 만둣집에 막 다다랐을 때 외할머니한테 전화가 왔다.

"강이냐? 오늘 제사인 거 알지?"

어쩐지 유난히 엄마 생각이 난다 했다. 내가 기억하는 엄마의 추억이 실제인지, 외할머니의 말을 듣고 하는 상상인지 헷갈릴 때도 있지만 신기하게 제삿날이 다가오면 엄마 생각이 더 많이 난다. 버스를 타고 집으로 가다가 은강방직 정류장에서 내렸다. 수위실 앞에서 안을 들여다보았다. 여전히 공장이 돌아가고 있다는데 예전만큼은 아닌지 적막해 보였다. 그래도 공장에 뿌리 내린 나무와 풀 들은 봄을 맞아 연둣빛 새싹을 틔워 내고 있었다. 특히 정문 안쪽 옛 의무실 앞에 있는 오래된 벚나무는 올해도 꽃을 활짝 피웠다. 안을 기웃거리다가 수위실 아줌마한테 잠깐 들어갔다 나와도 되느냐고 물었다.

"무슨 용건으로?"

"그냥 꽃이 예뻐서요."

"여긴 관계자 외 출입 금집니다."

나는 아무 말도 못 하고 뒤돌아섰다. 작년 이맘때 지우 엄마랑 공장 안에 들어간 적이 있다. 은강방직에서는 봄가을마다 계열사들이 만드는 브랜드 옷을 싸게 파는데 그때만큼은 정문 옆 건물 1층까지 들어가 볼 수 있다. 공장 안에는 아직도 일제 강점기 때 지은 일본식 건물이 남아 있다. 개량 한옥으로 지은 의무실은 엄마가 고등학교 때 찍은 사진에서 봤다. 공장 안에는 건물과 건물 사이를 잇는 일본식 회랑도 있다. 엄마가 친구들과 교복 대신 유니폼을 입고 사진을 찍었던 곳이다. 엄마가 가장 빛나고 예뻤을 고등학교 시절을 보낸 공장 구석구석을 보고 싶지만 허락이 되지 않는다. 담 너머로 엄마가 살았다던 기숙사 지붕을 한번 건너다보았다. 정문에서 우리 동네로 가는 길에는 부서진 붉은 벽돌을 시멘트 블록으로 보강한 담이 이어져 있다. 애초에 붉은색이었을 벽돌담은 자동차 매연으로 거무죽죽해졌다. 담벼락 앞 좁은 화단에 심긴 소나무는 먼지를 뒤집어쓴 채 겨우겨우 목숨을 이어 가고, 담쟁이넝쿨은 연둣빛 여린 잎을 달고 벽을 따라 뻗어 있다. 아주 가끔 엄마가 일이 일찍 끝나는 날이면 어린이집으로 나를 데리러 왔다. 그러면 엄마 손을 잡고 이 담장 아래를 걸었다. 내가 기억하는 그날은 넝쿨이 우거져 있었다. 그 무렵 스파이더맨 영화를 봤는지 담쟁이넝쿨을 보며 내가 말했다.

"엄마 저 이파리 스파이더맨이다."

"왜?"

"담을 막 타고 가니까."

그러자 엄마가 나를 안았다.

"우리 강이는 진짜 똑똑해. 저거 보면서 스파이더맨이 떠올랐어?"

엄마는 별것 아닌 일에도 내가 똑똑하다며 추어주었다. 그때는 진짜 그런 줄 알았다. 엄마는 간호사가 꿈이었던 나를 위해 자주 내 환자가 되었다. 퇴근해 저녁을 먹고 나면 그대로 누워 쉴 때가 많았던 엄마는 누운 채로 딸의 간호를 받아 주었다. 언젠가 주사를 맞던 엄마가 물었다.

"강이 간호사님, 간호사 말고 의사 선생님 하시면 안 돼요?"

"왜요? 어디가 많이 아파요?"

"아니요. 의사가 더 좋잖아요."

"아니요. 간호사가 더 좋아요."

"왜요?"

"간호사가 주사 놓잖아요. 주사 맞아야 안 아파요."

"의사도 주사 놓을 수 있고 돈도 더 많이 벌어요."

나는 간호사보다 의사가 돈을 더 많이 버는 이유를 알 수 없었지만 엄마에게 선심 쓰듯 답했다.

"그럼 의사 할게요."

그러자 엄마가 다시 고쳐 말했다.

"아니야, 강이야. 의사도 좋고, 간호사도 좋아. 강이 하고 싶은 거 다 하고 살아."

열아홉이 된 지금은 엄마가 원하던 일뿐만 아니라 내가 원하던 일도 할 수 없는 현실을 안다. 간호학과에 가려면 일반 고등학교에서 1, 2등급은 돼야 한다. 지우네 학교는 아예 보건 계열을 지원할 아이들만 따로 한 반을 만들어 입시를 준비할 정도다. 의사건 간호사건 내가 닿기에는 너무 높은 곳에 있다는 것을 깨달은 뒤로 내 꿈은 사라졌다. 엄마는 이 담을 따라 걸으며 집에 갈 때마다 당부했다.

"엄마는 이 회사에 다녔어. 우리 강이는 여기보다 좋은 데서 일해야 해, 꼭."

그때 엄마와 손가락을 걸었는지는 기억이 나지 않는다. 버스 정류장을 지나치다 언뜻 전광판 아래에 간호조무사 학원 광고를 보았다. 나도 모르게 발길을 멈추고 꼼꼼히 읽었다. 그리고 지우에게 메시지를 보냈다.

—지우야, 간호조무사 어때?

—갑자기 뭔 소리야?

—나 간호조무사 하면 어떻겠냐고.

—간호조무사는 왜?

—버스 정류장에 학원 광고가 붙어 있어서. 내 꿈이 원래 간호사였 잖아.

—그래서?

—1년 과정인데 장학금도 있대.

—간호조무사? 그거 안 힘든가?

—안 힘든 일이 어디 있어?

—나는 잘 모르겠다. 수강료는 안 비싸?

—여기 자세히는 안 나와 있는데. 1년 과정이니까 적지는 않겠지.

—난 네가 누구 보살피고 그러는 거 안 하면 좋겠는데.

—왜?

—뭘 왜야? 넌 늘 다른 사람들 챙기느라 네 실속 못 차리잖아.

—그게 간호조무사 하는 거랑 뭔 상관 있어?

—난 네가 남 돕는 일 하지 말고 막 부려 먹는 사람 되면 좋겠어.

—야, 그게 말이 되냐? 내가 누구를 부려 먹는 직업을 가질 리가 없 잖아.

—그거야 모르지.

―난 누군가를 돕는 일이 좋아.

―못 말려. 일요일 날 만나서 얘기해 보자.

―ㅇㅋ

5

"할머니, 제사 좀 간단히 지내면 안 돼?"

제사상을 차리면서 투덜거리자 외할머니가 말했다.

"안 돼. 네 엄마랑 외할아비 혼이 1년에 한 번 찾아오는 날이야."

"할머니 혼자 준비해야 하니까 그렇지."

"뭐 많이 차리기나 하나. 혼자 해도 충분해."

"이게 적게 준비한 거라고? 할머니 일하고 와서 전만 부쳐도 기운 다 빠지겠다. 난 할머니 죽어도 제사 안 지낼 거야."

"제발 그래라. 나도 너 안 찾아올란다."

"그래, 꼭. 할머니 하늘나라에서는 100평쯤 되는 집에서 살면서 이승일랑은 내려다보지도 마."

"걱정 마라. 내가 꼭 그럴 거다."

"그 대신 외할아버지랑 둘이 울 엄마 잘 데리고 있어. 호강시켜 주면서."

내 말에 외할머니 코끝이 빨개졌다. 엄마와 외할아버지의 제사를 합쳐 지내기 시작한 지 벌써 6년째다. 귀신도 따로 오는 것보다 아버지와 딸이 손잡고 오면 나을 거라는 지우 이모할머니의 설득에 제사를 합쳤다. 가뜩이나 안 아픈 데가 없는 외할머니가 명절 차례 말고도 두 번이나 제사를 준비하는 게 걸렸던 터라 나도 적극적으로 찬성했다.

제사를 마치자마자 얼른 그릇을 비우고 설거지를 시작했다. 외할머니는 내가 설거지하는 데를 자꾸 기웃거렸다.

"제발 좀 앉아서 쉬어. 여기 깨질 그릇도 별로 없잖아."

"미안해서 그러지."

"할머니는 도대체 맨날 뭐가 미안해?"

"다 미안하지. 지지리 가난한 집에서 어미도 없이 자라게 했으니."

"그게 뭐 할머니 탓이야?"

"내가 능력이 있으면 네 어미가 어려서부터 고생을 안 했을 텐데. 자식을 두고 돌아서는 어미는 발자국마다 피가 고인다는데 널 두고 가면서 얼마나 마음이 아팠을까. 그 생각 하면 아직도……."

외할머니가 목이 메어 더 말을 잇지 못했다. 제사 때마다 되풀이되는 일이라 이제는 좀 지겹다.

"할머니는 고생 안 했어? 지지리 가난한 집에서 태어나 지지리 가난한 남자 만나서 고생한 건 똑같잖아."

"그러니까 그게 다 내가 박복해서 그렇지."

"아, 진짜 짜증 나. 할머니가 그런 말 해 봤자 달라지는 거 없는데 왜 그래?"

"네 말이 맞다."

내 짜증에 할머니가 주눅이 들어 입을 다물었다. 그 모습을 보면 또 미안한 마음이 든다.

"할머니, 제발 그런 말 하지 마. 그럼 정말 맥 풀린단 말이야. 나한테 할머니마저 없었으면 어쩔 뻔했어? 난 할머니가 날 버리지 않고 지켜 줘서 정말 고맙다고."

"자식 버리는 부모가 어디 있다고 그런 말을 하는 거가?"

"어디 있기는? 정민 언니랑 영민 오빠 봐. 정민 언니가 그러는데 언니 오빠가 산 보육원에는 부모가 없는 애들보다 있는 애들이 더 많대. 언니 오빠한테는 미안하지만 언니 오빠를 볼 때마다 나는 얼마나 다행인가 그런 생각이 들어."

"하긴 걔들 보면 마음이 아프지."

"그러니까 내 앞에서 당당하란 말이야. 강이 네년은 나 없으면 굶어 죽었어. 내가 너 때문에 얼마나 고생을 한 줄 알기나 알아? 이렇게 막 화도 내고."

"그러면 네가 가만히 있냐?"

"가만 안 있지. 그럼 싸우면 되잖아. 그러면서 서로 힘을 기르는 거지."

"실없는 소리는."

외할머니가 피식 웃었다.

"할머니, 나한테 할머니가 있어서 얼마나 든든한지 몰라. 영민 오빠가 그런 말 한 적 있어. 차라리 엄마가 죽은 거였으면 좋겠다고. 오빠랑 언니는 대학 가서 두 번째로 버려진 기분이었대."

"영민이가 그런 말을 했어?"

"응."

"안쓰러운 녀석들."

할머니가 손등으로 눈물을 훔쳤다.

나는 아직도 엄마가 떠나던 날이 선하다. 하필 봄 소풍날이었다. 엄마가 병원에 있으니 지우 엄마가 대신 도시락을 싸 줬다. 나는 철없이 지우랑 내 도시락이 똑같아서 좋았다. 놀이공원에 갔다 왔는데 교문 앞에 지우 엄마가 있었다. 평소와 다른 얼굴이었지만 나는 왜 그러느냐고 묻지 않았다. 지우 엄마를 따라간 곳은 병원이었다. 그런데 나를 엄마가 지내던 중환자실이 아니라 건물 뒤 지하로 내려가는 계단으로 데려갔다. 향냄새가 나고 여기저기서 우는 소리가 들렸다. 초등학교 3학년 때니 그곳이 장례식장이라는 걸 알아챌 수 있었다. 장례식 날의 풍경은 드문드문 기억이 난다. 관을 들어 준 분들 중 떠오르는 사람은 지우 아빠와 여울이 아빠다. 통영인지 거제인지 남쪽에 살던 외삼촌은 오지 않았다. 관이 어느 방으로 들어가고 나는 외할머니 손을 잡고 복도 중간 유리 벽 앞에서 한참을 기다렸다. 그러다 연우 언니와 한울이 오빠랑 매점에 가서 콜라를 마시기도 했다. 지우 엄마와 여울이 엄마는 유리 벽 앞에서 미란아, 미란아, 하고 엄마 이름을 부르며 계속 울었다. 유골이 담긴 상자를 들고 언덕을 내려가는데 바람이 불 때마다 분홍빛 꽃잎이 눈처럼 쏟아져 내렸다. 그게 벚꽃이라는 건 나중에야 알았다. 유골을 안치한 곳은 평온의 집 2층 세 번째 방, 맨 위였다. 텔레비전에서 보면 유골이 주인공들의 눈높이에 있던데 엄마 자리는 너무 높아서 구석에 둔 나무 상자를 가져다 놓고 올라가야 했다. 그래도 내 눈에는 엄마 사진과 유골함이 보이지 않았다. 그러나 이제는 상자 위에 올라서면 엄마와 마주할 수 있다. 엄마가 떠난 뒤 처음 몇 년은 봉안당에 자주 갔지만 시간이 지날수록 점점 횟수가 줄었다. 지금은 엄마가 떠난 날, 엄마 생일날, 그리고 추석에만 간다. 그만큼 슬픔이 옅어졌다. 영민 오빠 말대로 어쩌면 내가 살아남기 위해 엄마에 대한 그리움을 지우려 애썼는지도 모르겠다.

"할머니, 있잖아. 왜 아빠 얘기는 안 해 줘?"
오랜만에 마음먹고 물은 말에 외할머니 얼굴이 굳었다.
"네 아빠는 죽었다니까."
"그러니까, 어떤 사람이었냐고. 죽기 전에."

"나도 잘 몰라."

"진짜 몰라? 혹시 나 출생의 비밀 있어? 아주 부잣집, 아니면 유명한 정치인의 숨겨진 손녀는 아니지?"

"그런 일 없어."

"그렇지? 아닐 줄 알았어. 차라리 그러면 좋겠다. 내 앞으로 어마어마한 유산이 남겨졌다거나 하는 기적 같은 일이 일어날 리는 없겠지. 그래도 궁금해. 나도 열아홉이잖아. 할머니 돌아가시면 나 혼자인데 내가 어떻게 태어났는지는 알아야 하지 않아?"

외할머니의 주름진 눈가가 붉어지더니 금세 눈물이 차올랐다.

"왜 울어, 또."

할머니가 눈물을 훔치고는 나를 부릅떠 보며 짜증을 냈다.

"넌 우리 미란이 딸이고 내 손녀딸이야. 그거면 됐지, 왜 자꾸 아비를 물어봐."

"내가 아빠 없이 태어나진 않았을 거 아냐. 단지 궁금한 거야. 아빠를 찾고 싶다거나 그런 거 아니라고, 절대."

외할머니가 뭔가 골똘히 생각하더니 입을 열었다.

"지우 엄마한테 물어봐. 지우 엄마랑 여울이 엄마는 혹시 알지도 몰라. 나한테 못 하는 얘기도 언니들하고는 했으니까."

"알았어. 내가 괜히 속상하게 했나 보다. 오늘은 꼭 껴안고 자자."

외할머니 방으로 이부자리를 가져와 같이 누웠다. 할머니한테서는 퀴퀴하고 비릿한 냄새가 난다. 오랫동안 바닷바람과 맞서며 살았기 때문이라고 했다.

"할머니, 할아버지 얘기 해 줘."

"이젠 할 것도 없어. 똑같은 얘길 뭘 해 달래?"

"그거 알아? 외할아버지 얘기할 때 할머니 얼굴이 가장 환한 거?"

"그래?"

"응. 할머니는 할아버지를 진짜 좋아했나 봐. 고생만 시켰는데도 여전히 그리워하는 걸 보면."

"그랬지. 내가 많이 좋아했지."

"나 졸업하고 취직하면 백령도 가자. 거기 가면 할아버지 고향이 보인다며?"

"그렇다고 거기 가서 뭐 하게?"

"할아버지 유골 거기다 뿌렸다며? 가서 인사하고 할아버지 고향도 멀리서라도 보면 좋잖아."

"그러게. 네 외할아비가 세상을 떠난 지 30년이 되도록 백령도를 못 가 봤네. 거기서는 장산곶이 보인다니 한번 가 보고는 싶지."

"좋았어. 내가 취직하면 그리로 여행 가자."

외할머니의 눈가가 다시 붉어졌다.

"아휴, 우리 할머니 점점 울보가 돼. 자, 이제 할아버지 얘기 해. 나 들으면서 자게."

"뭔 얘기?"

"아무거나. 처음 봤을 때 얘기도 좋고."

할머니가 바로 누워 천장을 올려다봤다.

"지금도 네 외할아비를 생각하면 가슴이 동당거려. 네 외할아비는 월남해서 철공소에서 일하기 전에는 신학교에 다닌 인텔리였어. 우리 아버이가 철공소 사장님이랑 친해서 네 할아비를 나한테 소개했지. 처음엔 열다섯 살이나 많은 남자라고 해서 뿔이 났는데 만나 보니 사람이 괜찮았어. 나처럼 공민학교밖에 못 다닌 무식쟁이한테는 과분해 보였지."

"참 내. 나이가 열다섯 살이나 많고 고향에 처자식이 있었다며 뭐가 과분해?"

"배운 사람이라 말투나 행동거지가 내가 보아 온 여느 남자들하고 아주 달랐어. 둘이 결혼하기로 마음먹고 나서 자기가 일하는 철공소에 데려갔어. 너도 기억나지? 은강방직이랑 우체국 사이에 있던 데."

"응. 근데 문이 열려 있는 건 못 봤어."

"건물 한쪽에 부뚜막처럼 쇠를 녹이고 달구는 데가 있고, 사방에 배 못이 걸려 있었지. 자기가 만드는 게 목선에 쓰는 배 못이라며 보여 주더라고. 다른 못하고는 생긴 게 달랐어. 납작하고 길쭉해 팔뚝 길이만 하고 끝이 콩나물 대가리처럼 휘어져 있었지. 철공소 사장님은 이 근방에서 아주 유명한 기술자였어. 네 할아비는 그 밑에서 일하는 게 좋다고 했어. 쇳물을 녹이려 풀무질을 하고, 못을 단단하게 만들기 위해 모루에 뉘어 놓거나 담금질을 할 때면 시름이 사라진다는 거야. 배운 사람이 노동해서 먹고사는 걸 부끄러워하지 않아서 좋았어. 만난 지 석 달 만에 은강역 앞 사진관에 가서 결혼사진을 찍고 같이 살았지."

"제일 행복했던 때는 언제야?"

"신혼여행."

"어? 신혼여행도 갔었어? 그 얘기는 안 해 줬는데?"

"네 외삼촌 임신했을 땐데, 결혼하고 첫 생일이라고 신혼여행을 가자는 거야. 지금 못 가면 영영 못 갈 거 같다면서. 멀리는 못 가도 현충사라도 다녀오자고 했어. 절인 줄 알고 갔더니 이순신 장군을 모시는 데라 하데? 영등포에서 천안까지 기차를 타고 가는 길에 평택이란 데를 지나는데 차창 밖으로 사과 과수원이 보였어. 사과꽃이 막 만발할 때라 온통 하얬지. 내가 예쁘다고 하니까 나중에 돈 많이 벌어서 집을 사면 마당에 사과나무를 심자고 했어. 그 말이 참 좋았어. 힘들 때마다 사과나무를 심은 마당을 떠올리면 다시 힘이 솟았어. 현충사 앞 온천 여관에서 하룻밤을 잤는데 물이 얼마나 뜨거운지 나는 목욕은 못 하고 발만 담갔는데도 신기하고 좋더라. 다시 인천으로 오려고 천안역에서 기다리는데 삶은 달걀을 파는 사람이 지나갔어. 네 외할아비가 그 삶은 달걀을 사 줬는데 그게 어찌나 맛있었는지 몰라."

"그래서 할머니가 삶은 달걀을 좋아하는구나?"

외할머니는 힘들고 지칠 때마다 달걀을 삶아 보약처럼 먹었다.

"그렇게 다정한 사람이랑 오래오래 백년해로하고 싶었는데, 네 엄마가 일곱 살 때 간경화가 왔어. 하루 종일 일하고 와서는 밥이 안 넘어간다고 막걸리로 끼니를 때우는 날이 많았거든. 병이 심해져서 철공소를 그만뒀지. 그때부터 내가 배 뺑끼칠을 하러 다녔어. 한번 시작하면 사흘 동안 집에 못 들어와서 네 할아비가 아픈 몸으로 애들 밥을 챙겼어. 집 안도 얼마나 깨끗이 해 놨는지 몰라. 지금이야 남자가 집안일을 돌보는 게 흔하지만 그때 남편이 해 주는 밥을 먹으면서 일 다니는 여자는 나 혼자였지. 아프더라도 오래 살아 주면 좋겠다 싶었는데 점점 배가 올챙이배처럼 튀어나오고 눈 흰자위가 노래지면서 얼굴이 까맣게 변하더라고. 병원에 가자고 해도 소용없다고 하더니 기어이 목을 맸어. 나 편하라고. 유서에다 자기를 잊고 살라고 썼더라고. 그런데 그게 마음대로 되나. 내가 섭섭한 건 화장해서 백령도 앞바다에 뿌려 달라는 말이었어. 죽어서라도 이북에 있는 조강지처와 아이들 곁으로 가고 싶었던 거 같아서. 그래도 시간이 지나니까 그 마음이 또 이해가 되더라고. 이제 너도 이만치 키워 놨으니 빨리 가서 만나 보고 싶어. 우리 미란이랑 영감이랑……."

외할머니가 가장 행복해지는 순간은 외할아버지를 추억할 때다. 할머니의 마음이 느긋해지면 내 마음도 편안해졌다. 그래서 외할아버지 이야기를 자주 청해 듣는데, 빨리 죽어서 엄마랑 할아버지를 만나고 싶다는 말이 잠결에도 서운했다.

6

오후부터 비가 내렸다. 덕분에 외할머니도 공공 근로를 나가지 않고 집에서 쉬고 있으니 마음은 편하다. 수요일인 데다 비까지 와서 가뜩이나 없는 손님이 더 없다. 치킨집은 비 오는 날 손님이 뜸하다. 그 대신 우리 가게 옆 실내 포차로 손님이 몰린다. 사장이 나가자마자 주방과 테이블 정리를 끝내고 스마트폰을 보려고 의자에 앉았는데 란 언니가 들어왔다. 원래 정민 언니랑 같이 온다 했는데 혼자였다.

"언니, 왜 혼자 왔어요?"

"정민, 갑자기 원장님 남아 했대. 여기 왜 손님 없어?"

란 언니가 가게를 둘러보며 걱정스러운 얼굴로 물었다.

"원래 수요일에 손님이 별로 없어요. 오늘은 비까지 와서."

"아, 그렇구나. 강, 여기 프라이드 반 마리, 생맥주 한 잔. 나 갈 때 프라이드 두 마리 포장."

란 언니가 한국말을 유창하게 하는 걸 보면 신기하기 짝이 없다. 언니가 주문한 치킨과 생맥주를 테이블에 올려놓고 마주 앉았다.

"언니는 한국말 어떻게 그렇게 잘해요? 정말 유튜브로 배운 거 맞아요?"

"유튜브 한국어 선생님 있어. 나, 좋아 한국. 그리고 엑소 팬. 한국 노래 듣고, 한국 드라마 보고."

"그럼 순전히 독학으로 배운 거네."

"나 아직 잘 못 해. 존댓말 어려워. 그리고 우리 비엣남 말, 한국말 반대. 그래서 자꾸 거꾸로 해."

"아니에요. 진짜 잘해요."

"나 비엣남에서 다녔어, 한국 회사. 1년."

"그렇구나. 언니 고향에도 한국 공장들 많아요?"

"응. 동나이, 나 고향. 한국 공장 있어."

"근데 왜 한국으로 왔어요?"

"나, 여기 빵집 다섯 시간 일해. 한 달 70만 원. 세탁소 하루에 네 시간 일해. 50만 원. 비엣남 가방 회사 아홉 시 출근 여섯 시 퇴근. 월급 35만 원. 그래서 우리 언니, 란, 한국 와, 가람이 자람이 봐 줘, 그리고 여기서 일해 했어. 비엣남 여자 한국에서 결혼하고 아기 있으면 초대할 수 있어."

"와, 임금 차이가 진짜 크구나. 그래서 힘들어도 베트남에서 한국으로 일하러 오나 보다."

"응. 근데 우리 사장님 이제 나오지 말래."

란 언니의 얼굴이 시무룩해졌다.

"왜요?"

"우리 사장님 속상해. 요새 장사 안돼. 아파트 앞에 베이커리 새로 오픈 했어. 우리 비엣남에도 있어. 큰 빵집. 거기 잘돼. 우리 사장님 맨날 한숨 푹푹 했어."

"맞다. 베이커리 카페 생겼지. 원래 있던 빵집이랑 카페는 다 망하게 생겼어요."

"우리 사장님 불쌍해. 한국, 비엣남, 돈 많아야 돈 벌어. 샘 샘."

"맞아요. 우리 할머니도 맨날 그 말 해요. 돈이 돈을 버는 거라고. 그럼 언니는 알바 새로 구해야겠네?"

"응."

"언니는 인상이 좋아서 금방 구할 거예요."

"인상? 그거 뭐야?"

"음, 뭐라고 해야 하나? 언니가 잘 웃고 일도 잘하게 생겨서 사장들이 좋아할 거라고요."

"아, 근데 사장님들 우리 외국인 돈 조금 줘."

"맞아요. 나쁜 사람들 많아요. 나 같은 청소년한테도 그래요."

란 언니가 내 말을 알아듣고 웃었다.

"한국 사람 좋은 사람 있고 나쁜 사람 있어. 비엣남도 똑같아."

란 언니는 맥주를 한 모금 마시고 나서 조곤조곤 자기 이야기를 들려주었다. 한국어로 모르는 표현을 간간이 물어보긴 했지만 이야기를 하는 데 막힘이 별로 없었다.

란 언니가 태어나 자란 동나이 롱칸은 원래 농업 인구가 더 많은 작은 도시였는데, 주변에 공장이 생기면서 이제는 큰 도시가 돼 가고 있다. 언니의 엄마는 막냇동생을 낳다가 돌아가셔서 친할머니가 여섯 남매를 키워 주셨다. 농사를 지으며 아이들을 키우던 아버지 역시 언니가 어렸을 때 암으로 세상을 떠났다. 지금은 남편과 사별한 둘째 언니가 조카 셋을 데리고 할머니와 산다. 결혼해서 같은 마을에 살고 있는 큰언니도 친정 일을 돕는다. 셋째인 가람이 엄마는 중학교를 졸업하고 고향에서 가까운 공단에 있는 한국 가방 공장에서 일하다가 가람이 아빠를 만났다. 가람이 아빠는 가람이 엄마보다 자그마치 열여섯 살이 더 많다. 언니네 가족은 몇 년 전, 가람이 아빠가 보내 준 돈으로 두리안 나무를 베고 '가오슝'이라는 고무나무를 심었다. 7년 정도 기다려야 하지만 고무를 채취할 수 있게 되면 두리안보다 수익이 높다고 한다. 가람이 엄마는 한국에 와서 버는 돈의 반을 고향에 부친다. 그 돈으로 남동생이 호찌민에 있는 대학에 다닌다고 했다. 란 언니는 한국에서 미용 기술을 배워 막내인 여동생을 대학에 보내는 게 꿈이다. 가람이 엄마가 란 언니와 남동생을 학교에 보내 줬듯이, 언니도 그러고 싶다고 했다.

"언니가 하고 싶은 거는 없어요?"

"나 하고 싶은 거? 내 동생 대학 가는 거. 막냇동생, 남동생보다 공부 잘해. 나 꼭 내 동생 대학 보내. 란이 꿈, 우리 가족 행복한 거. 우리 할머니 일 안 하고 오래오래 사는 거."

란 언니의 꿈이 가족의 행복이라는 말에 가슴이 먹먹해졌다. 그건 내 바람이기도 했다. 이상했다. 왜 한 번도 가 본 적 없는 먼 나라에서 온 란 언니나 나나 살아온 모습이 비슷하고, 닮은 생각과 말을 하는지.

"나는 언니가 가족 말고 언니 위해서 살면 좋겠다."

란 언니가 활짝 웃었다.

"나, 나 위해 일 열심히 해. 가족이랑 나 따로 아니야. 샘 샘이야."

언니의 말을 이해할 것 같으면서도 슬펐다. 언니가 수줍게 덧붙였다.

"강, 나 비밀 있어. 꿈 있어. 좋은 사람이랑 결혼하는 거."

"좋은 사람? 남자 친구 있어요?"

"없어. 그냥 좋아하는 사람."

"베트남에요?"

"아니."

고개를 저으며 살며시 웃는 란 언니를 보며 영민 오빠가 떠올랐지만 더 묻지는 않았다. 주말에 영민 오빠가 일하는 편의점에 갈 때마다 란 언니를 만났다. 란 언니와 정민 언니, 영민 오빠 셋이 와서 맥주와 치킨을 먹고 간 적도 있다. 그때 란 언니가 오빠한테서 눈을 떼지 못하는 모습을 보았다. 그러나 영민 오빠는 우리를 대할 때나 란 언니를 대할 때 별로 차이가 없어 보였다.

란 언니와 이렇게 길게 이야기를 나눈 것은 처음이었다. 언니와 나는 생각보다 공통점이 많았다. 마음을 나눌 수 있는 존재가 한 명 더 생긴 것 같아 기분이 좋았다. 지우는 내가 사람을 너무 잘 믿는다고 걱정하지만 나는 나쁜 사람보다 착한 사람이 더 많다고 생각한다. 그 착한 사람들이 다 나처럼 가난하고 힘이 없는 게 문제이긴 하다. 그래도 마음이 통하고 이야기를 나눌 수 있는 고만고만한 사람들의 숫자가 늘면, 그것도 힘이 될 수 있다고 믿는다.

란 언니가 가고 열 시에 약속대로 지우 엄마가 왔다. 며칠 동안 고민하다가 아까 낮에 지우 엄마에게 메시지를 보냈다. 지우 엄마는 왜냐고 묻지도 않고 약속을 정했다. 지우 엄마가 자리에 앉으며 물었다.

"우리 강이가 이모한테 무슨 얘기를 묻고 싶을까?"

나는 지우 엄마가 좋아하는 새우 치킨을 튀겨 와 마주 앉았다. 오랫동안 고민했던 터라 뜸을 들이지 않았다.

"아빠에 대해 알고 싶어요. 할머니는 아빠 얘기는 절대 안 해 줘요. 엄마가 미혼모였다는 거 알아요. 그래도 가끔 날 세상에 존재하게 한 아빠에 대해 궁금할 때가 있어요. 그런데 할머니는 알 필요가 없다고 해요. 나쁜 사람이었을 것 같긴 하지만 그래도 알 건 알아야 하잖아요? 이번 엄마 제사 때에야 할머니가 이모는 알 거라고 말하시더라고요."

지우 엄마가 나를 물끄러미 바라보다 곤란한 표정으로 말했다.

"나도 잘 몰라."

"진짜 잘 몰라요?"

"응. 한 번도 만난 적 없어. 그냥 미란이한테 들은 게 전부야. 네 엄마조차 그 사람에 대해 자세히 몰라."

"말도 안 돼. 그럴 수가 있어요? 이모, 나한테 숨기려는 거죠?"

지우 엄마가 한숨을 쉬고 나서 자세를 고쳐 앉았다.

"아니야, 강이야. 나한테 네 엄마는 친동생이나 마찬가지야. 그러니까 너도 내 친조카 같아. 그래서 너한테 언젠가는 이런 얘길 해야겠다고 생각하면서도 망설여졌어. 속상하고 아프겠지만 지금부터 내가 하는 말은 그냥 과거의 일일 뿐이라는 걸 명심하고 들어."

"네, 알았어요. 그 대신 감추는 것 없이 말해 주세요."

지우 엄마가 고개를 천천히 끄덕였다.

"어렸을 때 미란이, 여울이 엄마, 나는 셋이서 거의 붙어 지냈어. 엄마들이 배 페인트칠 하러 가거나 굴막에서 밤새 굴을 까면 같이 잤어. 내가 5학년 때 너희 엄마가 태어나서 미란이를 업고 키웠어. 한글을 가르쳐 준 것도 나고, 중학교 교복도 나랑 맞추러 갔어. 그런데 하필 네 아빠를 만났던 겨울에는 서로 좀 뜸했어. 나는 이미 결혼해서 연우를 키우면서 학원 강의 나가느라 바빴고, 은혜는 남편이 실직해서 정신이 없었을 때거든. 고3 마지막 기말고사를 보고 친구들이랑 나이트클럽으로 놀러 갔었나 봐. 네 엄마 동기 중에는 나이가 서넛씩 많은 애들도 있었거든. 마지못해 따라갔던 모양인데 거기서 대학생들이랑 부킹이라는 걸 했대. 그렇게 만난 남자랑 사귀게 됐나 봐. 고작 한 달 만났으니 사귀었다고 하기도 뭐하지만."

"그 사람이 제 아빠예요?"

"응. 미란이 말로는 인상이 되게 좋았대. 자기한테 잘해 주고 착하고. 어딘가 어눌해 보였는데 그게 싫지 않더래. 주말마다 만나다가 한번은 부킹 때 이어진 커플들이 다 같이 모였대. 그런데 거기서 미란이가 술을 먹고 정신을 잃었던가 봐. 술을 마신 게 그때가 처음일 거야. 어떻게 모텔에 갔는지도 기억이 안 난다고 했어. 새벽에 눈을 떴는데 자기가 남자 옆에 누워 있더래. 우선은 놀라고, 그다음엔 부주의한 스스로한테 화가 나서 일단 도망치듯 모텔을 나왔대. 혼자서 끙끙 앓다가 며칠 뒤에 남자가 가르쳐 준 전화번호로 연락을 하니까 독서실이라고 하면서 그 남자는 그만뒀다고 하더래. 근처 전문대를 다니면서 독서실에서 먹고 자며 일을 했다는데 연락처를 모른다는 거야. 미란이가 받을 상처가 걱정이 됐는데 미란이는 남자를 찾고 싶지 않대. 자기랑 사귈 생각이 없는 남자를 찾아서 뭐 하겠느냐고. 자존심 상한다고."

"답답하게."

"그렇지? 답답하지. 그때는 우리도 성인지 감수성이 높지 않아서 미란이 선택이라고 존중해 주기로 했어. 그런데 그 일이 있고 석 달이 지나서 미란이가 날 찾아왔어. 생리를 두 번이나 걸렀다고. 약국에서 임신 테스트기를 샀어. 임신이었어. 더는 그냥 둘 수 없어서 여울이 엄마를 불러서 학교로 찾아갔어. 학적부는 보여줄 수 없다고 해서 학생들한테 수소문을 했더니 그 남자가 이미 구미에 있는 전자 회사에 취직이 돼서 내려갔다는 거야. 같이 찾으러 가자고 했더니 미란이가 고개를 저었어."

"왜요?"

"자기는 남자한테 질척거리기 싫다고. 그러면서 아기는 낳겠다는 거야. 여울이 엄마랑 나는 중절 수술을 하자고 했지. 너한테는 미안하지만 그때 너는 아직 태어나기 전이니까 미란이 위주로 생각할 수밖에 없었어."

"당연하죠. 이해해요."

"그래도 너희 엄마는 고집을 꺾지 않았어. 네 외삼촌은 당장 그놈을 찾아가 책임을 물어야 한다는데 너희 엄마가 펄쩍 뛰었어. 배 속에 있는 건 그 남자의 아기가 아니라 자기 아기라고. 너희 엄마랑 외할머니가 독실한 천주교 신자잖아. 그때 천주교에서 낙태 반대 운동 하고 그랬거든. 나는 그 운동 정말 싫어했는데, 네 엄마는 옷깃에다 태아 배지를 달고 다녔어. 그랬으니 낙태는 애초에 생각도 안 했지."

"외할머니는요?"

"외할머니도 수술하자 했지. 딸 인생이 걸린 문제니까. 그런데 계속 수술하라고 하면 딸이 집을 나가겠다니 결국 졌지. 네 외삼촌은 스무 살짜리 여동생이 배불러 다니는 게 창피하다며 졸업하자마자 거제로 내려가 버렸어."

"나 때문에 외삼촌이 떠난 거네요."

"아니지. 왜 너 때문이야. 네 외삼촌 때문이지. 동생이 뭐가 창피해? 그 동생 덕분에 대학을 졸업했으면서. 걔는 아주 치사하고 이기적인 인간이야. 강이야, 시작은 어땠을지 모르지만 네 엄마에게는 네가 삶의 전부였어. 너는 네 엄마의 선택으로 태어났고 네 엄마의 사랑과 노력으로 자랐어. 너희 엄마가 죽고 나서는 외할머니가 널 이렇게 잘 키워 주셨고. 아빠에 대한 궁금증, 당연해. 그렇지만 너희 아빠는 정자를 제공한 거 말고는 아무것도 한 게 없어. 네 엄마가 너희 아빠에게 뭔가 바라거나 혹은 애정이 있었다면 어떻게든 찾았겠지. 하지만 그러지 않았어. 나는 네가 아빠로 인해 상처받지 않으면 좋겠어."

"알아요. 이모가 무슨 말 하는지. 엄마가 불쌍해요. 나 때문에 희생했잖아요. 다시 연애도 안 하고. 결혼도 못 하고."

"나는 그렇게 생각하지 않아. 미란이는 너 때문에 연애나 결혼을 안 한 게 아니라 자기는 정말 생각이 없다고 했어. 널 키우면서 행복해했고, 네가 건강하게 자라 줘서 감사해했어. 미란이는 바르고 따뜻하고 착한 사람이었어. 한참 동생이지만 어떨 때는 나보다 어른 같았지. 강이 너는 엄마를 꼭 닮았어. 너희 엄마는 널 자랑스러워할 거야. 분명히."

"진짜 그럴까요?"

"당연하지. 강이야, 넌 오직 이미란의 딸이야. 그리고 이강이고."

"네."

나는 지우 엄마가 힘주어 하는 말이 무슨 뜻인지 알았다. 나는 그냥 이강이다. 아빠가 누군지 안다 해도 그게 달라지지는 않는다. 난 그 사실만 기억하기로 했다. 이모가 전해 주는 우리 엄마 모습은 외할머니 기억처럼 불쌍하거나 약하지 않았다. 지우 엄마가 내게 복사한 종이 몇 장을 내밀었다.

"이게 뭐예요?"

"97년에 전국 고등학교 국어 선생님들이 낸 문집이야. 글쓰기 시간에 쓴 글들을 모으고 추려서 책을 낸 적이 있거든. 거기에 네 엄마 글이 실렸어. 미란이가 쑥스러워하면서도 자랑스러워했지. 이미 절판된 지 오래라서 혹시나 하고 도서관에 가서 찾았더니 다행히 있더라. 네 엄마 글만 복사했어."

"정말요? 이게 우리 엄마가 쓴 글이라고요?"

"응."

나의 꿈을 키우는 은강여자상업고등학교

— 은강여자상업고등학교 2학년 2반 이미란

내가 다니는 곳은 은강여자상업고등학교, 은강방직 부설 산업체 고등학교다. 이제부터 나는 우리 학교를 소개하려고 한다. 아마 보통 학교에 다니는 학생들은 '산업체 고등학교? 그게 뭐지?' 할 거다. 어른들은 '아직도 그런 학교가 남아 있어?' 할지도 모르겠다.

우리 학교는 일반 고등학교와 다른 점이 몇 가지 있다. 첫 번째, 등록금이 없다. 은강방직에서 운영하는 학교이기 때문이다. 그래서 우리는 공부만 하는 게 아니라 일도 한다. 우리 학교는 한 학년에 세 반씩 있다. 한 반에 마흔 명이 정원인데 우리 반은 지금 서른여섯 명이다. 중간에 힘들다고 그만둔 학생들이 있어서다. 공부와 일을 병행하려면 조금은 벅차다. 상업 학교라 부기, 타자, 워드 자격증을 따야 하는데 학교 수업으로는 부족해서 주말에 학원에 따로 다녀야 한다. 그러니 일주일이 꽉 차 있다. 일은 삼교대로 하루에 여덟 시간씩 한다. 낮반, 오후반, 야간반 이렇게 돌아간다. 삼교대로 일하면서 학교에도 다녀야 하니까 수면 부족으로 좀 고되다.

겨울에는 샤워실 온수가 아침에만 30분 나와서 낮반 일을 하고 수업에 들어가려면 찬물로 씻어야 하는 것이 불편한 점 중에 하나다. 찬물로 머리를 감고 대충 말렸다가 머리카락에 성에가 낀 적도 있다. 방직 회사라 솜과 실을 다루기 때문에 먼지가 아주 많아서 샤워를 하지 않고는 밖에 나갈 수가 없다. 머리카락뿐 아니라 뺨에도 흰 솜먼지가 덕지덕지 붙어서 씻지 않으면 피부가 가렵고 빨긋빨긋한 게 돋기도 한다.

두 번째 다른 점은 기숙사에서 생활한다는 것이다. 1학년 기숙사, 2학년 기숙사, 3학년 기숙사가 있다. 층마다 휴게실에 텔레비전이 있어서 낮반일 때는 수업을 듣고 와서 텔레비전을 볼 때도 있지만 나는 텔레비전을 보는 것보다 친구들과 수다를 떠는 게 더 좋다. 기숙사 방은 온돌인데 한 방에 다섯 명이 지낸다. 우리 방에 인천이 고향인 애는 나 하나뿐이다. 둘은 강원도 영월에서 단체로 면접을 봐서 왔고, 다른 한 명은 충남 당진, 나머지 한 명은 서산 출신이다. 전북이나 전남에서 오거나 경기도 포천, 전곡, 양주에서 온 애들도 있다. 그러니까 우리 학교는 전국구 학교다. 학비가 무료고 월급도 센 편이라 일이 힘들어도 찾아오는 것이다. 강원도나 충청도에서는 단체로 면접을 봐서 고향이 같은 친구들도 많다. 기숙사 한 방에 다섯 명씩 있으니 서로 다른 사투리를 쓰는 게 특이하고 재미있다. 우리는 사투리를 흉내 내며 장난을 치고, 고향이나 집안 얘기를 하며 친해진다. 솔직히 우리 학교에 다니는 학생들은 대부분 집안 형편이 어렵다. 그래서 잘 통하는 편이다.

나머지는 다른 학교랑 비슷하다. 나는 국어 시간이 제일 좋다. 어려서부터 책 읽기를 좋아했다. 미술부, 문학반, 영화 감상반, 테니스반 같은 특별 활동 중에 나는 문학반이다. 그래서 이 글도 쓰고 있다. 우리 회사는 역사가 오래되고 굉장히 커서 회사 안에 체육 시설도 잘되어 있는 편이다. 잔디 축구장이 있고 체육관이 꽤 넓다. 배구단도 유명하다. 다른 학교처럼 소풍, 수학여행을 가고 체육 대회도 있다. 체육 대회는 보통 근로자의 날에 한다. 이번 봄에는 경주로 수학여행을 다녀왔다. 우리 회사에는 벚나무가 많아서 봄에 무척 예쁜데 경주도 길가가 다 벚꽃이었다. 산처럼 보이는 왕릉들과 벚꽃이 참 잘 어울렸다. 관광버스를 타고 그렇게 멀리 가 본 건 처음이어서 좋은 추억이 되었다. 가을에는 다 같이 등산 대회도 간다. 작년에는 칠갑산이랑 계룡산에 갔고 올해는 월악산에 간다고 해서 기대가 된다. 일반 학교 학생들은 산업체 부설 학교에 대해 어떻게 생각할지 모르지만 보통 여자 상업 고등학교와 별로 다를 게 없다. 우리도 여기서 공부를 하고, 친구들을 사귀고, 지금보다 나은 삶을 꿈꾼다. 다른 점이 있다면 어른들에게도 힘든 일을 한다는 것이다.

회사에서 하는 일을 소개하자면, 나는 직포반에서 일한다. 직포반도 여러 가지 공정이 있는데 내가 속한 부서는 정경이다. 우선 정방에서 만든 실을 복도에서부터 구루마로 실어 와야 하는데, 실뭉치가 서른두 덩이씩 들어 있는 상자 예닐곱 개를 옮긴다. 그걸 스팀으로 찌는 데 가져갔다가 다시 하나씩 기계에 꽂아야 한다. 키가 크고 살집도 좀 있는 내가 석 달 만에 몸무게가 10킬로나 빠졌다. 모든 과정에 역할이 정해져 있고 어긋나지 않게 착착 진행되어야만 해서 손발을 맞춰야 한다. 때로는 실수를 해서 언니들이나 아줌마들한테 혼나기도 하고, 다른 애들 때문에 내가 힘들 때도 있어서 짜증이 난다. 그렇지만 일을 하다 보면 우리가 다 같은 운명 공동체라는 생각이 든다. 그래서 서로가 중요한 존재라고 느낀다. 우리 직포반에도 좀 노는 애들이 있다. 걔네들은 일보다 멋을 내는데 더 관심이 많다. 공장 안에서도 치마를 짧게 올리고 다리미로 주름을 빳빳이 세워서 입는다. 기숙사에서도 말썽을 피우는 편이다. 사감님 눈을 피해 무단 외출을 하고 통금 시간인 밤 열 시 넘어서까지 안 들어올 때도 있다. 나는 그런 애들이 제일 싫다. 걔네들 때문에 우리 방 전체가 벌을 서기 때문이다. 나랑 친한 애들도 가끔 롤러스케이트를 타거나 놀이공원에 간다. 그렇지만 우리는 남자애들은 안 만난다. 나는 친구들한테 산업체 학교에 다닌다고 얕잡아 보일 행동은 절대 하지 말자고 했다.

우리 회사에는 전설처럼 내려오는 얘기가 있다. 오래전 똥물 사건이다. 그때 선배들은 노동조합을 지키기 위해 브래지어만 입고 싸우고, 남자 직원들한테 똥물 세례를 받았다고 한다. 노조 간부 언니들은 그 얘기를 들려주면서 우리가 누리는 복지는 그 선배들 덕분이라고 했다. 그때에 비하면 지금은 노조랑 회사 사이가 그렇게 나쁜 것 같지는 않다. 나도 노조에 가입되어 있어서 작년에 잔디 마당에서 언니들하고 같이 시위를 했다. 옛날처럼 험악한 분위기는 아니고 주로 임금 협상을 한다. 잔디 마당에 앉아서 "흔들리지, 흔들리지 않게……" 노래를 부르고 언니들이 선창하면 구호를 따라 했다. 얼마 전 나와 친한 경순이 언니한테 들었는데 그 똥물 사건의 주역이 바로 언니네 이모라고 했다. 이모는 그때 해고돼서 아직도 복직을 못 하고 요새는 숭의동에 있는 체육사 하청으로 학생 체육복 만드는 일을 한다. 나는 이모를 달리 보게 되었다. 이모는 지금 방통대 법학과를 다닌다. 중학교, 고등학교를 다 검정고시로 마쳤다. 은강방직에 복직하는 게 가능할지 모르지만 억울함을 풀고 명예 회복을 하기 위해 법학 공부까지 하는 이모를 보면 대단하다. 곰곰이 생각하면 은강동이나 은화동 사람들은 다 은강방직이랑 연관이 있다. 어떨 때는 그 사실이 자랑스럽다가 어떨 때는 우리가 그만큼 성공하지 못한 거라는 생각이 들어 맥이 빠지기도 한다. 그래도 내가 은강여자상업고등학교 학생인 게 부끄럽지는 않다.

학교 이야기는 이쯤에서 끝내고 나에 대해서 소개할까 한다. 나는 은강동에서 태어나 계속 여기에 살았다. 우리 엄마도 나만 할 때 은강방직에 다녔다고 한다. 나는 간호사가 꿈이었다. 아빠가 편찮으셔서 일찍 돌아가셨고, 엄마도 어려서부터 고생을 해서 여기저기 아픈 데가 많기 때문에 국민학교 때부터 아픈 사람들을 돕고 싶었다. 그러나 이제는 그 꿈을 접었다. 간호사를 하려면 일반 고등학교에 가서 대학생이 되어야 하는데 오빠 때문에 산업체 고등학교를 선택했다. 우리 오빠는 지금은 군대에 있지만 공대 조선공학과 학생이다. 원래 엄마는 나도 고등학교에 보내 주신다고 했었다. 그런데 엄마가 철선 선체의 녹을 벗기는 일을 하다가 떨어져 다치는 바람에 몇 달 일을 못 하셨다. 엄마가 오빠 등록금 걱정을 하는 걸 보면서 내가 진학 대신 취직을 하겠다고 말했다. 나한테는 친언니 같은 언니가 둘 있는데 그중 은혜 언니가 내 얘기를 전해 듣고 와서 무슨 일이 있어도 고등학교에 가야 한다고 했다. 언니도 오빠를 대학에 보내기 위해 고등학교에 진학하지 못하고 봉제 공장에 가야 했다. 그렇지만 언니는 검정고시를 봐서 야간 대학에 갔고, 서울에 있는 회사에서 경리로 일하다가 은행원이랑 결혼했다. 예쁜 아들도 낳았다. 은혜 언니는 내가 진학하지 못하는 걸 자기 일처럼 속상해하면서 우리 학교를 소개해 주었다. 그래서 내가 일을 하면서 고등학교에 다닐 수 있게 된 것이다.

　나의 목표는 성적을 잘 관리해서 은강방직 본사에 사무직으로 취직하거나 다른 회사에서 경리로 일하는 거다. 고등학교를 졸업하고도 공장에 다니고 싶지는 않다. 며칠 전에는 같은 방 와인다반 친구가 머리카락이 기계에 빨려 들어가 죽을 뻔했다. 친구가 병원에 실려 간 뒤 반장들이 머리 긴 애들은 다 묶으라고 소리를 쳤다. 솔직히 우리 잘못이 아닌데 사고가 나면 반장이랑 과장, 회사 임원까지 와서 윽박지른다. 1반 애는 작년에 입학하자마자 오른쪽 손가락 두 개가 잘렸다. 야간반일 때 사고를 당했다. 은강방직은 내게 일자리와 공부할 수 있는 기회를 준 곳이기는 하지만 계속 여기서 일하고 싶지는 않다. 나는 꼭 경리 사원이 되고 싶다. 나중에 야간 대학교라도 가고 싶다. 그래서 주말에는 은강역 앞에 있는 컴퓨터 회계 학원에 다니면서 자격증을 따려고 노력 중이다. 작년에 우리 학교를 졸업한 언니가 대학교에 갔다. 또 한 언니는 본사로 스카우트되었다. 둘이 1, 2등을 다퉜다. 나는 그 언니들만큼 공부를 잘하지는 못한다. 그렇지만 나도 목표는 높게 세우고 싶다. 경리 사원이 되고 대학도 다니게 되면 내가 가장 좋아하는 경순이 언니처럼 다른 사람들을 돕는 일을 할 것이다. 경순이 언니는 대학교 내내 장학금을 받고 다녔다. 그리고 졸업 후에 학원 선생님을 하면서 무료로 가난한 아이들 공부를 도와주거나 엄마들에게 한글을 가르쳐 주기도 한다. 결혼하고 아기를 키우면서 일을 하고 보육원 봉사도 나간다. 나도 언니처럼 그렇게 나보다 가난한 아이들을 돕고 싶다. 나의 꿈은 소박하다. 이 소박한 꿈의 밭인 은강여자상업고등학교를 무사히 졸업하는 것이 지금 나의 첫 목표.

엄마는 고등학교를 졸업하고도 은강방직을 퇴사하지 못했다. 하필 IMF 때라 경리로 취직할 만한 데를 구하지 못했기 때문이다. 그러고는 곧 나를 낳았다. 내가 태어나고 1년 뒤, 여울이 큰외삼촌이 목재 회사 경리 자리를 소개해 준 덕분에 엄마의 꿈이 이루어졌다. 성실한 엄마는 그 회사에서 고졸 사원으로는 처음으로 대리까지 했다. 누구보다 열심히 일했고 쉬는 날도 거의 없었다. 엄마가 세상을 떠나기 전 몇 달 동안 특히 바빴다. 급기야 회사에서 쓰러졌다. 외할머니랑 지우 엄마가 택시를 타고 응급실로 갔더니 급성신우염이라고 했다. 다행히 급성신우염은 감기 같은 거라는 말을 듣고 외할머니와 엄마는 안심했다. 그런데 새벽 내내 열이 안 내리더니 엄마가 허리가 끊어질 듯 아프다고 비명을 질렀다. 외할머니가 지우 엄마를 불러 다시 택시를 타고 응급실로 갔다. 엄마가 입원한 동안 지우네서 지낸 나는 그때까지도 엄마가 얼마나 위독한지 몰랐다. 지우 엄마가 싸 준 도시락을 가지고 소풍을 갈 때만 해도 다시 못 볼 거라고는 생각도 못 했다. 엄마의 흔적은 집 안 곳곳에 남았고 엄마에 대한 기억과 그리움은 내 온몸에 새겨졌다. 그러나 다시는 엄마의 몸을 만질 수도, 목소리를 들을 수도 없었다. 엄마가 사라진 자리에는 바닥이 보이지 않는 우물이 생겼다. 외할머니가 그 우물을 메워 주려고 아무리 애를 써도 메울 수 없었다. 그 우물의 끝없는 어둠과 슬픔은 아무리 맛있는 음식을 먹어도 채워지지 않고, 좋은 옷과 신발로도 가려

지지 않았다. 그래도 외할머니가 곁에 있어서 우물에 빠지지 않고 지금까지 잘 자랐다. 엄마의 글을 읽으며 열여덟 살 엄마의 꿈, 그 꿈을 내가 이루어야겠다는 생각이 들었다. 그 꿈을 이루면 어쩌면 내 안의 우물을 메울 수 있을지 모르겠다. 엄마의 소박한 꿈이 내게로 이어지는 느낌이 든다.

3부

여울이 이야기

호두형으로 조그만 항구 한쪽 끝을 향해 머리를 들고 앉은 언덕, 그 서남면 일대는 물매가 밋밋한 비탈을 감아 내리며, 거적문 토담집이 악착스럽게 닥지닥지 붙었다. 거의 방 하나에 부엌이 한 칸, 마당이랄 것이 곧 길이 되고 대문이자 방문이다. 개미집 같은 길이 이리 굽고 저리 굽은 군데군데 꺼먼 잿더미가 쌓이고, 무시로 매캐한 가루를 날린다. 깨어진 사기요강이 굴러 있는 토담 양지쪽에 누더기가 널려 한종일 퍼덕인다.

— 현덕 「남생이」(1938년)

1

아침으로 두유를 마시며 창밖을 내려다본다. 12층 우리 집 거실에서는 아파트와 건설 중장비를 만드는 공장 사이에 있는 판자촌이 내려다보인다. 빛이 바래고 시커먼 기름 먼지가 엉겨 붙은 낡은 슬레이트 지붕, 깨지고 갈라진 기와를 새로 얹는 대신 파란색 방수포로 덮은 지붕만 봐도 빈곤한 동네의 역사가 고스란히 느껴진다. 아랫동네의 은강자립복지관과 윗동네의 공공 임대주택, 그리고 길가의 빌라들이 아니라면 소설 「남생이」가 탄생했던 시절과 그리 다른 게 없다. 우리가 사는 휴먼시아 은강아파트는 일제 때부터 있었던 목재 회사 터에 지어졌다. 원래는 휴먼시아 은강해변아파트였다는데 주변에 공장과 다 스러져 가는 판자촌뿐이고 서쪽 도로변의 몇 동만 쇠락한 포구를 접하고 있다 보니 '해변'이라는 이름을 붙이기가 민망했던 모양이다. 언제부턴가 해변이란 말을 빼고 그냥 휴먼시아 은강아파트라 한다. 엄마는 이 휴먼시아 아파트를 벗어나고 싶어 안달이었다. 어렸을 때는 함께 자란 친구들과 외갓집까지 있는 이곳을 왜 그렇게 떠나려 하는지 잘 몰랐다. 작년에 교장 선생님의 추천으로 4주짜리 필리핀 어학연수를 다녀오면서 휴먼시아에 산다는 것이 어떤 의미인지를 정확히 깨달았다. 공항에서 연락처와 집 주소가 적힌 참가자 명단을 확인할 때였다. 한 아이가 내 주소를 보더니 놀랐다.

"너 휴먼시아 살아?"

자기도 모르게 튀어나온 물음이라 서둘러 말을 돌렸지만 그 순간의 수치스러움이 아직도 잊히질 않는다. '휴먼'이라는 이름이 붙은 아파트가 휴먼의 가치를 떨어뜨렸다.

"안 가냐? 어차피 늦었으니 학교 앞까지 데려다줄게. 나가자."

아빠가 현관 앞에서 차 열쇠를 들고 채근했다.

교문부터 이어지는 언덕을 따라 벚꽃이 제법 탐스럽다. 연분홍빛 벚꽃 송이와 파란 하늘이 우울한 기분을 한 방에 날려 주는 것 같다. 그러나 봄이 아무리 아름답다 해도 나와는 상관없는 일이다. 나는 한순간도 허투루 보내서는 안 될 고3이다.

수업이 끝난 야간 자율 학습 시간, 면학실 아이들조차 벚꽃의 유혹을 넘기지 못하고 학교 뒤 공원으로 꽃구경을 가고 싶다고 들썩였다. 같이 교대를 준비하는 친구들이 나더러 한 시간만 갔다 오자고 꼬드겼지만 대답하지 않았다. 그러자 다른 아이들도 쭈뼛거리다 자리에 앉았다. 우리 학교에서 교대를 준비하는 애들은 넷이다. 성적이 다 엇비슷해서 시험 문제 하나, 봉사 점수 1점에도 신경전이 만만하지 않다. 내가 가지 않는다니 자기들 역시 한가하게 꽃구경을 갈 수 없었을 것이다. 귀마개를 하고 문제집을 펼치는데 갑자기 다시는 돌아오지 않을 열아홉의 봄을 책상 앞에서만 보내는 게 억울해졌다.

밤 아홉 시가 넘었는데도 공원을 오르는 사람이 많았다. 벚꽃이 가장 예쁘다는 둘레길 쪽은 더 붐볐다. 낯선 인파 속을 홀로 걷는 기분이 나쁘지 않았다. 아무 생각 없이 사람들을 따라 서쪽 기슭으로 걷다가 팔각정을 거쳐 광장으로 나왔다. 인천항이 바라보이는 서쪽 난간에 섰다. 내항에 정박한 화물선들마다 주황색 불빛이 반짝였다. 멀리 팔미도 쪽을 바라보았다. 어렸을 때 아빠와 산책을 와 서남쪽을 바라보면 반짝이는 팔미도 등대가 보였다. 그런데 이제는 인천대교의 불빛 때문인지 어디 있는지 찾기가 힘들었다. 등대를 찾다가 여객 터미널 쪽에 눈길이 멈췄다. 2주기가 다가오고 있었다. 저기서 수학여행을 떠나는 고등학생들을 태우고 출발했던 세월호가 침몰한 지. 바람을 타고 은은한 벚꽃 향기가 광장 위를 떠돌았다. 코끝이 시큰거렸다.

"야, 김여울."

누군가 부르는 소리에 뒤를 돌아보니 지우였다. 이 시간에는 아무도 오지 않을 줄 알았는데 이런 낭패가 없다.

"뭐냐? 학교도 아니고, 도서관도 아닌 이런 데서 널 보다니. 이게 생시냐?"

다른 사람은 몰라도 지우가 벚꽃 축제장에 올 거라고는 상상도 하지 못했다. 잘못하다 들킨 것도 아닌데 얼굴이 화끈거렸다. 대답할 말을 얼른 찾지 못해 우물쭈물하는데 지우가 가벼운 웃음을 흘리며 말했다.

"봄은 봄이구나. 김여울 같은 공붓벌레가 공원에 다 올라오다니."

"그러는 너는? 너야말로 이런 축제에 안 오잖아."

"그냥 문득, 불현듯, 갑자기 올라오고 싶더라. 10대의 마지막 봄인데 벚꽃 구경은 해 줘야 할 것 같아서."

지우의 말에 나도 모르게 피식 웃음이 새어 나왔다.

"나도 그래서 왔어. 10대의 마지막 봄이 이렇게 가 버리는 게 아까워서."

"오! 이건 더 여울이답지 않은 멘트인데? 그렇지만 마음에 든다."

지우가 새살거리며 항구 쪽을 바라보았다.

"봄 바다 멋지다. 나는 항구에 정박한 배에서 나오는 불빛이 그렇게 낭만적일 수가 없더라. 와, 월미도에서도 벚꽃 축제 하나? 불빛이 예사롭지 않은데. 진짜 예쁘다."

"그 낭만이 너의 수다 때문에 산산이 부서지고 있어. 입 좀 다물어라."

"그렇게 말하면 섭섭하지. 오랜만이잖아. 너랑 이렇게 둘이 있는 거. 참, 한울이 오빠 전역했다며?"

"응."

"집에 있어?"

"아니. 알바 갔어."

"어디로?"

"시흥시 어디래. 한 군데서 일하는 것 같지는 않고. 자리가 생기면 여기저기 다니나 봐."

"오빠 본 지 오래됐다, 진짜."

"나도 못 봤어. 집에 안 와."

"그래? 근데 김여울. 너 아까 여객 터미널 쪽 보고 있었지?"

"아닌데?"

내가 시치미를 떼는데도 지우는 물러서지 않았다.

"아닌 척하지 마라. 내가 널 모르겠냐? 욕심이 많긴 해도 인류애가 없진 않지. 오늘 점심시간에 칠판에 노란색으로 리본 그려 놓은 사람 너라며? 내가 2주기 추모하자고 할 때는 고3이니 뭐니 하더니 너도 추모하는 마음이 있었던 거잖아."

"그런 마음이 없지는 않지. 고3이 나서서 뭘 하자는 게 한심해서 그랬던 거야."

"뭘 한심하기까지 하냐? 2학년 방송반 애들이 점심시간에 「천

개의 바람이 되어」 노래 틀 거라던데. 이번 2학년 애들은 우리랑 달라. 적극적이야."

"맞아. 종이배 접고, 편지 쓰기도 하고 의미 있게 보내는 것 같아. 근데 교장이 추모 기간 길게 잡지 말라고 했대. 고3 방해된다고."

"그놈의 고3. 진짜 지겹다."

"하루하루가 피 말리는 날들인데 지겨울 새가 있니?"

"네가 왜 피가 말라. 넌 원하는 데 다 붙을 텐데."

"다 붙기는. 그런 비현실적이고 태평한 멘트 함부로 날리지 말고 너도 정신 차리고 공부 좀 해."

"나 정신 똑발라."

"그런 애가 성적이 안 오르냐?"

지우는 내 말에 기분 나빠하기는커녕 히죽거렸다.

"그거 걱정돼서 하는 말이지? 역시 내 걱정 해 주는 건 배꼽 친구밖에 없다."

그러나 나는 그 말에 발끈하고 말았다.

"최지우. 배꼽 친구란 말 제발 입에 담지 말라고 했지?"

"배꼽 친구란 말이 왜 싫어? 어려서부터 들어 온 말인데. 정겹 잖아."

"정겹기는커녕 지겨워. 떼도 떼도 달라붙는 끈끈이 같아."

"우리처럼 배꼽 친구라는 말을 쓸 수 있는 사람들이 얼마나 되 겠냐?"

"그 말 가르쳐 준 우리 엄마랑 너희 엄마는 얼굴도 안 보는 사이라는 사실 잊었어?"

"그거야 어른들 일이지. 그리고 할머니들끼리는 여전히 절친인걸. 우리도."

지우가 바다를 내려다보며 덤덤하게 말했다. 그건 엄마들의 일이라고 말하는 지우의 속마음도 진짜 그런지 궁금했다.

지우와 나는 사흘 차이로 세상에 나왔다. 우리 엄마와 지우 엄마는 나와 지우처럼 초등학교, 중학교 동창이다. 우리 엄마가 제왕 절개 수술로 나를 낳은 지 사흘 뒤 지우가 태어났다. 그래서 응봉구의 종합 병원 신생아실에 나란히 누워 있었다. 나와 지우는 어린이집, 유치원에 이어 초등학교, 중학교까지 같은 데를 다녔다. 고등학교는 다른 곳으로 갈 줄 알았는데 내가 공립 외고 입시에서 실패하는 바람에 고등학교마저 같은 곳을 다니게 되었다. 엄마들은 동갑내기인 나와 지우를 은근히 비교했다. 아빠 말로는 누가 먼저 앉고 걸었는지, 누가 먼저 옹알이를 시작했는지를 두고도 신경전을 벌였다고 한다. 우리 엄마는 어린이집에서 재롱잔치를 할 때도 내가 지우보다 돋보여야 한다는 생각에 다들 빌려 입는 발레복을 군이 맞춰 입힐 정도였다. 나는 일곱 살 때부터 초등학교 저학년 때까지 우골이 섞인 유산균 알약을 먹었다. 내 키가 지우보다 10센티미터나 작았기 때문이다. 초등학교 때까지는 키뿐 아니라 모든 걸 지우가 앞섰다. 한글도 나보다 지우가 먼저 뗐고, 달리기도 지우가 빨랐고, 친구도 지우가 더 많았다. 엄마의 안달 때문인지 언제부터인가 나도 경쟁심이 생겨 지우한테 지는 게 싫었다. 중학생이 되자 지우는 키만 컸고, 나는 키가 안 자라는 대신 성적이 올랐다. 지우는 공부에 별로 관심이 없었다. 중학교 1학년 때나 지금이나 쓸데없는 소설에 빠져 있는 날이 많다. 지우가 더는 내 경쟁 상대가 아니라는 것을 깨닫고 나서부터 나는 나와의 경쟁을 시작했다. 항상 1등을 놓치지 않기 위해 아등바등했다. 엄마가 집을 나가던 날도 내 방에서 영어 학습지를 풀었다. 정말 열심히 했기 때문에 외고 입시에서 떨어질 거라고는 상상도 못 했다. 하지만 결과는 낙방이었다. 처음에는 현실을 받아들이기 힘들었다. 선생님들은 여느 해보다 유난히 경쟁률이 셌다고 위로했지만 나는 진짜 이유를 잘 알고 있다. 내가 다닌 중학교가 전국 학업 성취도 평가에서 꼴찌인 탓이다. 담임 선생님은 내 말을 듣고 어이없다는 표정을 지었지만 그것 빼고는 내가 낙방할 이유가 없다. 그러나 실패를 곱씹으며 속상해하는 것은 시간적으로나 심리적으로나 낭비였다. 일반 고등학교에 진학해 내신을 관리하기로 결정했다.

입학하기 전 치른 반 배치 고사에서 1등을 하고부터 나는 특별 관리 대상이 되었다. 상위권 아이들을 뽑아 소수로 운영하는 특별반에서 토요일마다 국영수 방과 후 수업을 했다. 교장 선생님

말로는 강남에 있는 입시 학원의 유명 강사들이라고 했다. 특별반은 다른 학부모들의 항의를 받아 1년도 안 돼 없어졌지만 그 뒤로도 상위권 학생들을 위한 지원은 계속되었다. 교대 입시를 목표로 하는 아이들이 모여 만든 자율 동아리에 대한 지원도 아낌없었다. 지우는 학교 예산이 왜 상위권 소수에게만 들어가느냐며 불평등하다고 부르댔다. 그러나 나는 학교가 상위권 학생들을 더 지원하는 것이 당연하다고 생각한다. 그런데 내 신념과 상관없이 지우가 좀 신경 쓰인다. 지우에 대해 나는 해결되지 않는 양가감정을 느낀다. 뭐든지 지우한테 이기고 싶은 마음뿐 아니라 지우가 더 열심히 해 내 경쟁 상대가 되었으면 하는 마음도 있다. 지우의 느긋함이 한심해 보이지만 한편으로는 부럽다. 성적은 나보다 훨씬 밑이어도 지우는 똑똑하다. 관심 분야도 넓고 친구 관계도 좋다. 나는 그런 지우한테 항상 쫓기는 기분이다. 집에 오자마자 씻지도 않고 교복을 입은 채로 책상 앞에 앉았다. 갑자기 벚꽃 구경을 하고 싶다는 사치스러운 생각을 한 나 자신이 한심스러웠다. 지우를 거기서 만난 것도 찜찜하기 짝이 없다.

　나의 목표는 교육 대학교다. 선생님들은 좀 더 상위권 대학을 목표로 하라고 한다. 엄마 역시 선생 해 봤자 사회에서 대접받지 못한다며 내 꿈을 탐탁해하지 않는다. 큰 꿈을 꿔야 거기에 맞춰 노력을 하고 성공할 수 있단다. 나는 엄마 아빠처럼 살고 싶지는 않지만 그렇다고 거창한 성공 따위는 바라지 않는다. 나의 롤 모델은 큰아버지와 큰엄마다. 큰아버지와 큰엄마는 시청 공무원과 초등학교 교사였다. 부자는 아니지만 정년퇴직을 한 지금도 1년에 서너 번씩 해외여행을 다니며 넉넉하게 산다. 오빠가 그랬다. 그게 바로 공무원 연금의 힘이라고. 나는 더도 덜도 말고 딱 그만큼만 살 거다. 최상류층, 아니 상류층이 되고 싶은 마음은 전혀 없다. 교사 정도의 경제적 여유와 사회적 인정이면 된다. 그 이상은 내게 불가능한 꿈임을 안다.

작년 어학연수 때 일행 중 인천 공항이 처음인 아이는 나 하나였다. 다들 이미 초등학생 때 미국이나 영국, 형편이 안 되면 필리핀이나 싱가포르로라도 연수를 다녀왔다고 했다. 심지어 우리가 간 필리핀은 가족 여행으로도 여러 번 가 봤다고들 했다. 미국이나 캐나다의 공립 학교에서 1년 동안 연수를 하고 온 애들도 있었는데 자신들이 가난해 유학을 가지 못한다며 속상해했다. 그때 내가 얼마나 우물 안 개구리인지 알았다. 나는 개구리로 태어났으니 개구리로밖에 살 수 없겠지만 우물보다 넓은 연못으로는 가야겠다고 다짐했다. 딱 그만큼이 나의 목표다. 엄마는 서울대 나온 여자, 서울대 나온 남자 커플이 성공의 종착점인 줄 안다. 그게 엄마의 한계다.

"물론 여자도 독립적으로 성공해야 한다고 생각해. 하지만 결혼을 해야 인생이 완성되는 거야. 학벌, 좋은 집, 그리고 능력 있는 남편까지 갖춰야 네가 다른 애들보다 앞서가는 거야. 우리 사회에서 여자는 옆에 누가 서 있는지가 중요해."

엄마는 자신의 불행이 더 유능한 남편을 만나지 못한 탓이라고 믿는다. 누구보다 셈이 빠르고 이기적인 엄마가 아직도 결혼이 여자에게 밑지는 일이라는 걸 인정하지 않는 게 신기할 정도다.

엄마는 여기서 나고 자랐지만 은강동을 끔찍하리만치 싫어한다. 은강동에 사는 외할머니도 싫어한다. 엄마와 외할머니는 모녀 간이라는 게 의심스러울 만큼 서로 사이가 좋지 않다. 엄마의 고등학교 진학이 큰외삼촌의 대학 입학 때문에 가로막힌 뒤 멀어졌다고 한다. 엄마는 재봉사로 지낸 10대 후반과 20대 초반을 가장 불행하던 시기로 꼽는다. 그러나 막상 그 시기에 엄마가 어떻게 살았는지는 모른다. 엄마는 불행했다고만 했지 구체적으로 왜 불행했는지에 대해서는 말해 주지 않았다. 지금 엄마는 다시는 쳐다보기도 싫던 재봉틀 앞에 앉아 있다. 엄마의 욕심이 과해서 생긴 불행이지만 가끔은 엄마가 안쓰럽다.

2

자정이 넘자 엄마에게서 메시지가 왔다.

―오늘 치 목표 달성하셨나요?

엄마는 내가 자기의 욕망을 배신할까 두려운지 날마다 이렇게 확인한다.

―ㅇㅇ

짧게 답장을 보내고 창을 닫다가 엄마 프로필에 뜬 생일 알림을 보았다. 잠시 망설이다가 오빠에게 메시지를 보냈다.

─엄마 생일인데 인천 안 올라와?

─언젠데?

─오늘. 아직 엄마 생일도 모르냐?

─미안. 근데 나 일주일은 더 일해야 해.

─그럼 기프티콘이라도 보내. 앞으로 23시간 55분 남았어.

─알았어.

─지금.

─오케이.

수업이 끝나고 엄마네 집 근처로 갔다. 연거푸 야간 자율 학습에 빠지는 게 걸렸지만 생일을 그냥 지나갈 수는 없다. 그랬다가는 엄마의 신세 한탄이 몇 달이고 이어질 게 뻔하다. 엄마를 보러가는 길은 항상 마음이 무겁다. 올해는 오빠가 있으니 그 짐을 좀 덜까 싶었는데 결국 또 혼자다. 엄마가 집으로 오는 것을 싫어해서 근처 레스토랑을 약속 장소로 골랐다. 엄마는 자리에 앉아 주위를 둘러보며 활짝 웃었다.

"여기 이런 데가 있는 줄 몰랐네. 딸 덕분에 기분도 내고 행복해."

행복하다고 말하는 엄마의 얼굴에는 피곤이 켜켜이 쌓여 있었다.

"엄마, 밥은 꼬박꼬박 먹지?"

"당연히 먹지. 딸이 엄마 걱정하는 거야?"

"얼굴이 창백해. 어디 아픈 거 아니야?"

"아니야. 내가 3, 4월 두 달 동안 갑자기 들어온 물량 해결하느라 못 쉬어서 그래."

"뭐? 체육복?"

"아니. 교복."

"교복?"

"응. 중앙시장에 교복들 개성 공단에서 떼 왔거든. 너도 거기서 맞췄잖아."

"아, 그래?"

"그런데 2월에 갑자기 개성 공단 문 닫아서 심지어 어떤 회사는 원단도 못 가져 나왔어. 그래서 하청받는 사람들한테 뒤늦게 교복 일이 들어왔어. 싸게 하려고."

"그랬구나."

봄 방학 때 느닷없이 대통령이 북핵 문제와 장거리 미사일 발사에 대응한다며 개성 공단을 중단한다고 했다. 나는 중단되건 말건 아무 상관이 없다고 생각했는데 거기서 그릇을 만들던 아빠 대학 동창이 부도를 맞아 쓰러졌고, 올해 신입생들은 교복을 한 달가량 입지 못했다. 지우가 늘 말하는 것처럼 세상에 나와 상관없는 일은 존재하지 않는지도 모른다.

"엄마는 왜 공장 안 들어가? 회사 다니면 4대 보험 되고 퇴직금도 받잖아."

"한국에서 봉제는 사양 산업이야. 조건 맞는 데 골라서 가기 힘들어. 그리고 나는 이제 사람들 많은 데서 일하기 싫어. 여럿이 모여 있으면 틈만 나면 누구 욕 아니면 자식 자랑, 신세 한탄이야. 그렇게 시간 낭비하기 싫어."

"그게 왜 시간 낭비야? 서로 힘든 얘기 하면서 친해지는 거지. 그래서 엄마가 친구가 없는 거야."

"왜 없니? 그래도 아직 힘들면 만나서 소주 한잔씩 할 사람은 남았어."

"그 사람한테는 투자하라고 안 했어?"

엄마가 쓸쓸하게 웃었다.

"했지. 돈 없다고 안 한 거지."

"그 사람들은 운이 좋았네."

엄마가 떨떠름한 표정을 지어 보이고는 말없이 파스타를 먹었다.

"오랜만에 먹으니까 맛있다. 먹고 싶었거든. 딸 고맙다."

"먹고 싶음 사 먹으면 되지."

"이런 데 혼자 와서 파스타 먹다 빚쟁이한테 들키면 큰일 나."

"농담이야?"

"반반."

엄마가 다시 쓸쓸하게 웃었다.

"엄마, 지우 엄마랑 연락해?"

"아니."

"미안하다고는 한 거지?"

"내가 뭐가 미안해? 나도 같은 피해자야."

"엄마가 부추겨서 지우네 외할머니랑 지우 엄마랑 투자했잖아."

"난 정보만 준 거지."

"하여튼 엄마는 너무⋯⋯."

"너무 뭐?"

"알면서 뭘 물어?"

"이 험악한 세상에서 살아남으려면 좋은 사람으로 살 수 없어. 너도 곧 알게 돼. 넌 날 꼭 닮았거든."

"아니거든. 제발 나한테 엄마 닮았다는 말 하지 말라고. 짜증 난다고."

내 날카로운 반응에 엄마가 고개를 절레절레 저었다.

"알았어, 알았어. 왜, 아예 내 딸이 아니라고 우기지. 모의고사 성적은 어때?"

"아, 또 성적은 왜 물어? 내가 엄마 닮은 거 싫어하니까 기죽이고 싶어?"

"야, 김여울. 말을 왜 그렇게 하니?"

"나 원래 모의고사는 별로인 거 알잖아. 그걸 왜 물어? 일부러 염장 지르려고 하는 거 아니면."

엄마가 포크를 탁자 위에 던지듯 내려놓고 창밖을 바라보았다. 화를 참느라 심호흡까지 했다. 내가 너무 심했다는 생각이 들었지만 이미 엎질러진 물이다. 엄마랑 만나면 늘 대화가 겉돌거나 부딪친다.

"아무리, 엄마가 딸 염장 지르려고 그런 말을 꺼내겠어? 자주 못 보니까 만났을 때 물은 거지. SKY 가려면 최저는 맞춰야 하는데 계속 성적이 안 좋으니까 걱정되잖아."

엄마는 나름대로 감정을 가라앉히며 차분하게 말했다. 그러나 엄마의 말이 또 귀에 거슬렸다.

"나 SKY 못 간다고. 아니, 안 간다고."

"미리 포기하지 마. 엄마는 그런 거 딱 질색이야."

"엄마가 질색하면 뭐 해? 내 인생인데. 그리고 포기가 아니라 안 간다고. 원래 관심 없다고."

"너까지 네 오빠처럼 멋대로 하면 엄마는 정말 못 살아."

"아, 그런 말 하지 말라고. 엄마는 왜 아들딸한테 협박을 해?"

"무슨 협박을 해, 내가?"

"내가 다닐 대학인데, 내가 가고 싶은 데 가는 건데, 왜 엄마가 못 살아? 그게 협박이지 뭐야?"

"넌 엄마의 마지막 희망이야."

"내가 왜 엄마의 희망이야? 난 내 희망을 찾을 거야. 엄마는 엄마 스스로 희망을 찾아. 자꾸 그런 말 할 거면 나 그냥 간다."

"너야말로 협박하니? 내 생일이라서 온 거 아냐? 오늘이라도 엄마 말 듣는 척해 주면 안 되니?"

"엄마가 자꾸 시비를 걸잖아."

"내가 언제 시비를 걸어?"

"모의고사 성적 안 좋은 거 알면서 그것부터 물어봤잖아."

"넌 지우 엄마 얘기 꺼냈잖아. 내가 싫어하는 줄 알면서."

"엄마는 진짜 어쩌면…… 나한테도 조금도 양보를 하질 않아. 난 엄마 딸이잖아."

눈물이 핑 돌았다. 엄마 생일인 만큼 오늘은 싸우지 않겠다고 다짐까지 하고 나왔다. 그런데 엄마와 만나면 무슨 이야기로 시작하든 대화의 끝은 항상 똑같았다. 나는 화가 나고, 엄마는 억울했다. 나는 화가 나서 울고, 엄마는 자식마저 소용없다며 눈물 콧물을 다 쏟았다. 아르바이트생이 자꾸 흘끗거리는 게 신경 쓰여 포크를 들어 파스타 면을 마는데 엄마가 불쑥 말했다.

"그래, 내가 문제야. 난 항상 트러블 메이커였어. 어렸을 때도, 결혼해서도. 학교에서도, 집에서도. 날 좋아하는 사람이 없었어. 나는 누구한테도 지는 걸 제일 싫어했어. 나도 이런 내가 싫다. 난 어떤 사람이든 마주하면 경쟁하게 되나 봐. 그게 딸이라 해도."

엄마의 말이 너무 뜻밖이라 할 말을 찾지 못하다가 겨우 물었다.

"딸이랑 뭘 경쟁하는데?"

"몰라. 그냥 무시당하는 게 싫어."

"그거 열등감이야. 그러니 행복해지지 않지. 그러면서 도대체 SNS에다 '카르페 디엠'이란 말은 왜 써 놨어?"

"그게 뭐?"

"한순간도 즐기지 못하잖아, 엄마는. 엄마의 현재에 만족하지 못하잖아."

"그래서 써 놓은 거지. 그렇게 살자고."

왠지 다른 사람들보다 폼 나 보여서 써 놓은 거 아니냐는 말을 하고 싶었지만 참았다. 엄마는 늘 자신을 타인과 비교했다. 아빠를 무시하면서도 아빠의 평가에 예민했다. 이혼하던 날, 엄마가 오빠와 나를 앉혀 놓고 말했다. 보험 설계사로 일하면서 하루에 두세 시간밖에 못 자면서도 청소하고 음식을 만들며 애쓴 건 아내, 엄마의 역할을 완벽하게 해내고 싶었기 때문이라고. 엄마는 헌신적으로 노력했는데도 남편은 남편대로, 자식은 자식대로 자신을 인정해 주지 않는다며 우리를 원망했다. 그런 엄마를 이해하기가 참 힘들었다. 그리고 그런 엄마를 닮아 갈까 두려웠다. 나는 아직도 엄마 품이 그립다. 침대에 누워도 잠이 안 오면 엎드려서 엄마 품에 안겨 있는 상상을 한다. 그걸 알 리 없는 엄마가 가끔 야속하다.

"그렇게 욕심 많은 사람이 왜 아빠랑 결혼했어?"

엄마가 흠칫하며 나를 바라보았다.

"대답하기 싫으면 안 해도 돼. 그냥 해 본 말이야. 신경 쓰지 마."

엄마가 맥없이 웃었다.

"너희는 모르겠지만 젊었을 때는 너희 아빠 괜찮았어. 우리 회사랑 거래하던 은행 직원이었고. IMF 때 통폐합되긴 했지만 그

전엔 그래도 꽤 큰 은행이었어. 게다가 4년제 경영학과를 나왔잖아. 검정고시 출신에 야간 전문대를 졸업한 나에게는 과분한 사람이었지. 악착같이 노력해서 올라간 자리가 물류 회사 경리라는 현실에 절망하고 있을 때 너희 아빠를 만났어. 내가 좀 더 높은 데로 올라갈 수 있는 방법은 결혼밖에 남지 않았었거든. 그래서 노총각 과장한테 먼저 대시한 거지."

"엄마답다. 어떻게 만난 지 석 달 만에 결혼할 수가 있어?"

"놓치기 싫었어."

"얼마나 좋았기에? 솔직히 아빠가 그렇게 대단한 사람은 아니잖아."

"내가 그만큼 뭘 몰랐던 거지. 그때 내 눈에는 너희 친가가 괜찮아 보였어. 아주 부자는 아니지만 너희 할아버지는 초등학교 교장이었고, 너희 할머니는 전업주부셨지만 그 시대에 여대를 나온 분이었어. 형은 공무원이고, 형수님이랑 누나는 초등학교 선생님이고. 나한테는 이상적인 가족이었지."

"순진했네. 그 정도를 이상적이라고 생각하다니."

나의 냉소에 엄마가 떨떠름하게 고개를 끄덕였다.

"상상력의 한계라고나 할까? 경험해 본 게 없어서 그 이상을 꿈꾸지 못했지."

내가 태어나던 해에 아빠가 다니던 은행이 다른 은행과 통폐합을 추진하면서 아빠는 희망퇴직을 했다. 엄마는 눈물을 머금고 서울의 전세 아파트를 나와 지우네가 입주해 있던 빌라로 이사를 왔다. 그리고 아빠의 퇴직금과 남은 전세금을 합쳐 PC방을 냈다. 그러나 2년 뒤 권리금만 날리고 PC방을 다른 사람에게 넘겨야 했다. 아빠는 학교 선배의 소개로 중고차 회사의 경리과에 취직했고, 엄마는 보험 설계사 일을 시작했다. 엄마는 붙임성 있고 말주변도 좋아서 2년 만에 보험왕이 되었다. 그래서 내가 초등학교에 입학할 때쯤 빌라에서 나와 길 건너 휴먼시아 은강아파트로 이사할 수 있었다. 엄마의 다음 목표는 '스마트 시티'라는 송도 신도시로 가는 거였다. 그리고 그다음 목표는 우리가 '스마트'해져서 SKY 대학에 가는 거였다. 덕분에 나와 오빠는 초등학교 1학년 때부터 학원을 몇 군데씩 다녔다. 엄마는 대학이 송도 신도시로 들어갈 급행 버스라도 되는 양 우리를 유명한 학원으로 돌렸다. 그리고 그 돈을 벌기 위해 밤낮없이 일했다. 그런데 어느 날 갑자기 엄마가 집에 오지 않았고, 그 대신 하루 종일 집 전화기가 울려 댔다. 전화받는 데 지친 아빠는 아예 전화선을 뽑아 버렸다. 두 달 넘게 들어오지 않던 엄마의 행방을 텔레비전 뉴스로 알게 되었다. 엄마는 우리나라 역사상 가장 큰 다단계 사기 사건의 피해자였다. 텔레비전 뉴스에 나와 사기꾼을 잡아 달라고 하소연하는 엄마의 모습에 우리 모두 얼어붙었다. 그로부터 1년 만에 돌아온 엄마는 모든 걸 책임지겠다며 아빠에게 이혼을 요구했다. 마침 집에 와 있던 할머니와 고모는 엄마에게 소리쳤다.

"무슨 낯짝으로 네가 먼저 이혼을 요구해. 한울이 아빠가 요구해야지. 유책 사유가 너한테 있으니까 아주 간단하게 끝나."

그리고 엄마가 있는 자리에서 할머니가 아빠에게 말했다.

"내가 뭐랬어? 전문대까지 나왔다고 해도 공순이 출신을 숨길 수 없다고 했잖니. 창피해서 친척들 앞에서 얼굴을 못 들겠다. 이제 도대체 어떻게 할 거니?"

나는 우리 집에서 막장 드라마 같은 일이 펼쳐질 줄은 상상도 못 했다. 평소에 친가 식구들은 외가 식구들과 말투가 달랐다. 늘 고상하고 품위 있는 대화만 오갔다. 웬만해서는 큰소리가 나는 법이 없었다. 반면 외가에 가면 외할머니, 엄마, 외삼촌 모두 목소리가 클 뿐 아니라 말투도 거칠었다. 나는 외갓집보다 친가가 좋았다. 그러나 그날 할머니는 할머니답지 않고, 고모도 고모답지 않았다. 쏟아 내는 말들이 어찌나 날카롭고 뾰족한지 엄마가 쓰러질 것만 같았다. 아빠 역시 고모와 할머니의 막말을 막지 않았다. 아빠는 가끔 말한다. 그때 이혼하지 않았다면 이 아파트와 가족을 지키지 못했을 거라고. 나는 아직도 아빠가 지키려고 한 가족이 어느 가족인지 모르겠다.

집을 나간 엄마는 2년 동안 고시원에 살다가 지금은 송도 신도시가 건너다보이는 원룸 4층에 산다. 언젠가는 반드시 신도시로 들어가겠다고 벼르고 있다. 엄마는 내가 좋은 대학에 가야 그 다리를 건널 수 있으리라고 믿는다. 그러나 나는 엄마가 신도시로 들어가는 다리가 되고 싶지 않다.

커피를 홀짝이며 눈치를 보던 엄마가 가방에서 봉투를 꺼내 내밀었다.

"뭐야?"

"너 수리 영역 3, 4등급 오르내린다며. 그러면 안 돼. 어떻게 모의고사가 그렇게 안 나오니? 그 봉투에 적은 번호로 연락해. 엄마가 두 달만이라도 집중해서 가르쳐 달라 했어. 이대를 LG 장학생으로 들어간 애야. 수학 하나는 자신 있대."

"싫어. 난 수능 안 보는 전형으로 대학 갈 거라고."

"글쎄 고집 좀 그만 피워."

"이 돈 받으면 생색낼 거잖아. 교대 가지 말라고 할 거잖아. 안 받아."

"정말 어쩌면 그렇게 철없는 소리만 하니?"

나는 돈을 받을 수 없었다. 엄마는 하루에 열다섯 시간씩 재봉틀 앞에 앉아 있어야 한 달에 2백만 원을 번다고 했다. 그걸 알면서 넙죽 돈을 받지는 못한다. 길 건너 원룸을 올려다보았다. 엄마가 사는 402호에는 에어컨 실외기가 없다.

"곧 여름인데 그걸로 에어컨이나 놓고 일해. 엄마, 내가 아무리 싸가지가 없어도 엄마가 그 일 해서 버는 돈으로 과외 받는 염치없는 짓은 안 해. 봉제 일 하는 거 죽기보다 싫었다며? 어서 돈 모아서 다른 일 해. 엄마 하고 싶은 일."

엄마가 씁쓸하게 웃었다.

"그렇게 싫은 거 아니야. 그때 딸이라는 이유로 고등학교도 못 가고 공순이 된 게 억울해서 미싱이 더 싫었어. 그런데 지금은 안 그래."

"진짜?"

"응. 너희 할머니가 선견지명은 있어. 기술 있으면 평생 배곯지 않는다면서 봉제 공장에 억지로 밀어 넣었거든. 그때는 자존심 상했는데 지금은 그 덕에 굶어 죽지 않고 빚까지 갚으며 살잖아. 어쩌면 이 기술이라도 없었더라면 이혼할 용기도 못 냈을 거야."

나는 멨던 가방을 탁자 위에 올려놓으며 물었다.

"그래서 엄마는 어떤 직업을 갖고 싶었어?"

엄마가 흠칫하며 나를 올려다보았다.

"뭐?"

"엄마 꿈이 뭐였냐고."

"몰라. 그냥 우리 엄마처럼은 살고 싶지 않았어."

나는 다시 의자에 앉았다.

"나랑 똑같네. 엄마가 봉제 공장 다닐 때 지금 내 나이였겠네?"

엄마가 물음의 의도를 알아내려는 듯 나를 엿살피다 대답했다.

"네 나이보다 어렸지. 열일곱."

엄마가 중학교 졸업하자마자 취업했다는 것을 알고 있었지만 그 나이가 열일곱이었다고는 생각해 보지 않았다. 이제야 엄마가 공장으로 갔을 때 얼마나 어렸는지 실감이 되었다. 그동안 엄마는 그 시절 이야기를 자세히 한 적이 없고, 나 또한 엄마의 과거를 굳이 궁금해하지 않았다.

"엄마는 그때 얘기 왜 안 해 줘?"

"뭐 하러 해. 그때 생각은 하기도 싫어."

"해 줘."

"왜?"

"그냥. 내가 엄마를 잘 모르는 것 같아서."

"갑자기 내가 왜 궁금해?"

엄마는 얼음이 다 녹아 미지근해진 아이스커피를 빨대로 몇 모금 빨고 잔을 탁자에 내려놓았다. 그리고 어둠이 내리기 시작한 거리를 내다보았다.

"나는 이렇게 푸른빛이 도는 저녁이 좋아. 막 어둠이 내려서 가로등이랑 가게에 불이 켜지는 시간. 뭔가 아쉬우면서도 느긋해지는 시간. 내 청춘에는 없던 시간이니까. 1년 365일, 해 지기 전에 공장을 나선 적이 없어. 겨울철에는 출근할 때도 캄캄했지. 여울이 너, 내가 왜 주안역으로 절대 안 가는 줄 알아?"

"당연히 모르지. 말해 준 적 없잖아."

"내가 다니던 봉제 공장이 주안 공단 건너편 주택가 입구에 있었거든. 주안역 근처에 가면 그때 기억이 나서 싫어. 내가 다니던 데는 5층 건물이었는데 층마다 다른 봉제 공장이 있었지. 우리 공장은 3층이었는데 교실보다 조금 더 큰 방에 재봉틀이 나란히 있었어. 초등학교 교실에 선생님 책상이 있잖아. 딱 그 자리에 투명 유리로 만든 칸막이 같은 걸 세워 놨어. 우리가 디제이 박스라고 불렀는데, 거기에 경리를 맡아 보는 여직원이랑 과장이 한 명 있었어. 과장이라는 인간이 하는 일은 우리를 감시하는 거여서 일하는 내내 딴청을 못 부렸어."

"일하는 사람들을 감시했다고?"

"뭐 다른 일도 했겠지. 그런데 그때는 나도 어려서 감시만 하는 것 같았어. 아침에 출근할 때마다 거기가 학교라고 상상했어. 공장 구조가 교실이랑 비슷했거든. 미싱이 한 줄에 여섯 대씩 다섯 줄이 있었어. 맨 앞은 검사하는 사람들 자리고 그 뒤를 따라 미싱이 있었지. 미싱도 공정마다 달라서 그 한 줄에서 완성품이 만들어졌어. 와이셔츠를 만든다고 치면 우선 재단사가 재단한 걸 나 같은 시다들이 가져다줘서 맨 뒤 재봉사부터 일을 시작하는 거야. 처음에는 몸판을 붙이고, 앞에서 소매를 붙이고, 그다음에 깃을 붙이고 또 그다음에는 셔츠 앞자락에 바이어스를 대고 단춧구멍에 오버로크 치고. 대충 그런 식이지. 한 라인에 시다들이 서너 명씩 있었어. 원래는 재봉사 한 명에 시다 한 명이어야 일이 되는데 그렇게 안 뽑는 거지. 정말 힘들었어. 하루 종일 열두 시간 넘게 못 앉는 날도 있었어. 그나마 셔츠 앞 호주머니 다림질할 때가 제일 좋았어. 그건 앉아서 했거든. 언니들이 수시로 심부름을 시키는데 라디오를 크게 틀어 놔서 못 알아듣는 실수도 많이 했지. 날마다 혼이 났어. 너 아니? 나는 아직도 꿈에서 재봉사 언니들 말을 못 알아들어서 혼나는 꿈을 꿔. 너희 아빠는 학력고사를 보는데 답을 못 써서 텅 빈 시험지를 내는 꿈을 꾼다더라. 악몽도 처지에 따라 다르다는 게 슬프지."

"뭐야. 그건 자격지심이네."

"그래, 그럴지도 몰라. 사실 돌아보면 다 내가 선택한 거야. 지금 이 고생도."

엄마가 남 탓이 아닌 자책을 하는 것을 처음 보았다. 그 모습이 낯설기도 하고 안쓰럽게도 보였다.

"끔찍하게 고생했어. 하루에 열다섯 시간 이상 일한 날도 많았어. 어떤 날은 자정 너머 끝나서 기숙사에 사는 재봉사 언니랑 같이 자거나 공장 뒤에서 자취하는 언니 집에서도 잤지."

"거기에 기숙사도 있었어?"

"기숙사라고 할 수도 없어. 공장 천장에 다락을 만들어 그걸 기숙사라고 부른 거지. 높이가 1미터 조금 넘었을 거야. 서지 못해서 무릎으로 기어 다녔어. 당연히 난방도 안 되고 전기장판 하나 깔려 있었어. 그것도 기숙사라고 꼬박꼬박 돈을 뗐어. 밥은 그 건물에 있는 봉제 공장 사람들이 다 같이 가는 식당에서 먹었어. 김치 된장국 하나에 깍두기가 반찬의 전부였어. 지금 같으면 안 먹지. 아니 못 먹지. 그런데 거기서 세 끼를 먹는 애들이 많았어. 나는 그나마 아침이라도 집에서 먹고 갔지. 내 사수였던 언니는 고향이 강경이었는데 중학교 졸업하고 올라와서 거기가 세 번째 공장이라고 했어. 기숙사 구석에 있던 좌식 책상에 영어 사전이랑 옥편이 있었어. 언니 꿈이 검정고시로 고등학교 졸업해서 대학에 가는 거였거든. 창문도 없는 그 다락에서 공부를 했어. 월급의 반을 집에 보내면서."

"그게 몇 년도야?"

"뭐 84년, 85년 그랬지."

"그때도 그런 환경이었다고?"

"그럼."

"그 언니는 대학에 갔어?"

"아니."

엄마의 침울한 표정을 보니 더 물을 수가 없었다.

"엄마도 대학 가고 싶었을 거 아냐?"

"고등학교도 못 갔는데 무슨. 그때는 빨리 미싱에 앉는 게 목표였어. 이를 악물고 배웠어. 어깨너머로 지켜보고, 언니들한테 살살 아부해서 미싱에 앉아 보기도 하고. 다행히 내가 눈썰미가 좋고 손이 야무져서 빨리 앉았지. 미싱에 앉기 전에는 월급날 언니들이 놀러 가자고 해도 절대 안 갔어."

"하여튼 독해."

"맞아. 나는 언젠가 여길 떠날 거라고 별렀어. 그래서 같이 일하는 친구나 언니들한테 깊이 마음을 주지 않았어. 그래도 딱 한 명 친한 애가 있었어. 원래 나랑 검정고시 하기로 했었는데 조용필에 빠져 가지고는 브로마이드 사고, 화보집 사고. 리사이틀 보러 간다고 월급을 다 털어 넣는 애였어."

"리사이틀?"

"지금은 콘서트라고 하지? 내가 정신 차리라고 그렇게 말렸는데도 듣지 않았어. 그러다 재단사 오빠랑 눈이 맞아서 살림을 차렸어. 비밀로 하고 일을 계속한다더니 결국 임신을 해서 그만두게 됐지. 첫애를 낳았다는 말에 아기 옷을 사서 갔다 오는데 눈물이 났어. 그 애가 제일 좋아하는 노래가 「못 찾겠다 꾀꼬리」였거든. 집에 와서 그 노래를 계속 되돌려 들으면서 펑펑 울었어."

"가사가 어떻기에? 한번 불러 봐."

"미쳤니?"

"근데 지우 엄마랑은 안 친했어?"

"경순이는 우리 집 문간방에 살았어. 경순이네 아빠가 폭력적이었어. 바람도 피우고. 그래서 우리 엄마가 문간방을 거저 내준 거야. 우리 엄마가 남한테는 인심이 좋았어. 경순이랑 중학교 때까지는 자매처럼 지냈지. 우리 엄마랑 경순이 엄마가 같이 일을 다녔거든. 미란이 엄마도."

"미란이?"

"강이 엄마 이름이 미란이야."

"아."

"세 분이 동네에서 유명했지. 친자매보다 더 우애가 좋다고. 그래서 우리도 거의 같이 지내다시피 했어. 경순이는 고등학생이 되고 나는 공순이가 되는 바람에 사이가 멀어졌지."

"지우 엄마가 엄마 공장 다닌다고 멀리했어?"

"그럴 리가. 내가 그랬지. 다시 친해진 건 내가 전문대 가고 나서야."

"그놈의 자존심."

"자존심만 있었나? 경순이에 대한 질투심, 경쟁심 같은 것도 있었지. 그래서 공장 다니면서도 검정고시를 보고 전문대까지 간 거야. 가끔 너희 오빠나 네가 덜 악착같은 게 고생을 덜 해서 그런가 싶기도 해."

엄마가 무심코 내뱉은 말에 마음이 또 비틀렸지만 참았다.

"그런 말 들으면 오빠 섭섭해할 거야."

"섭섭? 내 가슴에는 대못을 박아 놓고. 섭섭할 자격도 없지."

오빠는 우리 아파트의 신화였다. 내가 중학교에 입학했을 때도 오빠 이야기가 전설처럼 전해지고 있었다. 오빠는 모든 시험에서 항상 만점이었다. 엄마가 보험 설계사로 승승장구한 데는 오빠의 성적도 한몫했다. 아줌마들은 엄마가 마치 입시 컨설턴트라도 되는 양 상담을 해 왔다. 오빠는 과학고나 외고에 갈 성적이 충분히 되는데도 일반 인문계 고등학교로 갔다. 엄마가 오빠한테 실망한 게 그때부터다. 오빠가 다닌 고등학교는 예전에는 인천뿐 아니라 전국에서 명문으로 소문난 학교였지만 지금은 우리 학교보다도 대학 진학률이 낮다. 그런 데서 오빠가 서울의 상위권 대학 여러 곳에 합격하자 교문에 플래카드가 붙었다. 그런데 오빠는 1학기 만에 휴학도 아닌 자퇴를 결정했다. 그리고 다시 수능을 봐서 서울 변두리에 있는 작은 대학교에 입학했다. 오빠가 고등학교 때부터 가고 싶어 했던 학교이기는 하지만 엄마 아빠뿐 아니라 학교 선생님, 친구들, 친가의 친척들까지 충격을 받았다.

"엄마, 엄마는 오빠가 힘들었을 거라는 생각은 안 해?"

"제가 뭐가 힘들어? 오빠가 힘들었대?"

"아니. 나도 모르지. 오빠랑 얘기해 본 적이 없으니까. 그래도 엄마가 오빠에 대해 그렇게 얘기하면 안 된다고 생각해. 엄마는 오빠랑 내가 좋은 대학 가고, 성공하는 게 왜 그렇게 중요해? 왜 우리로 대리 만족을 하고 싶어 하는데?"

엄마 눈에 눈물이 핑 돌더니 갑자기 고개를 숙이고 어깨를 들썩이며 울었다. 엄마는 웬만해서는 우는 사람이 아니다. 아빠와 싸울 때도, 외할머니와 싸울 때도 상대가 무너져서 울었지 엄마는 끝까지 이를 악물었다. 그랬던 엄마가 많이 여려진 것 같아 마음이 아팠다.

"미안해. 대리 만족이라는 말에 갑자기. 나도 약해졌나 보다."

"그러게. 그러니까 엄마도 목표를 바꿔 봐."

"뭐?"

"삶의 목표를 송도 신도시랑 서울대가 아닌 데로 바꿔 보라고. 엄마만의 진짜 행복을 찾으라고."

"나는 너희가 전부였어. 그러니까 나 배신하지 마."

엄마 말에 다시 가슴이 답답해졌다. 엄마와 헤어져 버스에 탄 뒤 스마트폰에서 엄마가 말해 준 조용필의 노래를 찾았다. 신기하게도 음원이 있었다. 처음 듣는 노래인데도 눈물이 고였다. '지금은 내 나이는 찾을 때도 됐는데 보일 때도 됐는데……. 언제나 술래. 못 찾겠다, 꾀꼬리…….' 술래로 사는 엄마의 인생이 갑자기 슬퍼졌다.

3

"자, 동생아. 저녁은 두부 부추 비빔밥이다. 너를 위해 특별히 준비했다. 나 같은 오빠 없지?"

전역하고 나서 내내 아르바이트를 하느라 밖으로 떠돌던 오빠가 집으로 온 건 보름 전이다. 가까운 밀가루 공장에 며칠 상하차 일을 나가더니 허리를 삐어 그만두고 침을 맞으러 다닌다. 그러면서 살림을 도맡아 하는 덕분에 시리얼이나 식빵 대신 그럭저럭 괜찮은 아침을 먹을 수 있다.

오늘도 오후 다섯 시까지 방과 후 수업을 듣고 왔는데 오빠가 있었다. 주말이면 낚시를 가 버리는 아빠 덕에 집이 온전히 내 차지였는데 좀 귀찮은 생각도 들었다.

"여울아."

"응?"

"좀 웃어."

"내가 안 웃어?"

"웃는 걸 못 봤어."

"그나저나 오빠는 복학할 때까지 이렇게 내 밥만 챙겨 줄 거야?"

"응. 고3 뒷바라지를 할까 생각 중이야."

"거절."

"왜?"

"난 내가 알아서 해. 진짜 계획 같은 거 없어?"

"일단 틈틈이 알바하면서 송 관장님 일 도와드리려고."

"또?"

"또라니. 내가 좋아하는 일이야."

"엄마가 한 소리 할 텐데. 엄마는 오빠가 쓸데없는 데에만 관심이 있다고 걱정해. 할머니랑 고모가 아들 못 챙겼다고 나중에 뭐라 할까 봐 엄청 신경 써."

"엄마야말로 쓸데없는 걱정 하지 말라 해. 이혼했는데 왜 친할머니랑 고모 신경을 써?"

"이혼했어도 우리가 엄마 자식이니까."

"그러니까 엄마 아들딸일 뿐이지, 친가랑 무슨 상관 있어?"

"그렇게 간단한 문제는 아니지. 할머니가 엄마한테 늘 그랬대. 며느리 잘못 들어오면 3대가 망한다고. 우리가 잘못되면 그게 다 엄마 탓이 될 거래."

"여울이 너도 그렇게 생각해?"

"사실이잖아."

"난 그렇게 생각 안 해."

오빠의 반응은 뜻밖이었다. 오빠는 우리 집에서 엄마에게 가장 냉정한 사람이었다. 심지어 군대에 갈 때나 전역했을 때도 엄마를 찾지 않았다.

"나는 오빠가 엄마 원망하는 줄 알았는데. 갑자기 왜 그래?"

"갑자기 아니야. 대학 와서 엄마를 80년대, 90년대를 살아온 여성 노동자로 보게 됐어. 군대 가서 보초 설 때면 생각하는 시간이 많거든. 엄마 생각이 제일 나더라."

"웬일로?"

"진짜야. 엄마가 얼마나 불안했을까 이해가 됐어. 너 기억나? 명절이나 제사 때마다 할머니네 가장 먼저 가고 가장 늦게 나오는 게 누구였는지?"

"당연히 엄마랑 우리 식구지."

"맞아. 할머니는 큰엄마랑 고모한테는 항상 천천히 오라고 했어. 차례나 제사가 끝나면 출근해야 하니 어서 가라고 등을 떠밀고. 그런데 엄마한테는 한 번도 그런 말을 안 했어. 엄마도 출근할 일터가 있었는데도 말이야. 엄마의 일은 인정하지 않았던 거지. 나는 그게 기분이 나빴어. 왜 아빠는 엄마 편을 들지 않는지 이상했고. 엄마가 얼마나 자존심이 상했을까? 얼마나 불편했을까?"

나는 한 번도 그런 생각을 해 본 적이 없었다. 친할머니 입장에서는 엄마가 성에 안 차는 게 당연하다고 여겼다.

"할머니랑 고모가 엄마를 미워한 데는 이유가 있지. 사고를 친 건 맞잖아. 그리고 남의 보험금까지 가져다 투자한 건 범죄야."

"그것까지 변명해 주려는 건 아니야. 그런데 사기를 당했던 사람들 면면을 보면 안타깝고 화가 나. 솔직히 부자들이 그런 데다 투자를 했겠어? 몰라서 그런 거야, 몰라서. 큰돈을 가져 본 적이 없는데 어떻게 돈 버는 방법을 알겠어. 엄마도 마찬가지지."

엄마가 그랬었다. 학교, 책, 텔레비전 어디서든 열심히 노력하면 잘살 수 있다고 말했다고. 엄마는 그 말을 믿고 열심히 최선을 다해 살아왔는데 여전히 제자리라고. 그게 도무지 이해가 안 된다고. 남들은 쉽게 얻는 돈과 명예, 성공이 왜 자기한테는 그렇게 손에 넣기 어려운지 모르겠다고. 엄마는 어쩌면 정말로 몰랐는지도 모른다.

"엄마를 그렇게 잘 이해하면서 전역하고 한 번도 안 찾아가?"

"그건 좀 다른 문제야. 엄마랑 어색해. 공부 때문에 중학교 때부터 하도 싸워서."

"나는 그게 오빠의 문제라고 생각해. 어색해도 찾아가서 무슨 얘기라도 할 수 있잖아. 난 오빠만큼 엄마를 이해하지 못해. 그래도 보러 가잖아. 울고불고 싸워도 가잖아. 머리로만 이해하면 뭐 해?"

"맞아. 그게 내 문제야."

"난 오빠도 밉지만 아빠도 미워. 착한 척, 뭐든지 다 이해하는 척하면서 엄마만 나쁜 사람 만들고. 아빠는 엄마가 망친 우리 가족을 자기가 지켰다고 생각해."

"알아."

"그렇게 다 아는 사람이, 그렇게 엄마를 이해하는 사람이 왜 다니던 대학은 때려치우면서 반항을 했어?"

오빠가 당황한 듯 동공이 흔들렸다.

"반항한 거 아냐. 도망친 거지."

"도망쳐?"

오빠는 내 물음에 얼른 대답을 못하고 어물거렸다. 그러다 침을 몇 번 삼키고 나서 말을 이었다.

"나는 대학에 기대가 많았어. 내가 읽은 책의 저자들이 교수로 있는 곳이라니. 생각만 해도 떨렸어. 그 대학에 온 애들은 적어도 나와 같은 고민을 하는 줄 알았어. 그런데 그렇지가 않더라고. 내 첫 대학 생활은 OT 때부터 꼬였어. 선배들이 학점 잘 주는 교수, 어렵지 않은 수업을 먼저 추천해 주는 거야. 거기서 좋은 강의를 듣고 싶다고, 내용이 좋은 수업 추천해 달라고 했다가 한순간에 '진지충'이 됐어."

"오빠 원래 고등학교 때부터 진지충이라고 놀림 받았잖아. 선배들이라 좀 심하게 놀렸나 보지."

"동기들하고도 대화가 안 되는 건 마찬가지였어. 해외여행 한

번 안 다녀온 애가 나밖에 없더라. 충격이었어. 외국에서 학교를 다니다 온 애들도 많았어. 걔네들은 화제가 헬스, 연애, 여행, 패션까지 사방팔방으로 뻗치는데 나는 끼어들 수가 없는 거야. 처음에는 친구들을 따라가려고 나름대로 노력했어. 근데 점점 감당이 안 됐어. 나는 학식도 부담스러운데 툭하면 나가서 먹자는 거야. 파스타, 피자, 삼겹살."

"뭔지 알 거 같아. 나도 작년에 필리핀으로 어학연수 갔을 때 애들이 거리낌 없이 돈을 쓰니까 은근히 무섭더라."

"그래서 편의점 야간 알바를 시작했는데 두 달쯤 지나니까 너무 피곤한 거야. 강의 시간에 계속 졸고. 알바하러 가야 하니까 친구들하고 어울릴 시간도 없고. 애들은 대학생 됐다고 피부과 다니고, 소개팅하고, 헬스 하러 다니는데 나는 돈 때문에 전전긍긍해야 하는 게 비참했어. 중간고사 끝나고 단과대별로 축구 대회가 있었어. 내가 축구는 좀 하잖아. 대회 끝나고 알아보는 사람이 많아서 은근히 우쭐했는데 알고 보니까 내가 사회학과 '어좁이'로 유명해진 거야."

"어좁이?"

"응. 어깨 좁다고."

"하긴 오빠 그때 진짜 말랐었다."

"그게 엄청 창피했어. 그때 자존감이 바닥이었던 거지. 결국 어좁이가 되기 싫어서 아파트 헬스장에 등록했어."

"아, 기억난다. 오빠 헬스장 다니던 거."

"나는 근육 없는 팔뚝이랑 좁은 어깨가 부끄러워질지 정말 몰랐어. 그런 내가 너무 싫은데 다른 사람들의 시선에서 자유로워질 수가 없는 거야. 먹는 거, 입는 거, 노는 게 다 스트레스니까 공부도 안됐어. 걔네들은 맨날 노는데 나보다 아는 것도 많고, 책도 더 많이 읽는 것 같더라고. 점점 위축이 돼서 사람들 만나기도 힘들어지고. 기말고사 끝나고 성적을 확인하는데 C학점이 대부분인 거야. 2학기 등록금을 내려면 학자금 대출을 받아야 하는데 이런 식의 대학 생활을 위해 빚을 질 가치가 있는지 고민이 됐지. 수치스럽고 내가 싫었어. 그래서 자퇴를 한 거야."

"그때 왜 그런 말 안 했어?"

"엄마 아빠한테 말하면 순순히 자퇴하라고 했겠어?"

오빠는 고등학교 다닐 때 브랜드 없는 패딩에 시장에서 산 운동화를 신고도 당당했다. 타인의 시선 따위는 아랑곳하지 않는, 가치관이 뚜렷한 사람이었다. 그런 오빠가 대학에 가서 조금 달라졌다고 느꼈지만 그렇게 힘든 시간을 보낸 줄은 몰랐다.

"지금은 괜찮아?"

"응. 지금은 좋아. 그래서 더 좋아지기 위해 내가 옳다고 생각하는 일을 하며 살 거야."

4

교정에 아카시아 향기가 가득하다. 여름이 가까워 오고 있다. 식당에서 나와 운동장을 산책하는 학생들은 거의 1, 2학년이다. 그런데 거기에 지우가 끼어 경보를 하고 있다. 5월인 게 믿기지 않을 만큼 더운 날씨에 운동이라니 정말 이해하기 힘들다.

"와, 벌써 더워. 샤워하면 좋겠다."

지우가 생활복이 거의 다 젖은 채 교실로 들어왔다.

"최지우, 네가 1학년이냐? 왜 쓸데없이 에너지를 소모해?"

"김여울, 네가 뭘 모르는 거지. 밥 먹고 곧장 앉아서 공부한다고 효율적인 건 아니야. 이렇게 운동을 해서 신진대사를 활성화해 주고 긴장을 딱 풀면 집중력도 좋아진다고."

"그래서 성적이 올라갔어?"

"뭐 점점 올라가겠지."

"넌 참 속 좋다."

"그게 나의 장점이지."

"너의 장점일지는 모르지만 난 너 기다리다가 면학실 갈 시간 늦었어."

"그래? 미안."

지난번 면담 때, 담임 선생님이 과목 멘토링을 하면 교대 지원에 좋은 스펙이 된다고 권했다. 그래서 지우에게 영어와 수학 공부를 도와주겠다고 제안했다. 지우를 멘티로 택한 것은 잘 모르는 아이를 선택했다가 쓸데없는 감정 소모나 갈등을 겪고 싶지 않아서다. 지우를 돕고 싶은 마음도 없지는 않았다. 다행히 지우는 내 제안을 받아들였다. 물론 언제나 그렇듯이 뼈 있는 질문을 던졌다.

"너 생기부 때문에 하는 거지?"

변명을 하고 싶지 않아 아무 대답 없이 가만히 있었다. 지우도 굳이 내 대답을 원하는 건 아니었다. 당장 영어 수행 평가 준비를 같이 해 보기로 했다.

"이번에 수행 평가가 작문이랑 1분 스피치라는 거 알지? 그래서 영어 연설문 찾아 놨어."

지우는 내가 태블릿을 내밀자 시큰둥해하며 물었다.

"왜 하필 마틴 루서 킹이야?"

"유튜브에 올라온 연설 중에 그나마 너한테 가장 맞을 것 같아서 고른 거야. 네가 스티브 잡스나 빌 게이츠의 연설을 좋아할 리는 없잖아."

"그건 그렇지."

"일단 몇 번 들으면서 받아서 봐. 그다음에 해석하고 나중에 나랑 1분 스피치 연습하자. 야자 끝날 때까지 다 해 놔."

"알았어. 너 이따가 딱 아홉 시에 나와. 이번엔 강이 생일 꼭 같이 해야 해. 안 그럼 강이 진짜 삐친다."

"알았어."

지우는 내 대답을 듣고서야 태블릿을 켰다. 어젯밤에 열심히 찾아본 건데 반응이 심드렁해 기운이 좀 빠졌다. 면학실로 가려고 밖으로 나오자 아카시아 향기에 본관 앞 화단의 찔레꽃 향기까지 더해 기분이 좋아졌다. 어둠이 내린 운동장 쪽에서 불어오는 바람도 상쾌하다. 그러나 이 날씨를 즐기고 있을 여유가 없다. 숨소리도 잘 들리지 않는 면학실 문을 조심스럽게 열었다. 지우 때문에 늦어 방해가 될까 신경이 쓰였는데 아무도 문 쪽을 돌아보지 않는다. 여기 있는 서른 명은 선택받은 학생들이다. 처음에는 반 아이들이 남아 있는 교실을 나와 면학실로 올라오기가 좀 꺼림칙했지만 이제는 아무렇지도 않다. 아홉 시가 된 줄도 모르고 공부를 하는데 스마트폰 진동이 느껴졌다.

—30분 지났음.

메시지를 확인하고 주위를 둘러보았다. 다른 아이들은 여전히 공부에 집중하고 있었다. 자습 시간을 30분이나 남겨 두고 나오려니 아까웠다.

"야, 너 뭐냐? 30분이나 기다렸다."

지우가 나를 보자마자 투덜거리며 앞장섰다.

"문 닫았을지 몰라. 빨리 와."

"문을 닫다니. 어디가?"

"강이가 화장품 사 달라고 했어. 지하상가 문 닫기 전에 가야지."

"화장품? 고3이 무슨 화장품이야."

"거기서 왜 또 고3이 나와? 강이한테는 그런 식으로 말하지 마."

나는 강이가 불편하다. 어린이집부터 중학교 때까지 내내 같이 붙어 다녔으니 친구는 친구인데 불편한 친구다. 초등학교 3학년 때 강이 엄마가 돌아가신 뒤로 엄마는 강이와 친하게 지내라고 했다. 엄마 입에서 누군가와 친하게 지내라는 말을 들은 건 강이가 처음이자 마지막이었다. 강이는 초등학교 때부터 친구들한테 따돌림을 당했다. 아이들은 강이한테서 냄새가 난다고 싫어했다. 냄새가 나긴 했다. 강이네 집이 워낙 오래되어서 그런 건지, 세탁기가 낡아서 그런 건지 늘 퀴퀴한 냄새가 났다. 강이네는 집 안에 화장실이 따로 없어서 씻을 데라고는 현관과 마루 사이의 폭이 1미터도 안 되는 수돗가가 유일했다. 한여름에는 그 좁은 수돗가에서라도 샤워를 했지만 겨울에는 목욕탕에 가지 않는 한 씻기가 쉽지 않았다. 따돌림을 당하는 이유는 냄새만이 아니었다. 강이는 항상 말했다.

"난 이상하게 아무리 먹어도 배가 고파. 배는 부른데 머리에서는 더 먹고 싶다고 신호를 보낸다. 신기하지?"

강이는 학교 식당에서 맛있는 음식이 나오면 게 눈 감추듯 먹고는 조리사님께 더 달라고 식판을 내밀었다. 수업이 끝나면 학교 앞 분식집에서 떡꼬치나 핫도그, 팝콘 치킨 따위를 꼭 사 먹었다. 그렇게 점점 살이 쪘고 아이들한테 돼지라고 놀림을 받기 시작했다. 놀림이 심해지자 강이는 몸무게를 줄이는 대신 그 큰 몸속에 자기를 숨겼다. 나는 그런 강이가 답답하고 창피했다. 중학생이 돼서는 아예 부끄러움마저 없어진 듯 점심시간마다 밥과 반찬을 수북이 담았다. 초등학교 때는 다른 아이들 눈치라도 봤는데 중학교에 가서는 반 아이들이 놀려도 못 들은 척, 혹은 안 들리는 척했다. 지우는 그게 강이가 버티는 방법이라고 했지만 나는 그 모습에 더 화가 났다.

지우는 화장품을 골라 계산하면서, 가게 밖에 서 있는 나를 못마땅한 눈빛으로 바라보았다. 오랜만에 내려와 본 지하상가는 아홉 시가 넘어서인지 군데군데 문을 닫은 가게가 눈에 띄었다. 자세히 보니 셔터가 내려진 가게 몇 곳에 '임대 문의'라는 종이가 붙어 있었다. 초등학교 때는 셋이 함께 지하상가에서 쇼핑하는 것이 유일한 일탈이었다. 팬시점에 가서 새 샤프펜슬이나 볼펜을 사고, 가끔은 머리 끈이나 캐릭터 무릎 담요 같은 것도 구경했다. 중학교에 입학했을 때도 셋이 지하상가로 나와 학용품과 실내화를 샀다. 그러나 고등학생이 된 뒤에는 필요한 물건을 인터넷으로 사는 편이라 와 본 적이 거의 없다. 한산한 걸 넘어서서 쓸쓸한 상가를 보니 갑자기 가슴 한구석이 저릿했다. 지우는 지하상가를 나와 버스 정류장으로 가는 길에 아이스크림 케이크까지 샀다.

"촌스럽게."

"뭐가 촌스러워. 강이가 아이스크림 케이크로 생일 파티 하는 거 좋아해."

"그러니 촌스럽지. 개는 왜 항상 은강 애들 티를 내나 몰라."

내가 무심코 내뱉은 말에 지우의 표정이 딱딱하게 굳었다.

"뭐? 은강 애들 티? 그게 어떤 건데?"

"몰라서 물어? 괜히 남들 하는 거 꼭 하려는 심리. 열등감."

"그러는 너는? 너도 그 은강동 사람 중 하나야."

"그래서 나는 열등감에 짓눌리는 대신 여길 벗어나려고 노력하잖아. 이강 보면 정말 답답해. 자기 처지를 벗어날 생각은 안 하고 이런 거에나 집착하고."

내 말에 지우가 차갑고 메마른 목소리로 말했다.

"김여울, 생일잔치고 뭐고 그냥 집으로 가라고 하고 싶은데 강이 때문에 참는다. 넌 아쉬운 게 없어서 그런지 모르지만 아이스크림 케이크에 촛불 꽂는 거 나도 좋아해. 기왕이면 귀빠진 날이라도 특별한 기분 느끼면 좋지. 그런 게 은강 애들 티 내는 거라 싫으면 네 생일날엔 이런 거 안 하면 되잖아. 그 대신 남이 하는 것 가지고 뭐라고 하지는 마라."

지우는 웬만해서는 토라지거나 삐치지 않는다. 생각이 다르면 집요하게 따지고 들어 논쟁을 하는 편이지 먼저 돌아서지 않는다. 그런데 오늘은 달랐다. 버스에 탄 뒤로 한마디도 없었다. 지우의 침묵이 불안했다. 내가 한 말이 그렇게까지 화를 낼 말이라고는 생각하지 않는다. 은강 사람들이 다른 동네 사람들과 다르다는 것은 누구나 안다. 말투, 옷차림, 생활 방식까지. 아빠는 가난한 노동자들이 대부분인 은강구에서 가장 보수적인 인물이 국회의원으로 뽑히는 것도 사람들의 수준이 낮아서라고 했다. 나는 정치 따위에는 관심이 없지만 아빠의 말에 어느 정도 동의한다. 은강구는 전국 학업 성취도 평가에서 늘 꼴찌였고, 4년제 대학 진학률도 낮고, 기초 생활 수급 대상자 비율은 높은 데다 실업률까지 높다. 솔직히 은강역 주변에서 만나는 사람들이랑 신도시에서 만나는 사람들은 때깔이 다르다. 명절에 큰집에 가면 사촌들과 강남역 근처로 나가 논다. 그때마다 내가 느끼는 건 강남역에서 만나는 사람들은 흰 티셔츠에 청바지만 입어도 은강동 사람들과 다르다는 거다. 오빠는 내 시각에 편견이 들어 있어 그렇게 보인다고 말하지만 동의하지 않는다. 나는 부자들을 보는 오빠의 시선이 오히려 편향적이라고 생각한다. 어쨌든 강이의 생일잔치를 하겠다고 귀한 시간을 내서 희생했는데 지우가 삐쳐 있으니 난감했다.

우리가 만나기로 한 강이네 앞 평상에 강이가 없었다. 지우가 메시지를 보냈더니 마감이 늦어진다고 답장이 왔다. 오랜만에 여기에 와 본다. 고등학생이 된 뒤로 이 동네는 거실 창으로 내려다본 게 전부다. 초등학교 때는 곧잘 와서 놀았다. 지우는 골목대장처럼 우리를 이끌고 동네 구석구석을 다니며 모험하길 좋아했다. 빈집에 들어가 보물찾기 하듯 옛날 소품을 찾아내고, 가끔은 은강부두까지 가 빈 굴막에서 나뒹구는 물건들을 가져오기도 했다. 나는 겉으로는 궁상스럽다느니 별스럽다느니 못마땅한 티를 냈지만 속으로는 지우의 독특한 행동이 부럽기도 했다. 호기심 많고 서글서글한 지우는 매력적이다. 은강은 벗어나야 할 곳이지만 그래서 지우를 잃는다면 좀 섭섭할 것 같다.

"야간작업하네."

지우가 혼잣말을 하는 건지 나더러 들으라고 하는 건지 중얼거렸다. 그러더니 맞은편 공장 방음벽 너머로 그림자처럼 어른거리는 주황색 불빛을 바라보며 말했다.

"나는 초등학생 때 왜 우리 동네에는 저 회사에 다니는 사람이 없을까 궁금했어. 그땐 대기업에는 아무나 못 들어간다는 걸 모를 만큼 순진했지. 우리 이모할머니가 그러더라. 아주 오래전에는 은강동이랑 은화동 주변에 있는 큰 공장에 우리 동네 사람들이 많이 다녔대. 열차 만들던 공작창, 한국기계, 은성목재, 판유리, 은강전기, 은강제철. 이 동네에 사람들이 많이 살게 된 이유이기도 했겠지. 근데 언젠가부터 거기 다녀 돈을 번 사람들은 여기를 떠났대. 더 좋은 동네, 더 좋은 아파트를 찾아서. 그 사람들이 떠난 자리로 온 사람들은 그런 대기업에는 점점 들어가기 어려워졌고. 여울아, 은강 사람들이 네 말대로 무능력하고 열등감으로 똘똘 뭉친 지질이들이라서 가난한 거라고 생각해? 그런 사람이 아예 없지는 않겠지. 그렇지만 내 주변에 게으른 사람은 별로 없어. 네가 언젠가 말했지? 가난이 가진 원심력이 대단하다고. 근데 가난이 진짜 힘이 셀까? 가난은 낮은 데로 고여. 거길 빠져나오기 위한 사다리가 누구에게나 있는 건 아닌 것 같아. 다행히 너한테는 사다리가 있어. 거길 오르지 말라고 하는 거 아니야. 그래도 은강이 왜 점점 더 기울어지는지 그 이유를 알면서도 모르는 척하지 말라고. 은강동 사람들을 폄하하지 말라고."

나는 아무런 대꾸도 하지 않았다. 지우도 꼭 답을 바라는 건 아닌 듯했다. 지우다운 말이었고 그리 틀린 말도 아니었다. 그렇다고 지우의 말이 전적으로 옳지도 않다. 그 사다리는 각자의 노력으로 누구나 가질 수 있다. 하지만 거저 주어지는 것은 아니다. 나는 그 사다리를 얻기 위해 누구보다 열심히 노력했을 뿐이다.

지우가 갑자기 평상 위로 누웠다.

"와, 별 많다."

별이라는 말이 낯설게 들렸다. 생각해 보면 열 시까지 면학실에서 공부하고 나오면서도 하늘 한번 본 적이 없었다. 하긴 낮에도 굳이 고개를 젖히고 하늘을 볼 여유가 없기는 마찬가지다.

"오늘은 미세 먼지가 없나? 아, 아침에 비 왔지. 그래서 그런지 별이 진짜 많이 보인다."

나도 모르게 슬쩍 밤하늘을 올려다보는데 지우가 벌떡 일어나 앉으며 물었다.

"김여울, 너 그거 알아? 별은 정면으로 볼 때보다 곁눈질로 볼 때 더 반짝인다. 이렇게 별 하나를 골라서 똑바로 보다가 곁눈질을 해 봐. 그럼 별이 정면으로 볼 때보다 더 반짝거리는 것처럼 보여. 한번 해 봐."

"됐어. 난 별 따위엔 관심 없어. 우주나 천문학 같은 건 몰라."

"별 보라는데 웬 우주, 천문학? 그냥 별을 보라고. 2학년 때 수학여행 가서 우연히 발견한 건데 곁눈으로 보면 별이 더 반짝이는 거야. 되게 신기했어. 우리는 뭐든 똑바로, 정면으로 봐야만 더 잘 보인다고 생각하잖아. 그런데 가끔 이렇게 가장자리로 볼 때 더 잘 보이는 것들이 있어. 신기하지 않아?"

"뭔 말을 하고 싶은 거야?"

"사람들은 주변부는 별로 중요하지 않다고 여기잖아. 그런데 그렇지 않다는 거지. 눈길의 가장자리가 더 빛나는 것을 볼 수 있듯이, 우리처럼 가장자리에 있는 사람들이 더 잘 보고 더 빛날 수 있잖아."

나는 지우 말에 대답을 하는 대신 하늘을 올려다보며 별 하나를 골랐다. 그리고 그 별을 곁눈질로 보았다. 정말 별이 더 반짝이기는 했다. 그렇다고 그게 무슨 큰 발견이라도 되는 듯이 신기하기까지 한 건 아니다.

"얘들아, 미안 미안."

강이가 숨을 헐떡이며 달려왔다.

"어떤 아저씨들이 문 닫을 시간 됐다고 해도 안 가고 계속 눌러앉아서 얘길 하는 거야. 짜증 나게."

지우가 강이를 보며 투덜거렸다.

"근무 시간 지났으면 사장한테 맡기고 나오면 되지."

"오늘 사장 일찍 갔어. 애가 아파서."

"너희 치킨집은 네가 사장이고 사장이 알바 같아."

"맞아. 그래도 오늘은 한 시간 더 쳐준대. 근데 너희 왜 이렇게 캄캄하게 있어. 저기 전등 켜는 스위치 있는데."

강이가 평상 위 전등불을 켜자 주위가 환해졌다. 그러자 지우가 아쉬운 표정으로 말했다.

"에이, 불 켜니까 별빛이 흐려졌네. 김여울, 이강, 내가 지금 새로 깨달은 진리가 뭔 줄 알아? 별은 어두울 때 더 빛난다. 그러니까 우리의 미래도 그렇다는 거야."

"뭔 개똥 소리야."

강이의 말에 지우가 피식 웃었다.

"야, 개똥 소리가 뭐냐? 개똥철학이라면 모를까? 제발 좀 정확히 알고 말해."

"아, 그건가?"

나는 강이와 지우가 나누는 유치한 말장난을 더 듣고 싶지 않았다.

"늦었어. 어서 촛불이나 불자."

"촛불?"

강이는 지우가 꺼내는 아이스크림 케이크를 보고 환호성을 질렀다.

"역시 내 생일 챙겨 주는 사람은 너희뿐이야. 근데 이거 어떻게 먹지? 너무 예뻐서 아까워."

강이가 아이스크림 케이크를 내려다보며 호들갑을 떠는 모습에 갑자기 짜증이 났다.

"야, 그럼 녹여서 버릴 거야? 빨리 촛불이나 불어. 나 이제 가서 인강 들어야 해."

강이가 머쓱해했다.

"앗, 미안해. 여울아, 내가 숟가락 가져올게. 전투적으로 퍼 먹고 끝내자."

강이가 숟가락을 나눠 주며 말했다.

"자 자, 이제 아이스크림이 더 녹기 전에 먹읍시다. 가족처럼 소중한 내 친구들 고맙다."

나는 남남끼리 가족 같은 사이라고 말하는 게 불편하다. 가족도 남남인데 가족 같은 남남이 가능할 리 없다는 게 내 생각이다. 나는 오래되고 익숙한 관계들이 부담스럽다. 엄마가 그랬다. 이 동네 사람들은 아직도 서로 가족과 다름없는 사이라고 믿으며 산다고. 그런데 그게 바로 늪이라고. 그 사람들이 좋아하는 인심이니 정이니 하는 것들은 진창처럼 발목을 잡고 쉽게 놓아주지 않는다고. 그 진창에서 빠져나와야 성공한다고 말이다. 그것이 내가 가난에는 원심력이 있다고 말했던 이유이기도 하다.

"자, 케이크에 촛불도 껐으니 나 그만 갈게."

나는 뜨악한 표정을 짓는 지우와 강이를 두고 골목을 돌아 나왔다. 지우네 빌라 앞 건널목을 건너려는데 메시지가 왔다.

—오늘 고마워. 너로서는 최선을 다했다는 거 알아. 열공!

또 잘난 척이다. 나를 가장 불편하게 하는 존재. 배꼽 친구라는 말로 내 주위를 맴도는 귀찮은 존재. 내가 어떤 위악을 떨고 어떤 가면을 써도 알아보는 존재. 가끔은, 아주 가끔은 그 존재에 기대고 싶고, 이해받고 싶어진다. 지우는 내가 성공하기 위해 교대에 가려 한다고 오해한다. 진짜 능력 있고 돈 있는 사람들은 나처럼 교대나 가겠다고 잠을 못 자고 이를 악물지는 않는다. 나는 단지 평범한 사람, 딱 중간쯤으로 사는 게 목표다. 그런데 그 목표로 가는 길도 수월치 않다. 그걸 지우는 모른다. 지우가 그 현실을 좀 알면 좋겠다.

5

외할머니네 대문 앞에서 한참을 망설였다. 공장의 일본 관리인 사택이었다는 외갓집은 지은 지 90년이 넘어 여러 번 수리를 했다. 원래는 목조 주택이었다는데 지금은 평범한 벽돌집이다. 그래도 창문틀에 일본식 흔적이 남아 있다. 몇 년 전, 구청에서 은강동을 근현대 문학촌으로 만들겠다는 야무진 꿈을 꾸었을 때, 엄마는 그 집을 리모델링 해서 카페를 열 계획을 세웠다. 그러나 근현대 문학촌 계획은 주민들의 반대로 무산되었다. 엄마는 동네 사람들이 무식해서 돈 벌 기회를 발로 걷어찼다고 부르댔다. 임대 주택이 들어선 뒤, 구청에서 마을 살리기를 한다며 대학생들을 불러 모아 시멘트 담에 민트 색을 칠하고 그림까지 그려 넣었다. 그런데 이제는 빛이 바래고 그림도 군데군데 지워져 오히려 예전보다 더 추레해 보인다. 그나마 지붕은 작년에 플라스틱 기와로 바꿔 새것이지만 안 어울리는 모자를 쓴 듯 어색하다. 집 앞에서 우물쭈물하고 있는데 갑자기 대문이 벌컥 열렸다. 한결이 오빠였다.

"뭐냐?"

"오빠야말로 뭐냐?"

오빠는 귀찮다는 표정으로 나를 내려다보았다. 목뒤까지 내려온 머리는 언제 감았는지 떡이 졌고, 누렇게 바랜 흰 티셔츠에는 얼룩이 여기저기 묻었다. 무릎이 나온 트레이닝 바지에, 흰 운동화였던 흔적조차 남아 있지 않은 잿빛 스니커즈를 구겨 신은 오빠가 터덜터덜 버스 정류장 쪽으로 갔다.

"어디 가?"

한결이 오빠는 대답도 하지 않았다. 대문 밖으로 나와 어디론가 가는 걸 보니 예전보다는 좀 나아지긴 했나 보다. 한울이 오빠와 동갑인 한결이 오빠는 은둔형 외톨이다. 중학교 3학년 때부터 방문을 침대로 막고 틀어박혀 게임만 했다. 외할머니의 읍소로 겨우 졸업한 오빠는 고등학교에 진학하지 않았다. 한결이 오빠는 막내 외삼촌의 아들이다. 엄마한테 들은 바로는 외삼촌은 중학생 때부터 동네 건달들고 어울려 다녔다. 그때는 은강동에 건달들이 많았다. 큰외삼촌 친구 중에 조폭 우두머리가 된 사람도 있다고 했다. 막내 외삼촌은 고등학교를 그만두고 조직에 들어가서 마약 사범으로 감옥까지 갔다 왔다. 집을 나가 몇 년 동안 소식 없이 살던 막내 외삼촌이 돌아왔을 때, 태어난 지 백일이 된 한결이 오빠가 품에 안겨 있었다. 외삼촌은 이제부터 마음 고쳐먹고 살 테니까 아이만 키워 달라고 무릎을 꿇었단다. 외할머니는 그때부터 한결이 오빠를 키웠다. 막내 외삼촌은 목수로 일하는 중학교 선배를 따라 지방에 있는 아파트 공사장에 다녔다. 외할머니가 기억하는 그 행복한 시기는 1년 만에 끝났다. 막내 외삼촌은 한결이 오빠가 두 살 때 열사병으로 세상을 떠났다. 김일성이 죽었다고 난리가 났던 그해, 얼마나 더웠던지 은강동 사람들은 판잣집에서 잠을 이룰 수 없어 소방 도로로 나와서 돗자리를 펴 놓고 잤다고 했다. 그때 외삼촌은 경기도 용인에 있는 공사장에서 일했는데 기일이 촉박해 쉬는 날이 없었다고 한다. 큰외삼촌은 폭염에 콘크리트 바닥 작업을 한 것부터가 문제고, 쉬는 날도 없이 20일 이상 일하다 죽었으니 산재라며 소송을 걸었다. 그러나 2년 넘게 재판을 하고도 끝내 유족 급여금을 받지 못했다. 큰외삼촌은 외가에서 유일하게 4년제 대학을 졸업했다. 학생 때는 운동권이라서 외할머니의 속을 썩였다지만 지금은 대기업 자동차 회사에 다니며 꽤 넓은 아파트에 산다.

대문 안으로 들어가자 외할머니가 마당에 쌓인 종이 상자와 알루미늄 캔을 정리하고 있었다.

"어쩐 일이네?"

외할머니가 놀란 얼굴로 물었다. 지난 설에 오고 처음이니 그럴 만도 하다.

"할머니 생신이잖아요. 오빠가 알바한 돈이래요. 용돈으로 쓰시라고."

"아이고, 우리 한울이밖에 없구나. 다 늙은 할마이를 뭐 하러 챙겨."

나도 용돈을 쪼개 2만 원이나 넣었다는 말을 하고 싶었지만 참았다. 어차피 할머니한테는 한울이 오빠가 더 중요할 터였다.

"미역국 먹고 갈래?"

외할머니의 미역국은 내가 가장 좋아하던 음식이다.

"네. 근데 한결이 오빠 나가던데 어디 가는 거예요?"

외할머니가 미역국을 국그릇에 담으며 한숨을 내쉬었다.

"제 큰아빠 만나러 간단다. 컴퓨터가 고장 났대."

"저러고요?"

"그러게 말이다. 머리라도 감고 옷 좀 갈아입으라는데 내 말을 들어야 말이지. 도대체 언제 철이 들는지."

영영 철이 들 리 없다는 말이 입에서 맴돌다 사라졌다. 미역국은 몹시 짰다. 언제부턴가 외할머니의 간이 너무 짜거나 싱거워졌다. 그러나 앞에서 티는 내지 못하고 맛있게 먹는 척을 했다. 할머니가 나를 흐뭇하게 보다 불쑥 물었다.

"엄마랑은 자주 연락하냐?"

"네."

"빚은 잘 갚고 있대?"

"네, 엄마 열심히 일해요."

"그렇게 싫어하던 미싱을 나이 들어서 다시 하다니. 그러게 왜 욕심을 부려서는."

외할머니의 주름진 얼굴에 그늘이 졌다.

"엄마가 어렸을 때부터 욕심이 많았어요?"

"그럼, 내가 그 욕심을 다 채워 주지 못해서 네 엄마가 고생 많았지. 안쓰럽게."

엄마가 안쓰럽다는 말에 귀가 번쩍 뜨였다.

"안쓰러워요? 엄마가?"

"그럼, 안쓰럽지. 지금도 고생하는 거 보면 미안하고. 제 아비 죽고 내가 일을 다니기 시작한 게 걔 아홉 살 땐데 그때부터 밥을 했어."

"아홉 살 때요?"

"요새 애들은 상상도 못 하겠지? 그때는 집집마다 수도가 없었어. 저녁때가 되면 공동 수도에 가서 물을 길어다가 풍로에다 밥을 지었지. 그걸 아홉 살짜리가 했어. 보통내기가 아니었어. 공부는 또 얼마나 잘했게. 악바리도 그런 악바리가 없었지. 그런 애를 고등학교도 못 보내고. 네 엄마는 대학도 순전히 자기 힘으로 갔어. 아주 똑똑했지. 여울이 네가 네 엄마를 꼭 닮았어."

"할머니, 혹시 엄마한테 그런 말 해 본 적 있어요?"

"무슨 말?"

"안쓰럽다. 미안하다. 똑똑하다. 그런 말."

외할머니가 나를 뻥한 눈으로 바라보았다.

"왜?"

"지금 그러셨잖아요. 엄마한테 미안하다고. 그럼 한번 말하실 수도 있잖아요."

"내가 그런 말을 왜 하네? 미안한 건 미안한 거고, 저도 잘한 건 없지. 너희 엄마, 자라면서 나한테 잘못했다는 말을 한 번도 한 적이 없어."

외할머니가 도리질을 해 가며 정색하는 모습에서 얼핏 엄마가 보여 나도 모르게 웃음이 나왔다.

"엄마가 외할머니 닮았네. 그런데 그렇게 똑똑한 딸을 왜 고등학교도 안 보냈어요?"

"돈이 없으니까."

"그래도 외삼촌은 대학에 보냈잖아요."

"그야 아들이니까 어쩔 수 없었지. 아무리 똑똑하다고 해도 아들 대신 딸을 대학에 보낼 수는 없잖아."

"왜요? 그런 기준을 누가 정해요?"

"어차피 딸은 남의 집 사람 될 건데 뭐. 하긴 생각해 보면 내가 너무 내리눌렀어. 하도 똑똑해서 제 오빠랑 동생 기죽일까 봐."

"말도 안 돼. 외삼촌들보다 엄마가 더 잘나면 안 돼요?"

"그러면 기가 죽잖아. 사내놈들이."

"엄마가 할머니 원망할 만하네요."

"네 엄마가 그러데? 원망스럽다고?"

"네."

외할머니의 얼굴이 더 어두워졌다. 괜한 말을 했나 후회스러웠다. 검버섯이 군데군데 피고 주름이 자글자글한 얼굴이 명치끝에 와 박혔다. 할머니가 열세 살에 민며느리로 들어가 고생했다는 얘기를 얼핏 들은 적이 있다. 외할머니의 고단한 삶을 이해하고 쓰다듬어 줄 사람이 하나라도 있었을까 싶었다.

"할머니, 할머니는 바라는 게 있어요?"

"바라는 거?"

"뭐 소원 같은 거요."

"나는 이제 오늘 죽으나 내일 죽으나 아쉬울 게 없는 인생이지마는 그래도 소원이 하나 있다면 죽어서 지우 외할머니가 있는 봉안당에 같이 들어가는 거야. 강이 외할머니까지 셋이 나란히. 그러면 죽어서도 외롭지 않을 것 같아."

어쩌면 외할머니에게 지우 외할머니나 강이 외할머니가 그런 존재였는지도 모르겠다. 서로를 이해하고 곁을 지켜 주는.

"할머니, 내가 그렇게 해 줄게요. 나랑 지우랑 강이가 그렇게 해 드릴게요."

외할머니의 눈에 눈물이 가득 차올랐다.

"있잖아요, 할머니. 엄마한테 한번 전화해 봐요. 잘 지내느냐고."

할머니가 고개를 저었다.

"전화하면 지랄이나 할 텐데 뭐."

"할머니 딸이잖아. 엄마는 할머니가 전화해 주면 좋아할 거예요."

할머니의 주름진 얼굴을 타고 눈물이 흘러내렸다. 엄마는 외할머니가 피도 눈물도 없는 사람이라고 했었다. 큰외삼촌이 대학때 수배를 피해 도망 다니다가 경찰에 잡혔을 때도, 막내 외삼촌이 죽었을 때도 울지 않았다고. 그런데 오늘 보니 할머니는 눈물이 없는 게 아니라 마음 놓고 눈물을 흘릴 여유가 없었던 거라는 생각이 들었다.

"네 엄마가 내 전화 기다릴까?"

대문 앞까지 배웅을 나온 할머니가 내게 물었다. 잠시 망설이다 답했다.

"아마 그럴 거예요. 나 같으면 그럴 거 같아요."

외할머니네 집을 나와 엄마네로 가는 버스를 타고 메시지를 보냈다. 일요일인데 집이 아닌 밖이라고 했다. 엄마와 송도에 있는 한 쇼핑몰에서 만나기로 했다.

엄마는 얼마 전 본 추레한 옷차림이 아니라 세미 정장을 입고 화장까지 했다. 화장한 모습은 몇 년 만이다. 차려입으니 아직 40대 초반으로 보였다.

"뭐야? 왜 이렇게 예쁘게 하고 있어? 그리고 일요일 낮에 여기서 뭐 해?"

"일요일밖에 안 된다는 고객이 있어서 만나러 왔어."

"고객? 엄마 다시 보험 해?"

"얘가 왜 이렇게 정색을 하면서 물어? 전에 나랑 같이 일했던 점장님이 외국계 회사로 가시면서 경력직으로 오라고 하시더라고. 내가 고객 관리 하나는 끝내주잖아."

"엄마, 저지른 죄가 있어서 보험 못 하는 거 아냐?"

"내가 개인적으로 빌려 쓴 빚만 남고 고객 돈 쓴 건 다 해결했어."

"아, 진짜, 그냥 하던 거 하지."

"뭐야, 미싱 말고 엄마 하고 싶은 일 하라며? 내가 원하는 걸 찾으라며? 나도 이제 허튼 욕심 안 부려. 나 그 정도로 어리석지 않아. 그냥 내가 가진 능력을 제 곳에 쓰겠다는 거야. 자식들한테 아무리 잘해 봤자 소용없는 거 같아서. 내 인생을 이제라도 살아 보려고."

"아니, 그건 좋은데, 아직도 엄마를 믿어 주는 사람들이 있어?"

"몇 곳에서 오라고 했어. 여울이 너는 몰라. 내가 얼마나 유능한 보험 설계사였는지. 여기서 열심히 하면 미싱 해서 버는 돈 두 배는 벌어."

"그게 가능해?"

"와 보니까 이쪽도 예전보다는 좀 어려워지긴 했어. 원래 내가 다니던 보험 회사 설계사들은 개인 사업자로 남을지, 노동자가 돼서 4대 보험을 보장받을지 논의하는 모양이야. 그런데 나는 그냥 개인 사업자로 남는 게 낫다고 생각해. 난 실적을 올릴 수 있으니까."

"엄마는 뭘 믿고 그렇게 자신만만해?"

"날 못 믿었으면 우리 점장님이 부르지 않았겠지? 고객한테 주는 사은품을 여전히 내가 사서 뿌려야 하니까 초기에 돈이 좀 들어가긴 하지만 그래도 뭐 그게 다 투자니까. 예전부터 거래한 사장님들이 내가 다시 이 일 한다니까 직원들 소개해 줘서 실적 꽤 올렸어. 요즘 사회가 불안하잖아. 그래서 젊은 사람들한테도 보험이 먹혀. 내가 젊은이들하고도 소통을 잘하잖아."

"그렇게 소통을 잘하면서 왜 나한테는 일방적인데?"

"그건 널 위해서지. 넌 요즘 어때? 모의고사 봤잖아."

엄마의 질문이 어이가 없어서 말문이 막혔다.

"엄마가 방금 말한 거 잊지 마. 엄마 인생은 엄마 거고, 내 인생은 내 거고. 그러니까 성적도 묻지 마."

"와, 진짜 넌……."

"넌 뭐? 그래, 나 엄마랑 똑같아. 엄마는 외할머니랑 똑같고."

"알았다, 알았어. 근데 오늘은 왜 보자 했어?"

"외할머니 생신이잖아. 엄마는 할머니 생신도 안 챙겨?"

"돈 보냈어. 이젠 우리 모녀지간까지 간섭하시려고?"

"간섭이 아니야. 아까 보니까 할머니가 너무 늙으셨더라고."

"외갓집 갔었어?"

"응. 오빠가 용돈 갖다드리라고 해서. 미역국을 주셨는데 너무 짜서 먹기가 힘들었어. 할머니 음식 정말 맛있었잖아. 그 미역국 먹으면서 슬펐어. 있잖아. 할머니가 엄마 걱정해."

"퍽이나."

"진짜야."

엄마의 눈시울이 갑자기 붉어졌다.

"알아. 그래도 나도 자존심이 있지. 외할머니한테 가려면 뭔가 번듯한 게 있어야지."

"할머니가 그런 걸 바라는 게 아니잖아."

"나한테는 중요해. 다시 일어선 거 보여 드려야지. 이번에 방통 대 통계학과에 편입 원서 넣었어."

"방통대?"

"응. 보험 설계사 진짜 제대로 해 볼 거야. 이 일은 정년이 없잖 아. 난 이대로 날 포기하지 않을 거야. 경영학과 갈까 하다가 커리 큘럼을 보니 이쪽이 낫겠더라고."

엄마다웠다.

"좋은 생각이야. 엄마는 엄마 삶을 포기하지 마. 내 삶은 내가 알아서 할게."

엄마가 고객과 미팅이 끝나면 파스타를 사 준다며 먹고 가라는 것을 뿌리치고 나왔다. 버스에 타서 정류장에서 손을 흔드는 엄마를 보았다. 엄마가 생기 있어 보이는 건 옷차림과 화장 때문만은 아닌 듯했다. 외할머니 얘기를 듣고 나서 엄마는 항상 스스로 길을 만들어 왔다는 사실을 알게 됐다. 때로는 엉뚱한 길에 들어서고, 때로는 욕심이 앞서 미로에 빠지기도 했지만 엄마는 늘 그랬듯이 새로운 길을 찾아낼 것이다.

6

학교 현관을 나오자마자 어찔했다. 햇볕이 강해서인지 며칠째 잠을 제대로 못 잔 탓인지 모르겠다. 벌써 나흘째 컨디션이 엉망이다. 수면 부족 때문인 것 같기는 한데 머리가 띵하고 교실에서나 내 방에서나 허공에 떠 있는 기분이다. 공부가 안돼 잠이라도 자려고 누우면 잠이 오는 대신 청신경이 깨어난다. 밤만 되면 귓바퀴가 활짝 열려서 온 집 안의 모든 소리를 모으고, 고막은 평소보다 울림의 증폭이 더 커진다. 달팽이관의 세포들도 예민해지는 것 같다. 컴퓨터가 윙윙거리는 소리와 형광등에서 나는 잡음, 윗집 주방의 냉장고 돌아가는 소리에다 심지어 내 심장 소리까지 잡아낸다. 소리에 예민해지면 숨 쉬는 게 어려워진다. 가슴이 답답해지고 호흡이 거칠어진다. 이유를 모르는 것은 아니다. 이런 증상은 중간고사 성적이 발표되고 약하게 이어지다가 지난주

모의고사 뒤로 심해졌다. 3학년 올라와 두 번째로 본 모의고사에서 실수가 너무 많았다. 언제나 그렇듯이 영어와 수학이 문제였다. 특히 영어는 결손이 채워지지 않는다. 사범대를 나와 임용 고시에 합격해 서울에서 교사로 일하는 사촌 언니는 영어와 수학은 늦어도 중학교 때 마스터를 해 놔야만 한다고 했다. 그런데 나는 엄마 때문에 그 중요한 시기에 학원도 못 다녔다. 내신은 문제집과 교과서를 달달 외워 1등급을 유지하지만 모의고사 성적은 좀처럼 오르지 않는다. 모의고사를 망친 데에는 중간고사의 영향도 있다. 이번 중간고사에서 처음으로 1등을 놓쳤다. 담임 선생님은 한번쯤 숨 고르기를 하는 거라며 위로했지만 학년 부장 선생님은 나보다 더 충격을 받은 듯 무슨 일이 있느냐며 걱정했다. 1등을 한 옆 반 아이는 복도나 면학실에서 눈이 마주치면 동공이 흔들린다. 성적이 내려간 것보다 주위 반응이 더 힘들다. 그런 나의 숨통을 열어 준 사람은 역시 지우였다.

"김여울, 속상하지? 그런데 솔직히 시원하지 않냐? 계단 맨 위에서 굴러떨어질까 봐 조마조마했는데 막상 한 발 내려오니까 아무렇지도 않잖아? 난 너 2등 했다니까 안심이 되더라."

"놀리냐?"

"그게 아니고. 너를 당기고 있던 팽팽한 고무줄이 좀 느슨해진 느낌이랄까? 그동안 옆에서 보는 것도 힘들었거든. 원래 1등을 하면 2등도 할 수 있고, 2등을 하면 1등도 할 수 있는 거지. 나는 이번 기회에 네가 느긋해지면 좋겠어. 중학교 때부터 내내 긴장하며 살았잖아."

지우 말을 듣고 나니 그 말도 틀리지 않았다.

"있잖아, 김여울. 나는 네가 그렇게 안달하는 게 네 욕심 때문인 줄 알았는데 그게 아니더라. 어쩌다 한번 2등 했다고 선생님들이랑 애들이랑 다 큰일이라도 난 듯이 굴잖아. 총점은 딱 4.6점 차이야. 객관식 두 개 틀린 거라고. 그걸로 1, 2등 석차가 바뀔 수는 있지만 실력이 갑자기 떨어진 건 아니잖아? 기말고사에서 만회할 수 있고 수행 평가로 바뀔 수도 있고. 그리고 뭐 기말고사에서 또 2등 하더라도 네가 원하는 대학 못 갈 건 아니잖아."

지우 말이 다 맞다. 그런데 문제는 내가 지우처럼 단순하지 않다는 거다.

"너는 우습게 보일지 모르지만 나는 안 그래."

냉랭한 말투에도 지우는 덤덤하게, 심지어 따뜻하기까지 한 목소리로 말했다.

"그래, 너한테는 가벼운 문제가 아니겠지. 그래도 네가 언제 실패하는 사람의 마음을 경험해 보겠냐? 좋은 선생님이라면 공부 못하고, 실패하고, 따돌림 당하는 애들도 이해해야 하잖아. 이런 경험이라도 겪어야 나 같은 평범한 아이들을 이해할 수 있는 거야."

"꼰대. 애늙은이."

퉁명스럽게 내뱉은 말에 지우가 눈을 치떴다.

"친구로서 위로해 주는데 꼰대라니?"

"넌 항상 날 가르치려 들어. 재수 없어."

본심은 아니었다. 솔직히 지우의 말에 위로를 받았다. 에둘러 말하거나 섣부른 위로를 건네는 것보다 지우의 직설적인 말들이 내게 도움이 된다. 그런데 지우 덕에 조금 뚫린 숨통을 다시 틀어 막는 메시지가 왔다. 엄마였다. 내 성적이 떨어졌다는 소식은 또 어디서 들었는지 지금이라도 과외를 받으라는 메시지를 계속 보냈다. 나는 답장을 하지 않은 채로 더는 읽지도 않았다. 아마 엄마는 지금 안달이 나서 일도 제대로 못 하고 있을 거다. 그걸 알면서도 연락을 하고 싶지 않았다.

오늘은 모의고사를 보고 나서 맞은 프리 데이였다. 모처럼 반 아이들의 의견이 통일돼 다 같이 영화를 보러 가는데 나는 생리통을 핑계로 빠져나왔다. 이대로 독서실에 가서 공부를 할지, 집으로 가서 모자란 잠이나 보충할지 고민하다가 오빠가 다시 나가기 시작한 송학갤러리로 향했다.

송학갤러리는 일본식 상가 겸 다세대 주택인 마치야 주택을 개조한 곳이다. 송 관장님은 세탁소, 이발소, 구멍가게가 있던 제법 큰 마치야 주택을 사서 1층은 카페로, 안마당에 있던 살림집은 갤러리로, 2층 다다미방은 회의실로 쓰고 있었다. 갤러리 뒤 축대 위의 또 다른 마치야 주택은 개인 집과 강의실, 사무실, 작가들의 창작실 겸 숙소로 쓴다고 했다. 은강동의 나가야 주택이 주로 공장 노동자의 사택으로 쓰기 위해 싼 나무로 대충 지은 판잣집이라면, 이 동네의 마치야 주택은 일본인 관리나 상인 들이 살던 전통적인 목조 가옥이다. 그래서 창문이나 서까래, 기둥에 쓰인 나무의 질부터 달랐다. 송 관장님 가족은 개항기 때부터 이 일대에서 사업을 시작해 부를 쌓았다고 한다. 화가이자 큐레이터이면서 미술사가이기도 한 관장님은 지역의 문화 예술 운동이나 시민운동에도 관심이 많다. 갤러리 앞 안내문을 보니 요즘도 시민을 대상으로 사진 강좌, 미술 강좌를 열고 있었다. 2층 관장 사무실로 올라가자 수백 개의 종이학으로 만든 노란 배가 가장 먼저 눈에 들어왔다. 관장님다웠다. 오빠가 주방에서 커피를 내리다 나를 보고 놀랐다.

"너 웬일이야?"

"그냥 와 봤어."

누군가와 이야기를 나누던 송 관장님까지 반가운 얼굴로 다가왔다.

"여울이 안녕? 진짜 오랜만이다. 어떻게 군대 간 오빠보다 더 보기가 힘들었을까?"

"고등학생이라."

내가 멋쩍게 대답하자 관장님이 환하게 웃으며 말했다.

"여울이는 여전히 열심히 하는가 보구나. 내가 손님이 와서 그러니까 잠시만 기다려 줄래? 오늘 한울이랑 같이 맛있는 거 먹자.”

송 관장님은 엄마와 동갑인데 긴 생머리가 전혀 어색하지 않았다. 복숭아색 블라우스와 감색 시폰 치마도 잘 어울렸다. 나도 저렇게 세련되고 우아하게 나이 들고 싶다.

오빠는 관장님과 마주 앉은 남자에게 커피를 내주고는 나를 주방 옆 다이닝 룸으로 데려갔다. 잡지를 뒤적거리는데 관장님과 남자의 대화에 자꾸 신경이 쓰였다.

“가구가 어려우면 요강 같은 옛날 물건이라도 구할 수 없을까요?”

“왜 필요하신지를 아직 말씀해 주시지 않았는데요?”

송 관장님의 목소리가 평소와 달리 무척 딱딱했다.

“아직 확정되지는 않았는데, 우리 구청장님이 새로 구상하고 계시는 사업이 있어요. 관장님도 아시다시피 은강동이 개항장이었던 이 응봉동 못지않은 곳이지 않습니까? 은강방직이라든가, 제분 공장이라든가, 전기 회사의 건물들이 일제 때 그대로 남아 있고, 또 사택까지 곳곳에 있어요. 근처에 부두와 포구도 셋이나 되고. 은강구를 배경으로 한 문학 작품도 많다면서요? 그래서 은강구를 근대 역사 문화 지역으로 만들어 관광 자원화 하자. 이게 우리 구청장님의 구상입니다. 관장님께서 근대 문화에 관심이 많고 소장하고 계신 물건들도 많다고 들어서 이렇게…….”

“관광 자원화요?”

"관광 자원화라는 말이 다른 뜻이 아니라 공장 지대였던 이 은강구에 굴뚝 없는 산업인 관광을 육성해서 주민들 경제에 도움을 주자는 차원에서……."

송 관장님이 짜증스럽다는 듯이 남자의 말을 끊었다.

"아, 네. 그건 그렇고요. 옛날 물건은 왜 필요한 거죠?"

남자가 이쪽을 흘끗거리더니 목소리를 낮췄다.

"사실 아직은 주민들한테 공개가 안 된 건데요. 그동안 은밀히 전문가들을 모시고 은강동 주변을 돌아봤어요. 그 잠수정 공장 사택촌에 빈집도 많고 하니 거기다가 문학관이라든가, 작가 이름을 딴 카페라든가, 게스트하우스나 빈민 체험관 같은 걸 만들어 보면 어떨까 하고요. 요즘 우리 은강구에서 영화나 드라마 촬영이 아주 많아요. 그래서 저희 구청장님께서는 응봉구의 개항장 유적지, 차이나타운, 상상마을과 우리 은강구의 여러 역사적 자산을 연결해 보자는 생각이시죠. 영화나 드라마 세트장도 더 만들고요. 그러면 유커나 일본, 동남아시아 관광객들도 유치할 수 있고."

"다 좋습니다. 그런데 주거 지역에 게스트하우스랑 빈민 체험관이라니요? 원래 주거지에 숙박 시설은 만들지 못한다는 거 아시죠?"

관장님의 목소리가 점점 거스러졌다. 그러나 남자는 아랑곳하지 않았다.

"그런 걱정은 안 하셔도 됩니다. 이번에 구 의회에서 조례를 바꾸려고 합니다."

"네? 조례를 바꾼다고요?"

"곧 구 의회가 열리는데 그때……."

"주민들에게는 알리셨어요?"

관장님이 날카롭게 짚었다.

"구청 홈페이지에 게시는 할 생각인데, 주민들한테 직접 알리면 또 반대하는 사람들이 나올 거고, 그럼 이번 회기에 처리를 못하니까. 사실 그동안 저희가 착착 준비해서 빈민 체험관을 거의 다 완성했어요. 그래서 이제 적당히……."

"적당히? 적당히라고요?"

"아니, 관장님이 왜 이렇게 화를 내실까? 조례를 좀 바꿔서 빈민 체험관이 들어서면 주민들한테도 나쁠 게 없잖습니까? 체험관이 생기고 관광객이 오면 주민들은 작은 가게를 내서 기념품을 판다거나 그러면 가계에도 도움이 되지 않겠어요? 그런데 이 사람들이 그건 모르고 무조건 반대를 할 거란 말입니다. 그래서 일단 빈민 체험관을 열어서 주민들도 그게 나쁜 게 아니라는 걸 알면……."

남자의 변명에 관장님이 단호하게 말했다.

"주민들 모르게 일을 추진하다니 더는 할 말이 없습니다. 응봉구 상상마을이 어떻게 변질됐는지 모르세요? 부산의 태극도마을에서는 이권 때문에 칼부림이 났었어요. 이런 식으로 개발됐다

원주민들은 떠나고 관광지로서의 역할도 흐지부지된 곳이 한둘이 아니에요."

관장님의 성난 말투에 남자도 고압적으로 변했다.

"아니, 관장님께서 뭔가 오해를 하신 것 같은데……."

"오해 아닙니다. 저는 더 할 말이 없으니 그만 가 보시지요."

관장님이 버럭 소리를 지르자 남자가 우리 쪽을 쳐다보며 인상을 썼다. 오빠가 내게 눈짓을 했다. 우리는 사무실을 나와 갤러리에서 전시 중인 「골목전」을 보았다. 「골목전」은 주로 은강구의 골목을 주제로 한 사진이나 그림 작품을 모은 전시였다. 사진에 담긴 골목은 유화나 수채화에 담긴 골목들보다 구석구석을 더 세밀하게 드러내고 있었다. 사진은 내가 미처 보지 못한 귀퉁이까지 비췄다. 그늘진 골목에 쌓여 있는 잡동사니들, 공장 담에 걸린 빨래 같은 것들은 지나다닐 때는 자세히 보지 않던 풍경이다. 골목 깊이 햇살이 닿지 않는 곳에 있는 문들과 매직으로 쓴 문패, 한구석에 나뒹구는 세발자전거. 그 사진들 중에는 언제 찍었는지 길고양이가 해바라기를 하고 있는 강이네 집 평상도 보였다.

"오빠, 사진이나 그림에 담긴 우리 동네 골목이 낯설어. 저 골목에 사는 사람들은 감추고 싶었을 모습까지 드러내 보이는 것 같아 불편해."

오빠도 사진을 보며 천천히 웅얼거렸다.

"빈곤에 대한 관음증이니까."

"많이 기다렸지?"

송 관장님이 갤러리로 들어오며 밝게 웃었다. 조금 전 화가 났던 표정은 온데간데없었다. 오빠가 걱정스럽게 물었다.

"손님은 가셨어요? 무슨 일이에요? 우리 동네 얘기 하는 것 같던데."

관장님이 다시 미간을 찌푸리며 고개를 끄덕였다.

"구청에서 은강동에 있는 빈집을 매입해서 거기다 빈민 체험관을 만든단다. 어처구니가 없구나. 아직 사람들이 살고 있는 데에다 빈민 체험관이라니. 그냥 넘어가면 안 될 것 같아. 한울아, 그 동네 사는 최정호 씨 알지?"

"네. 친구 아버지세요."

"아, 그래? 그분 아직 은강인터넷신문에 글 쓰시더라. 지난번에 한 모임에서 뵀는데 은강동 문제에 관심이 많으셨어. 한번 만나 봐야겠다. 한울이 너도 그 동네 사는 청년들 좀 모아 봐."

"제가요?"

"응. 너희 동네 일이잖아."

"아니 저는 아파트에 살아서……."

"한울이 원래 지역 문제에 관심 많잖아."

오빠가 송 관장님 말에 마지못해 고개를 끄덕였다.

"한번 알아볼게요."

"그럼 귀한 여울이까지 손님으로 왔으니 맛있는 거 먹으러 갈까?"

관장님은 어린 시절부터 부모님과 다녔다는 냉면집으로 우리를 데려갔다. 어머니 친구가 하시던 가게라는데 솔직히 밍밍하기만 한 냉면 육수와 옛날식 불고기가 내 입맛에는 잘 맞지 않았다. 오빠는 먹으면 먹을수록 감칠맛이 난다며 사리를 추가했다.

송 관장님하고 헤어진 뒤 오빠가 애관극장에 가자고 했다. 어렸을 때부터 자주 오던 곳이다. 송 관장님 부모님이 연애하던 시절에도 있었다니 정말 오래되었다. 엄마 아빠도 연애할 때 여기에서 영화를 보았다고 했다. 낡아서 손님이 줄던 영화관은 십수 년 전, 멀티플렉스처럼 개조하고 작은 상영관 여러 개가 있는 별관도 세웠다. 그러나 화면이 가장 큰 1관은 영화를 볼 때 앞사람이 시야를 가려 불편하다. 그런데도 오빠랑 지우는 이 영화관을 좋아한다. 심지어 특별히 보려던 작품이 없어도 와서 영화를 보면 기분이 좋아진단다. 오빠가 매표소가 있는 계단 위를 올려다보며 물었다.

"뭐 볼까?"

"나 영화 안 봐."

"왜, 기분 전환이라도 하지?"

"보고 싶은 영화가 있어도 여기선 안 보고 싶어."

"좀 불편하더라도 많이 이용해야 해. 여기가 청일 전쟁 때 생겼대. 놀랍지 않아? 처음에는 창고 같은 데서 흥부놀부전, 박첨지전

같은 꼭두 놀이를 하고 남사당놀이도 했대.”

“영화관이 아니라 공연장이었던 거야?”

“응. 그러다 연극 공연을 하고 영화까지 상영하게 된 거지. 너 ‘애관’이 무슨 뜻인지 알아?”

“내가 어떻게 알아.”

“보는 것을 사랑한다는 뜻이래. 이름 되게 좋지 않아? 난 웬만한 영화는 다 여기서 봤어.”

“촌스러워.”

“내가? 영화관이?”

오빠가 장난스럽게 물으며 영화관 계단을 내려왔다.

“그럼 빙수라도 먹을까?”

“아니.”

오빠가 걸음을 멈추고 내 얼굴을 자세히 들여다봤다.

“여울이 너 무슨 일 있어?”

“그냥 공부가 안되고 답답해서. 그래도 관장님이랑 얘기하고 바람도 쐬니 기분이 좀 나아졌어. 집에 가서 공부할래.”

오빠는 버스 정류장으로 가는 길에 조심스럽게 말했다.

“여울아, 너 지금 잘하고 있어. 성적이야 내려갈 수도 있고, 올라갈 수도 있는 거야. 한번쯤 1등 놓친 거, 멀리 보면 아무것도 아니야. 오히려 이번 기회를 통해 네 공부 방식이나 이렇게 독하게 공부하는 이유를 다시 생각해 볼 수도 있고.”

"알아. 최지우도 똑같은 얘기 했어. 그래도 마음이 편해지지는 않아."

"내 경험에 의하면 지금부터는 정신력 싸움이야. 초조해하고 불안해하면 집중 못 해. 해 왔던 대로 조금만 더 버티는 거야. 지금까지 잘해 왔으니까."

"고마워."

"고맙기는."

"오빠는 어떻게 할 거야?"

"뭘?"

"빈민 체험관이란 거 말이야. 송 관장님 말씀대로 같이 반대할 사람들 찾을 거야?"

"응. 모르는 척 넘길 일은 아닌 것 같아. 만만한 게 연우랑 영민이니까 걔네들부터 만나 봐야지."

"근데 그 빈민 체험관이란 걸 만들면 누가 오기는 올까? 나 같으면 일부러 그런 데 안 올 텐데."

"말도 안 되는 발상이지."

버스 정류장 옆 전광판이 타야 할 버스가 한 정거장 전에 있다고 알려 주었다. 인천항 쪽에서 미지근한 바람이 불어왔다.

"여름이 왔어."

"그러게. 집에 들어가자마자 공부부터 하지 말고 씻고 소파에 누워서 시원한 것도 마시면서 해."

"오빠는 안 가?"

"메시지 보냈더니 영민이랑 연우가 둘 다 시간 된다고 답이 왔네. 셋이 오랜만에 만나서 회포도 풀고 빈민 체험관 얘기도 해 보려고."

"알았어. 나 갈게."

마침 버스가 도착했다. 은강동으로 가는 버스답게 동남아시아에서 온 듯한 노동자들이 자리에 앉아 있었다. 내가 살고 있는 은강동은 이렇게 여전히 가난한 이들에게 자리를 내어 주고 있다. 그렇게 고여 든 가난을 이제는 상품으로 만든다고 한다. 지우가 이 얘기를 들으면 어떻게 반응할지 궁금하다. 어쨌거나 나는 반드시, 기필코 이 은강동 밖으로 나갈 거다. 나는 여기에 고여 있고 싶지 않다.

4부

우리 이야기

괭이부리말에 지금처럼 많은 사람들이 모이기 시작한 것은 일제 강점기부터이다. 일본 식민지 정부는 항구가 가까운 만석동에다 공장을 많이 세웠다. 밀가루 공장, 옷 공장, 목재 공장, 그리고 태평양 전쟁을 치르려고 만든 조선소와 커다란 창고가 들어섰다. 그러자 가난한 식민지 노동자들이 일자리를 찾아 괭이부리말로 꾸역꾸역 모여들었다. 일본이 전쟁에서 지고 일본인들은 우리나라에서 쫓겨났지만 괭이부리말에는 판잣집이라도 한 칸 얻어 살려는 가난한 사람들이 계속 밀려들어 왔다.

— 김중미 『괭이부리말 아이들 1』(2000년)

1

지우와 지우 엄마 경순이 오랜만에 인천항이 바라다보이는 응봉공원 둘레길 난간에 기대섰다. 공장 굴뚝들 사이로 넘어가는 저녁 해가 서쪽 하늘을 다홍빛으로 물들이고 있다. 하늘과 맞닿은 짙은 청색 바다에 비친 하늘이 분홍빛으로 바뀌어 스민다. 은강동 휴먼시아 아파트 단지 옆 옛 사택촌의 잿빛 건물들이 다홍빛에서 분홍빛으로 바뀌어 가는 하늘과의 경계를 지운다.

경순이 사춘기 때는 저 동네를 떠나고 싶었다. 허구한 날 술 취한 사람들의 악다구니가 골목을 메우던 곳. 얼기설기 얹은 다락 때문에 해가 들지 않아 낮보다 전등불이 켜지는 밤이 더 밝던 골목. 그 골목에는 손재주가 많은 척추 장애인 언니가 살았고, 박수무당인 할아버지와 앞이 안 보이던 할머니가 같이 살았다. 가끔 그 골목에서는 경찰과 폭력배의 쫓고 쫓기는 추격전이 펼쳐졌다.

세월이 지나 남은 사람보다 떠난 사람이 많은 이곳에서 배우들이 그때의 추격전을 재연하기도 한다. 경순은 가끔 영화관에서 은강동 골목을 만나면 자신의 치부가 드러난 것처럼 부끄러웠다.

지우는 아까부터 말없이 은강동을 바라보는 엄마를 곁눈질해 보았다.

"엄마, 뭘 그렇게 봐?"

"응? 은강방직. 여기서 보니까 진짜 넓다. 나무도 많고."

"엄마 그거 알아? 저 안에 청설모가 살아."

"진짜? 그건 몰랐네?"

"이모할머니가 공장 다닐 때도 청설모가 있었을까?"

"강이 엄마가 회사에 큰 다람쥐가 산다고 한 적 있어. 그게 청설모였는지도 모르겠다."

"그렇구나. 사람들은 떠나는데 청설모는 아직도 저기에 갇혀 사네. 하긴, 우리도 외할머니 때부터 나까지 삼대를 여기서 산다. 생각해 보니까 청설모랑 나랑 비슷하다."

"그래? 지우도 갇혀 사는 거 같아?"

"아니. 그런 건 아니야. 난 여기가 싫지 않아. 계속 이곳에서 대를 이어 산다는 말일 뿐이야. 그런데 엄마, 저 공장 문 닫으면 아파트로 개발할지 모른대."

"그러게 말이다. 나는 저 공장이 사라지지 않으면 좋겠어. 은강 방직에는 처음 생길 때부터 지금까지 한국 근현대사의 굴곡이 다

새겨져 있어. 진짜 보존하고 기억해야 할 역사가 저기에 있지. 저기를 시민들이 이용할 수 있는 공원으로 만들고 건물은 보존해서 박물관을 열면 좋겠어. 또 저쪽 은화부두 옆 전기 회사 자리는 문화 공간으로 만들고."

"좋은 생각이지만 결국은 공원이나 기념관이 되는 거네."

"그렇지. 예전으로 되돌아갈 수는 없겠지. 하지만 어떻게 기억하고 남기는지도 중요하니까. 지우야, 너도 『난장이가 쏘아올린 작은 공』 읽었지?"

"응. 고1 땐가?"

"나도 그때쯤 읽은 것 같다. 『인간문제』는 그보다 훨씬 뒤에 읽었고. 나는 두 소설을 읽으면서 내가 사는 은강에 관심이 생겼어."

"그래서 대학 가서 운동권이 된 거야?"

"운동권? 운동권이라고 할 수도 없지. 나는 열심히 공부만 했어. 장학금을 꼭 받아야 했거든. 그런데 2학년 때, 명동성당 청년회 활동을 하던 학교 선배한테 부탁을 하나 받았어. 상계동, 양평동 철거민들이 강제 철거를 당해서 명동성당에 천막을 치고 살기 시작했는데 거기서 신문 만드는 걸 좀 도와달라고. 내가 대학교 1학년 때 학교 문학상을 받았다고 날 끌어들인 거지."

"와, 진짜? 엄마 문학상도 받았어?"

"그냥 교내에서. 내가 한때 문학소녀였잖아. 어쨌든 친한 선배의 부탁이라 거절을 못 하고 명동성당에 갔지. 그런데 처음부터 철거민들이 남 같지가 않았어. 은강동도 늘 재개발 얘기가 있었거든. 상계동 주민들이나 우리 은강동 사람들이나 처지가 다르지 않았고. 그래서 신문만 만드는 게 아니라 틈틈이 천막 공부방에서 애들 봐주고 밥도 같이 짓고 그랬어. 그러다 어느 날 청년들로 이루어진 시위대가 경찰에 쫓겨 명동성당으로 와서 갇히게 됐어. 엉겁결에 나도 밖으로 나갈 길이 막혀 버렸지."

"어? 혹시 그때가 6월 항쟁이야? 책에서 본 것 같은데?"

"맞아. 바로 그때였어. 그 일을 계기로 어떻게 살아야 할지 고민을 하게 됐던 거 같아. 일단 졸업은 해야겠다는 생각에 학점 관리를 하면서 틈틈이 철거 지역에 가서 일을 돕고 그랬지. 한번은 이모가 그런 말을 했어. 재개발 사업이 꼭 노조 와해 공작 같다고. 공영 재개발은 도시 빈민 지역을 대규모 아파트 단지로 바꿀 뿐 아니라 가난한 사람들의 생태계를 완전히 짓밟는 거라고. 정부가 가난한 사람들의 끈끈한 유대를 두려워하고 있다고. 그 생태계가 망가지지 않게 해야 한다고."

"우리 이모할머니 참 대단해."

"그렇지. 직접 몸으로 겪었으니까. 이모는 내가 옳다고 생각하는 일을 하라고 했지만 네 외할머니가 몸이 많이 안 좋아서 일도 못 하고 계실 때라 졸업을 앞두고 고민이 됐어. 그때 마침 지도 교수님이 경기도에 있는 사립 학교에 교사 자리가 났다고 소개를 해 주셨어."

"교사?"

"응. 내가 교직을 이수했거든. 그때나 지금이나 기술가정 교사는 자리가 잘 안 나서 좋은 기회였는데 학교 발전 기금으로 8백만 원을 내라는 거야. 교수님은 그 정도면 비싸지 않은 거라면서, 빚을 내도 3년 안에 다 갚을 수 있으니 무조건 가라더라. 그런데 그때 8백만 원을 어디서 구해? 이모도 블랙리스트 때문에 일도 제대로 못 할 땐데. 그 자리를 친구한테 양보하고 나는 학원 강사를 시작했지."

"엄마 많이 속상했겠다."

"속상하기보다는 갈등을 좀 했지."

"아빠는 언제 만났어? 지역 일 하다가 만났다며?"

"91년에 첫 지방 선거가 있었어. 그때 진보 정당이 만들어졌는데 우리 은강구에도 선거 사무소가 생겼어. 대학 때부터 알던 선배들이 거기서 일을 했지. 그런데 자기들은 지역에 연고가 없으니까 나한테 은강동 사람들을 연결해 달라고 했어. 초등학교 동창들 중에 은강부두 쪽 공장에 다니는 애들이 있었거든. 친구들만 소개해 줄 수 없으니까 나도 선거 사무소에 나가 일을 도왔지. 그러다 너희 아빠를 만났어. 너희 아빠가 청년들 교육 담당이었거든. 그런데 거기에 이모가 있었어."

"이모할머니?"

"응. 이미 여성 노동자들 조직을 맡고 있었어. 이모랑 조카가 죽이 잘 맞아서 글쓰기 교실, 풍물 교실, 홈패션 교실, 영어 교실, 탁구 교실 이런 것도 만들고 열심히 했지."

"와, 재미있었겠다."

"선거에 이기고 지는 것보다 같은 처지의 사람들이 만나서 우리의 힘을 모아 간다는 게 신이 났던 거 같아."

"그래서 선거는 어떻게 됐어?"

"당연히 실패했지. 그래도 그때 은강동이 있던 선거구가 전국에서 진보 정당 표를 가장 많이 받았어. 우리는 실망하기보다 오히려 희망을 품게 됐지. 다음 해에 국회 의원 선거가 있고 그 뒤로 대통령 선거가 있었거든. 이듬해 국회 의원 선거에서도 우리 은강동이 진보 정당 득표율이 가장 높았어. 그래서 은강동 주민 당원들끼리 서로 격려하며 다음을 준비하기로 했는데, 지도부는 국회 의원 선거가 끝나자마자 진보 정당 시도는 실패했다고 선언하고는 보수당으로 들어가 버린 거야."

"아니 왜?"

"그 사람들은 노동자나 평범한 시민 들의 목소리를 찾는 게 아니라 자신들이 권력을 쥐는 데 관심이 있었던 거지. 그때 배신감 때문에 여기를 떠난 사람들이 많았어."

"근데 엄마는 왜 안 떠났어?"

"포기가 안 되더라고."

"뭐가?"

"가난한 사람들이 목소리를 갖는 거. 지우 너, 은강제분 앞 삼거리 주유소 뒤편 벽돌 건물 알지?"

"응."

"그 건물이 원래 미곡 창고였대. 일제 강점기 때 은강구에 정미소가 많았는데, 거기서 뉘랑 티끌을 골라내는 일을 하는 여성 노동자들을 선미 여공이라고 했대. 하루 종일 쪼그리고 앉아서 쌀을 뒤지려니 얼마나 힘들었겠어? 똑같이 일해도 임금은 남자들의 반도 안 되고. 일본인 관리자들의 착취와 폭력도 심했대. 그래서 거기서 일하던 여성 노동자들이 파업을 한 거야. 1920년대쯤이었다는데 그 시절에 지금처럼 정보가 흔했겠어, 많이 배우길 했겠어? 그런데도 모여서 저항을 했다는 데 벅차올랐어. 또 은강방직에서 해고되고 블랙리스트에 올라 다른 데서 일하지 못하면서도 투쟁을 이어 가는 이모의 존재도 내게는 포기할 수 없는 이유였지."

"그런데 엄마는 그 뒤로 왜 아무 일도 안 했어? 아빠는 시민운동도 하고, 인터넷 신문도 만들고 계속 활동했잖아."

"아무것도 안 하긴? 엄마 한 번도 쉰 적 없는데?"

"그렇기는 하지만 그건 먹고살려고 일한 거잖아."

"먹고살기 위해 하는 일이 얼마나 중요한데. 엄마는 그 일을 지키기 위해 항상 싸웠는걸? 학원 강사, 학습지 교사, 유치원 보조 교사, 돌봄 강사. 어디에서건 일한 만큼 대가를 받고 권리를 인정

받으려면 안 싸울 수가 없었어. 늘 고단하긴 했지. 그래서 잠시 유혹에 빠져 사기를 당했잖아. 그 생각만 하면 너희한테 미안하지."

"그건 엄마 탓이 아니야. 우리가 아파트로 이사 가자고 하도 졸라서 그런 거잖아. 왜 아직도 미안한 마음을 가지고 있어? 그럼 내가 더 미안하지. 나도 내년이면 대학생 되니까 이제 우리 뒷바라지할 생각 말고 하고 싶은 거 다 해. 내가 팍팍 밀어줄게. 엄마, 지금 하고 싶은 일 없어?"

지우의 말에 경순이 환하게 웃으며 대답했다.

"있어."

"있어? 뭔데?"

"음, 지우한테만 말해 줄까?"

"응."

"이번에 빈민 체험관 만든다는 그 줄사택에 집을 하나 사고 싶어."

"왜?"

"거기다 책방을 내고 싶어서."

"책방?"

"요즘 동네 책방 시작하는 사람들 꽤 있잖아. 그런데 솔직히 책방은 핑계고 다문화 엄마들이랑 만날 수 있는 공간을 만들고 싶어. 돌봄 교실에서 일하면서 다른 나라에서 온 엄마들을 종종 만나. 우리 동네에도 다문화 가정이 많잖아. 이주해 온 엄마들이 아이를 키우는 게 쉬운 일이 아니야. 말도 문화도 다르고, 부부 관계나 시부모 관계, 거기다가 직장에서 겪는 차별까지 어려운 일이 많은데 그분들이 각자 고립되어 있거든. 우리 동네에 책방이라도 있으면 엄마 모임이나 그런 거 여는 게 좀 자연스럽지 않을까? 애들 교육 얘기도 나누고, 남편과의 관계도 털어놓고."

"와, 그거 좋다."

"내가 가람이 엄마한테도 물어봤더니 자기도 좋대."

"엄마, 가람이 엄마랑 친해?"

"그럼, 아랫집인데. 이래저래 자주 얼굴 보지."

"대학생 되면 나도 도울게."

"우리 지우가 도와주면 좋지."

"근데 엄마 돈은 있어?"

"아니. 그래서 아직 못 하고 있지."

지우가 어이없다는 표정으로 경순을 바라보았다. 경순이 그런 지우를 보며 장난스럽게 말했다.

"우린 항상 결정적인 게 없어서 문제지."

"그래도 뜻이 있으니까 길이 생길 거야, 분명히."

"엄마도 그렇게 생각해."

지우는 엄마와 공원을 내려오는 길에 조심스럽게 물었다.

"엄마 있잖아. 나도 이번 일에 뭐든 해 보면 안 돼?"

"갑자기 그게 무슨 말이야?"

"빈민 체험관, 남의 일 아니잖아. 나도 여기 주민이고. 뭔가 하고 싶어."

"지우야, 너 고3이야. 네가 안 해도 돼. 엄마 아빠랑 어른들이 하면 돼. 이모할머니도 도와주실 거고."

"내가 할 수 있는 것만 할게. SNS로 알리는 거든, 일인 시위든 뭐든."

"아직 구체적으로 어떻게 대응할지 의논도 안 된 상태야."

"알아. 한울이 오빠가 대책 모임 한다며? 나랑 강이도 거기 끼워 달라고 했어. 근데 오빠가 엄마한테 허락받고 오라고."

경순은 지우를 올려다보았다. 연우와 달리 지우는 사회 문제에 관심이 많았다. 워낙 어려서부터 이모할머니를 따라다니며 보고 배웠고, 아무래도 엄마 아빠의 영향도 있을 터였다. 고3이라는 게 걸리긴 하지만 어차피 2주 안이면 끝날 일이었다. 경순은 이 일이 지우에게 어떤 식으로든 또 성장하는 기회가 되리라고 생각했다.

"좋아. 하지만 주말에만. 그리고 기말고사 준비 철저히 하면서."

"알았어."

2

한울이는 빈민 체험관을 반대하는 일에 함께할 수 있는 또래들이 누가 있는지 헤아려 봤다. 그러나 아무리 생각해도 떠오르는 사람은 연우와 영민이뿐이었다. 같은 아파트에 사는 고등학교 동창들은 대부분 지방 대학으로 진학을 했고, 인천이나 서울로 진학한 친구들은 동네일에 관심이 있을 리 없었다. 그런데 연우마저 한울이 이야기를 듣자마자 김빠지는 말부터 했다.

"어서 이 동네를 떠나야겠네."

한울이는 그나마 얘기가 통할 거라 기대했던 연우의 시큰둥한 반응에 맥이 풀렸다. 연우는 한참 말이 없다가 한숨을 쉬었다.

"어차피 거기에 누가 오겠냐? 아무리 레트로가 유행한다고 해도 소비할 만한 매력이 있어야 오는 거야. 내가 알바하는 카페 주변 봐 봐. 뭔가 이국적이잖아. 거기서는 요즘 유행하는 '힙'한 빈

티지 감성을 소비하는 기분을 즐길 수 있단 말이야. 그런데 빈민 체험관? 그런 게 상품이 되겠어?"

"일단 구에서는 실제 수요에는 관심이 없고, 빈집을 이용해서 관광 상품을 하나 만들어 보자는 거 같아."

"그러니까 말이 안 된다는 거지. 내가 봄에 나가사키 갔었잖아. 인천이나 부산보다 작은 도시였는데 분위기는 진짜 비슷했어. 나가사키 항구나 공원, 산동네, 차이나타운까지. 그때 확 실감이 나더라고. 우리가 일제 식민지였다는 게."

연우 말에 한울이도 반가워하며 덧붙였다.

"나도 가 봤어. 너 나가사키항에서 구라바엔까지 걸어가 봤어? 거기 꼭 응봉공원 아래 같지 않아?"

"응. 원폭 피해지나 전쟁 기념관 같은 데는 자신들의 전쟁 범죄는 감춘 채 피해자 행세 하는 것 같아서 기분이 나빴는데, 다른 데는 솔직히 부럽더라. 도시가 전체적으로 오래되었어도 죽어 있는 느낌이 없었어. 산동네 꼭대기까지 사람이 살더라고. 100년 된 정육점, 국수 가게, 채소 가게 들이 골목 안에 그대로 있는 거야. 주택들도 낡았지만 계속 고치고 살아온 것처럼 보였어. 산동네 사람들도 불편하지 않도록 전차, 버스가 잘 연결되어 있고, 심지어 전차 정류장에서 꼭대기까지 올라가는 엘리베이터나 에스컬레이터까지 있더라고. 우리나라는 무조건 신도시 만들어서 사람들이 떠나게 하고, 구도심이 비면 거기를 또 관광지로 개발하려고 들잖아. 그러니 무리수가 생기는 거지. 이 빈민 체험관처럼."

"맞아. 책상에 앉아서 머리만 굴리니 마을 공동체를 살리고 원도심을 복원한다는 계획들이 다 헛발질이 될 수밖에 없어."

한마디도 하지 않던 영민이가 맞장구를 치자 연우가 체념 섞인 투로 말했다.

"어쨌든 여력이 있는 사람들은 동네를 다 떠나고 남은 사람들은 반 이상이 노인이야. 우리 외할머니 또래들이 돌아가시고 나면 빈집이 더 늘어날 거야. 바깥 사람들이나 공무원들이 들쑤셔 놔도 뭐라 할 사람 없을걸?"

셋이 모두 한숨을 쉬며 할 말을 찾지 못하는데 마침 초인종이 울렸다.

지우와 수찬이였다. 연우는 둘을 보고 깜짝 놀랐으나 한울이는 지우와 수찬이를 반갑게 맞았다. 연우가 한울이에게 볼멘소리를 했다.

"야, 김한울. 너 생각이 있는 거야, 없는 거야? 왜 고딩을 불러."

"왜? 얘네도 은강동 주민인데."

연우는 눈을 흘기고는 수찬이를 아래위로 훑어보며 물었다.

"이분은 누구시지?"

수찬이가 당황해 우물쭈물하자 지우가 대신 대답했다.

"우리 1층으로 이사 온 지 얼마 안 됐고, 내 중학교 동창이야."

"1층에 이사 온 사람이라고?"

"응."

연우는 더 말을 못 하고 수찬이를 흘긋거리며 미간을 찌푸렸다. 수찬이는 연우가 자신을 탐탁해하지 않는 것 같아 자기도 모르게 피어싱 한 코와 입을 가렸다. 그러나 찢어진 청바지를 가릴 수는 없었다. 지우는 제 몸을 어쩔 줄 모르고 쩔쩔매는 수찬이를 보며 피식 웃었다. 다행히 초인종이 다시 울리고 정민이와 란이, 그리고 강이가 들어왔다. 연우는 란이를 보고 수찬이가 왔을 때보다 더 놀랐다. 그러나 한울이는 란이도 반갑게 맞았다.

"어, 란이 씨 진짜 왔네."

"네, 오빠가 정민이랑 같이 오라고 해서."

"잘 왔어요."

연우가 떨떠름한 표정으로 사람들을 둘러보며 물었다.

"도대체 무슨 조합이야?"

한울이가 어깨를 으쓱해 보였다.

"왜, 좋잖아. 우리 은강동의 대표들이 다 모였는데? 뭔가 될 것 같은 희망적인 느낌이야. 그럼 이야기를 시작해 볼까?"

지우가 집 안을 두리번거렸다.

"근데 오빠, 여울이는?"

한울이가 겸연쩍은 표정으로 대답했다.

"여울이는 자기 방에. 인강 듣는대. 건드리지 말자."

지우의 표정이 굳자 연우가 비꼬았다.

"최지우. 여울이가 정상이야. 고3이 여기 온 게 비정상이라고."

"언니도 김여울이랑 똑같아. 말끝마다 고3, 고3."

한울이가 연우와 지우 눈치를 보다가 거실 텔레비전에 USB를 꽂았다.

"다들 알바하고 와서 피곤할 텐데 빨리 끝내 봅시다. 영민아, 식탁 의자를 소파 옆으로 놔 줘."

영민이가 얼른 식탁 의자 두 개를 소파 옆으로 붙였다.

"내가 자료를 모아서 간단하게 PPT를 만들고 동영상도 몇 개 찾아 왔어. 빈민 체험관이 어떻게 탄생했는지 보여 줄 수 있을 거 같아. 아, 빈민 체험관이 아니라 이제는 쪽방 체험관이라고 해야 겠다. 이름을 바꿨대. 이름을 바꾼 걸 보면 일단 빈민 체험관에 대한 부정적인 피드백이 전달됐나 봐. 첫 번째로 볼 영상은 지금 은 강구청장이 선거 운동 하면서 은강교회에서 유세할 때 찍은 거 야. 은강인터넷신문에서 구했어."

한울이가 동영상을 열자 모두 집중해서 보았다. 영상 속 구청장 은 은강구에 대형 건설 회사를 유치해 판자촌과 빈 공장들을 철 거하고 브랜드 아파트 단지를 짓겠다고 목소리를 높였다. 실제로 새 구청장이 취임하자마자 재개발이 지지부진하던 여러 곳에서 조합이 만들어졌다. 그런데 최근 은강구 일대의 구도심을 살리고 마을 공동체를 복원하는 사업을 추진하겠다고 발표했다.

"왜 갑자기 말이 바뀐 거야?"

"정확히는 모르겠어. 요즘 전국에서 원도심 복원, 마을 공동체 살리기, 이런 게 유행이잖아. 부산 태극도마을이나 통영 동피랑마을, 서울 북촌, 서촌, 전주 한옥 마을 같은 데가 떴고. 포항, 목포, 군산 이런 데서도 개항장 중심으로 개발한대. 응봉구도 그중 하나고. 언론에서 띄워 주니까 은강구도 상품 가치가 있다고 판단했나 봐. 구청장이 사업가 출신이라 그쪽으로 빨라."

한울이의 이야기를 들은 강이가 물었다.

"그럼 다른 데도 빈민 체험관, 아니 쪽방 체험관 같은 게 있어?"

"아니. 그런 건 없어. 원래 윗동네에 임대 주택 지을 때 은강동 사택촌을 중심으로 박물관, 문학관, 북 카페, 게스트하우스 같은 걸 만들려고 했었잖아. 그때 무산된 계획을 다시 꺼낸 거 같아."

지우가 씁쓸해했다.

"가난을 관광 상품과 연결해 팔겠다는 거지?"

"맞아. 이런 체험 공간을 은강동뿐만 아니라 은강구 곳곳에 만들겠다고 했대."

"그런데 누가 굳이 여기까지 와서 가난을 체험하겠어? 너 나 할 것 없이 부자가 되는 게 꿈인데. 무슨 봉사 체험도 아니고. 그리고 우리는 뭐가 돼? 가난한 동네를 벗어나지 못한 옛날 유물 같은 사람들이 될 거 아냐. 되게 기분 나빠."

강이 말에 이제까지 지루한 표정으로 듣고 있던 정민이가 갑자기 나섰다.

"이거 진짜 반대해야겠네."

모두 놀란 눈으로 정민이를 바라보았다. 한울이네 집에 모인 지 한참이 지나도록 정민이는 대화에 끼어들지 않았다. 빈민 체험관이든 쪽방 체험관이든 왜 문제인지 잘 모르겠는 데다 평소에 이 동네에 특별한 애정이 있는 것도 아니었기 때문이다. 그런데 강이 얘기를 듣고 보육원에서 지내던 때가 떠올랐다.

"나 보육원 살 때 가끔 후원자나 봉사 단체들이 왔어. 다들 좋은 마음으로 온 건 알아. 그렇지만 거긴 내가 사는 집이기도 한데 다 드러내 보여야 하잖아. 그게 정말 기분 나빴어. 우리를 불쌍하게 보는 시선도 불편했고. 여기 쪽방 체험관이라는 게 생기면 이 동네 사람들이 그런 기분일 것 같아."

한울이가 정민이 말에 고개를 끄덕이는 다른 아이들을 둘러보며 말했다.

"정민이 얘기에 우리가 왜 모였는지 공감대가 형성된 거 같은데? 정민아, 고맙다. 다음 영상도 한번 볼래?"

"저는 우리 구민이 이 은강구에 사는 것을 자랑으로 느끼게 할 생각입니다. 가난하고 낙후되었다는 딱지를 떼고 부자가 되는 동네로 바꾸겠습니다. 그러기 위해 대대로 공장 지역이었던 이 은강구를 관광특구로 만들겠습니다. 은강구에는 폐가와 폐공장이 많은데 이게 다 문화유산입니다. 그것들을 정비해서 문화 관광 벨트를 만들 작정입니다. 은강구의 산동네들, 골목들, 이게 다 멋진 관광 상품이 될 수 있습니다. 제가 우리나라 도시들과 일본까지 두루 견학을 다니며 느꼈습니다. 낡고 오래된 것, 특히 가난도 멋진 상품이 될 수 있습니다."

영상을 보고 나서 수찬이가 고개를 갸웃거렸다.

"근데 폐공장을 문화 시설로 바꾸면 좋은 거 아냐?"

"그래. 은강전기 자리나 은강방직 같은 곳은 시민들의 공유 시설로 만들면 딱 좋지. 그런데 공장 부지 주인들은 아파트 단지를 짓고 싶어 하겠지?"

연우 말에 수찬이가 되물었다.

"그럼 돈이 안될 데만 이런 걸 만들 생각인가?"

"그럴지도. 진짜로 마을 공동체를 살리고 싶으면 원형을 보존하되, 살고 있는 사람들이 형편에 맞게 고칠 수 있게 지원해야 해. 일제 강점기 때부터 있던 사택들, 20여 년 전에 지어진 빌라나 다세대 주택, 새로 들어설 집들이 서로 어우러지는 방향으로 가야지. 그런데 대뜸 체험관이니 박물관이니 하는 게 생기면 살던 사람도 떠나고 말겠지."

한울이의 말에 수찬이가 고개를 끄덕였다.

"형 말이 맞네."

"구에서는 일단 '은강구 쪽방 체험관 설치 및 운영 조례안'을 입법 예고했으면서도 주민들한테는 따로 안 알렸어. 보도 자료를 보면, 쪽방 체험관의 목적은 부모랑 애들이 같이 판잣집에 와서 부모들이 어렸을 때 겪은 가난을 경험시켜 주는 거래. 이미 내부 공사를 마쳤고 요강, 흑백텔레비전, 다듬잇돌, 괘종시계, 트랜지스터라디오 등등을 비치했대. 조례안이 통과되면 체험관, 게스트하우스 뭐든 가능해져."

"어이가 없다. 쪽방 체험관에 다듬잇돌이라니. 먹고살기 바쁜 노동자들이 다듬잇돌로 다림질을 하며 살았겠냐? 진짜 황당하다."

지우가 발끈하자 연우가 한울이한테 물었다.

"그래서 이 문제에 어떻게 대응할 계획이야?"

"아까 갤러리에 너희 엄마 아빠가 오셨어. 은강인터넷신문 대표도. 거기서 잠깐 의논을 했는데, 지우 엄마께서 일단은 주민들에게 쪽방 체험관이랑 구 의회 조례에 대해 설명해야 한다고. 그리고 주민 의견도 필요하니 설문 조사를 하는 게 어떻겠냐고 하셨어. 설문 조사와 반대 서명 받기, 그게 우리가 할 일이야. 설문은 은강인터넷신문 명의로 하고."

"우리가 설문 조사를 한다고?"

"응. 내가 학교 교수님 도움을 받아서 질문지를 만들고 있어. 내일이면 완성될 거야. 시간이 없어서 이번 주말에 하면 좋을 거 같아. 상가 쪽은 지우 엄마가 틈나는 대로 돌리신다고 했고, 우리가 사택촌, 임대 아파트랑 빌라를 맡자."

"토요일보다는 일요일에 사람들이 좀 더 많지 않을까?"

"그렇지."

연우는 한울이와 영민이의 제안이 썩 내키지 않는 얼굴이었다.

"지우랑 강이는 고등학생이고, 영민이랑 정민이, 란이 씨는 동네를 아직 잘 모르는데 이 사람들로 서명을 받는 게 가능해?"

그러자 영민이가 짐짓 서운한 내색을 띠며 말했다.

"최연우. 그렇게 말 하지 마. 나도 4년 차 주민이야. 어쩌면 너보다 이 동네 사람들 더 많이 알걸? 나는 편의점 알바하면서 사람들이랑 많이 친해졌어. 그리고 란이도 빵집이랑 세탁소에서 알바하면서 동네 분들하고 낯을 익혀서 어디든 따라가면 좋을 거야."

연우가 민망해하며 변명을 했다.

"아니, 나는 너희를 무시하려는 게 아니라."

"알아, 걱정하는 거. 나도 그런 걱정 안 해도 된다고 말해 준 거야."

강이가 영민이와 연우를 번갈아 보며 끼어들었다.

"우리 동네에 베트남 엄마들 많으니까 란 언니가 있으면 더 좋을 거 같아."

두 시간이 넘도록 잠자코 있던 란이 활짝 웃었다.

"나 같이 하고 싶어."

연우가 한숨을 쉬는데 한울이가 사람들을 둘러보며 물었다.

"그럼 조를 어떻게 짤까?"

지우가 이미 생각을 하고 있었는지 얼른 대답했다.

"나랑 강이랑 수찬이랑 아랫동네 하고, 언니들은 윗동네, 오빠들은 빌라. 어때? 깔끔하지 않아?"

한울이가 반색했다.

"그래, 좋다. 깔끔해. 연우 괜찮지?"

연우가 떠름한 얼굴로 고개를 끄덕였다.

"그리고 한 가지 안건이 더 있어. 다음 주 일주일 동안은 구청 앞에서 일인 시위를 할 거야. 지우 아빠가 준비해 주시기로 했고 나도 할 거거든. 영민이도 방학했으니 해 줄 수 있나?"

"응. 내일 자정까지 리포트 하나만 내면 이번 학기 끝. 알바는 저녁때니까 낮에 할 수 있어."

"연우는?"

"노, 노. 나는 일인 시위 이런 건 패스."

"그럼 일인 시위는 나랑 영민이만 할게."

그때 수찬이가 끼어들었다.

"그거 미성년자는 못 해요?"

"왜 못 해. 수찬이 해 보고 싶어?"

수찬이가 고개를 끄덕이는데 지우가 막아섰다.

"얘는 안 돼. 저 머리카락으로 뭘 해. 피어싱에 타투까지. 쟤가 일인 시위하면 사람들이 어떻게 생각하겠어?"

한울이가 웃었다.

"지우 의외로 보수적인데? 어때, 상관없어."

수찬이가 지우를 약 올리려는 듯 입을 비죽이 내밀었다.

"이래 봬도 여기서 내가 시위 제일 많이 해 봤을걸. 나 중딩 때 아빠 천막 농성에 주말마다 가서 같이 있었어."

지우는 수찬이가 일인 시위를 한다는 게 께름칙했지만 다른 사람들이 다 좋다 하니 더 반대하지 못했다.

"지우 아빠가 설문 조사 결과를 인터넷 신문에 기사로 쓰실 거고 구 의회에도 제출할 거야. 우리도 일인 시위 하는 거 SNS에 계속 올리면서 홍보하면 좋겠어. 그리고 정보를 빠르게 공유하려면 단체 채팅방을 만드는 게 나을 것 같아. 우리 채팅방 이름 뭘로 할까?"

"은강 팸."

수찬이였다. 지우가 보로통해서 투덜거렸다.

"하여간 꼭 자기 같은 의견만 내. 팸이 뭐냐? 불량스럽게."

"최지우. 너는 되게 깬 척하면서 은근히 꼰대스럽다. 팸이 뭐가 불량스러워. 요즘 다 쓰는데."

강이가 수찬이를 거들었다.

"좋네. 은강 팸. 간단할수록 좋아."

"그럼 이제부터 우리 모임은 은강 팸. 다 초대했어. 그리고 영민이랑 연우는 남아서 서명지 만드는 것 좀 도와줄 수 있지?"

"오케이."

3

영민이는 보육원 생활을 하는 동안 자신만의 공간이 절실했다. 퇴소하면서 영민이가 원했던 것은 오직 집이었을 뿐, 이웃이나 마을은 아니었다. LH 전세 임대 주택이니 학교와 가깝거나, 좀 더 넓고 깨끗한 집을 얻을 수도 있었다. 그런데 굳이 은강동의 이 낡은 비치빌라를 선택한 것은 지우 엄마 때문이었다.

영민이는 보육 시설을 퇴소한다고 곧장 자립이 가능하지 않다는 것을 먼저 퇴소한 선배들을 통해 알았다. 퇴소할 때 받는 자립 지원금 500만 원과 디딤씨앗통장의 돈을 반년도 못 돼 써 버리는 선배들을 숱하게 보았다. 영민이를 보호해 줄 안전망인 기초 생활 수급 자격을 유지하려면, 부당 수급을 걸러 내기 위해 국가가 만든 촘촘한 그물을 비껴가야 했다. 그런데 보호 종료 아동이 스스로 그 그물을 피할 방법을 알 수는 없었다. 다행히 영민이에게는 오랜 후원자인 지우 엄마가 있었다. 덕분에 퇴소하자마자 수급권을 신청하고 한국장학재단에서 장학금을 받는 일도 수월하게 해결했다. 50만 원을 밑도는 수급비를 알뜰하게 쓰는 법도 배웠다. 그런데 1학년 2학기 등록을 하려다가 기초 생활 수급권이 박탈되었다는 통지를 받았다. 깜짝 놀라 주민 센터에 이유를 물으니 어머니의 수입과 재산이 사회 복지 통합 전산망에 잡혔다고 했다. 말로만 듣던 부양 의무제의 덫에 영민이도 걸려든 것이었다. 14년 만에 알게 된 어머니의 소식이 반갑기는커녕 두려웠다. 지옥과 같은 3주를 지내는 사이, 주민 센터로 어머니가 친권을 포기했다는 내용 증명이 도착했다. 더는 여섯 살 어린이가 아니었던 영민이는 어머니의 두 번째 친권 포기를 담담하게 받아들였다. 그리고 차분하게 기초 생활 수급권을 복권하는 데 필요한 서류를 준비했다. 친모와 금전 거래가 없었다는 사실을 증명하기 위해 6개월 치의 휴대 전화 사용 내역과 통장을 복사했다. 그리고 자기가 어떻게 보육원에 오게 되었는지를 써 내려갔다. 자신이 얼마나 가난한지, 부모라는 인간들이 얼마나 매정한지를 소명하는 과정은 괴롭고 수치스러웠다. 그런데 더 견디기 힘들었던 순간은 주민 센터 직원들이 자신을 기생충 보듯 할 때였다. 사회 복지 공무원은 어떻게 해서든 기초 생활 수급권을 되찾아 주려고 애썼지만, 다른 주무관은 보육원 출신은 군대도 안 가면서 국가가 주는 공돈만 받으려고 한다면서 거지 근성이 몸에 배었다고 비아냥거렸다. 건성으로 인사를 하고 주민 센터를 뛰쳐나오는데 사회 복지사가 따라왔다. 그리고 몹시 곤란한 얼굴로 대신 사과를 했다.

"사람들이 자기가 겪어 보지 않으면 잘 몰라요. 그냥 한 귀로 듣고 한 귀로 흘려버려요."

그러면서 영민이가 보육원에 가기 전까지 살던 곳과 본적지 주소를 주었다. 그 집에 작은아버지가 산다는 말을 덧붙였다. 아버지는 행방불명자로 처리되어 있다는 소식도 함께.

며칠을 망설이다 찾아간 본적지는 아파트 단지가 되어 있었다. 보육원에 가기 전까지 살았던 집 주소는 단지 건너에 있는 낡은 연립 주택이었다. 첫날은 집 앞을 서성이기만 하다 용기를 내지 못해 돌아왔다. 그 대신 인터넷으로 영민이가 태어나기 전의 동네 모습을 검색해 보았다. 한참 만에 찾아낸 본적지의 옛 모습은 예상대로 산동네였다. 길가부터 중턱까지는 개량 한옥들이, 산마루에는 판잣집들이 좁은 골목을 따라 다닥다닥 붙어 있었다. 은강동의 풍경과 크게 다르지 않았다. 그런데 1990년 9월에 거기서 산사태가 났다는 기사가 있었다. 사람이 열 명 가까이 죽었다는데 온몸이 서늘해졌다. 태어나기 전의 일이었지만 왠지 모르게 자신과 관련이 있을지도 모른다는 생각이 들었다. 다음 날 주소를 들고 작은아버지를 만나러 갔다. 참치 캔 세트와 오렌지 주스까지 사고도 한 시간 넘게 주위를 맴돌며 망설였다. 용기를 내 초인종을 누르자 40대 후반이라기엔 너무 늙어 보이는 남자가 문을 열었다. 영민이가 자기소개를 하자 남자는 흠칫 놀라더니 이내 눈시울을 붉혔다. 집 안은 궁색한 티가 뚜렷했다. 언제 도배를 했는지 벽지의 본래 색이 무엇인지도 모를 만큼 바랬고, 천장은 빗물이 샌 흔적으로 얼룩져 있었다. 작은아버지는 베트남에서 온 아내, 여섯 살짜리 아들과 살고 있었다. 영민이가 어떻게 살았는지, 자신이 그곳에 사는 것을 어떻게 알았는지 따위는 묻지 않았다. 다만 갑자기 찾아온 이유를 궁금해했다. 영민이는 그저 자신을 낳아 준 부모가 어떤 사람들인지 알고 싶다고 했다. 작은아버지는 소주 한 병을 혼자 다 마신 뒤에야 말을 시작했다.

"나는 네가 태어난 줄도 몰랐다. 보육원에 간 것도 나중에야 알았어."

"네. 작은아버지를 원망하지 않아요. 다만 알고 싶은 게 있어요. 여기서 산사태가 있었다는데 혹시 기억하세요?"

"그걸 네가 어떻게 알아?"

작은아버지는 놀란 기색을 숨기지 못했다.

"인터넷에서 검색하다 알게 됐어요."

"그 옛날 일도 기사가 남았구나. 바로 우리 집 위로 흙더미가 쏟아졌지."

작은아버지의 눈가가 다시 젖어 들었다.

"원래 우리 집은 마당이 있는 개량 한옥이었어. 내가 국민학생 때 소방 도로가 나면서 집 절반이 잘려 나가서 도로변 외주물집이 됐지. 뒤로는 판잣집들이 있었어. 그 산동네 너머에 학교가 있었는데 축대를 쌓으면서 배수로 공사를 안 했대. 그래서 장마 때마다 축대 사이로 물이 새고 틈이 점점 벌어졌어. 주민들이 걱정이 돼서 계속 민원을 넣었는데 소용이 없었어. 그 학교 이사장이 장군 출신이었다는데 권력층과 막역한 사이여서 우리 같은 가난뱅이들의 민원은 간단히 무시했던 거지."

작은아버지는 생각에 잠겼다가 말을 이었다.

"사고가 나던 즈음 비가 많이 왔어. 당일도 마찬가지였고. 작은형이랑 서로 멀쩡한 우산을 가져가겠다고 실랑이를 하다 엄마한테 혼이 났어. 어쩔 수 없이 내가 살이 부러진 우산을 쓰고 갔지. 학교가 가까워서 뛰면 10분도 안 걸렸거든. 점심시간에 도시락을 먹고 막 뚜껑을 닫는데 갑자기 우르르하고 천둥소리가 났어. 지진이라도 난 것처럼 바닥이 흔들리는 느낌도 들었어. 애들이 다 놀라서 웅성웅성했지. 좀 있다가 사이렌 소리가 나는데 느낌이 싸한 거야. 아니나 다를까 담임이 뛰어 들어오더니 아무래도 너희 동네에 일이 난 것 같다고 집에 가 보래. 그래서 그냥 뛰쳐나갔지. 큰길까지 흙탕물이 쏟아져 내리고 구급차들이랑 경찰차가 앵앵거리고. 무슨 일이 일어났는지 물어볼 수도 없었어. 후들거리는 다리에 힘을 주고 겨우겨우 올라갔어. 산 중턱에 있는 슈퍼쯤 갔는데 주인아저씨가 나를 붙잡더라고. 가지 말라고. 얼마 뒤에 작은형이 왔어."

작은아버지의 붉고 주름진 뺨 위로 눈물이 뚝뚝 떨어졌다. 옆에 조용히 앉아 있던 작은어머니도 따라 울었다.

"그날, 큰형이랑 어머니가 흙더미에 묻혔지."

사진에서 보았던 그 장면, 흙더미에 깔린 산동네가 떠올라 영민이는 숨이 턱 막혔다.

"나는 아직도 비가 억수처럼 쏟아지는 날이면 온몸이 아파. 특히 그날이 다가오면. 큰형이 목수였어. 건축 일은 비가 오면 안 나가잖아."

작은아버지는 훌쩍거리며 베란다에서 소주를 한 병 더 가지고 들어왔다. 작은어머니가 일어나 냉장고에서 먹다 남은 오징어채 볶음을 가져다주었다. 그러고는 다시 주방 싱크대 아래에 쪼그리고 앉아 말없이 남편의 말에 귀를 기울였다. 영민이는 여섯 살배기 아이가 칭얼거리지 않고 가만히 있는 게 걸렸다. 그래서 자기가 사 온 오렌지 주스를 상자에서 꺼내 내밀었다. 아이는 수줍게 웃으면서 주스를 받아들었다. 작은아버지는 어린 아들을 애틋한 눈길로 바라보고는 다시 말을 이었다.

"나는 엄마랑 큰형 시신을 못 봤어. 작은형이 못 보게 했지. 형이 혼자 시신 수습이랑 장례 처리를 다 했어. 생각해 보면 그때 형도 많은 나이는 아니었어. 스물넷인가 그랬어. 공고 졸업하고 군대 갔다 와서 주안 공단에 있는 회사에 다닐 때니까."

"작은형이 저희 아버지시죠?"

"그렇지. 너희 아버지도 사는 게 쉽지 않았을 거야. 그 큰일을 당했는데 철없는 동생 하나밖에 없었으니. 내가 그때 고3이었거든. 형들이 막내는 꼭 대학에 보내자고 우겨서 삼 형제 중에 나만 인문계 고등학교에 갔어. 사고가 난 뒤로는 학교에 가도 공부가 안됐어. 학력고사를 보긴 봤는데 평소보다 성적이 안 나왔어. 작은형은 전문대라도 가라는데 그러고 싶지 않았어. 고등학교 졸업하자마자 군대에 자원입대를 했지. 그사이 형은 보상금 받은 걸로 이 집을 사서 이사를 했고. 전역하고 나서는 군대 선임이 전기일 하는 데를 따라다녔어. 여기저기 떠돌아다니며 일하다가 나중에는 중국이랑 베트남까지 갔지. 일하면 몸이 고되니까 잡생각이 안 들어서 좋았어. 그러다 형이랑 소식이 끊기고."

"서로 연락 안 하셨어요?"

"원래 형제들은 잔정이 없어. 그냥 무소식이 희소식이다 하고 살았지. 그때는 뭐 스마트폰 같은 것도 없고. 그렇게 10여 년을 떠돌다가 집에 왔더니 이 집에 형 친구가 살고 있더라고. 형은 결혼해서 애 둘 낳고 살다가 이혼하고 애들을 보육원에 보냈다 하고. 다니던 공장이 중국으로 옮긴다며 따라간다고 했대. 그동안 모은 돈으로 형 친구를 내보내고, 내가 여기서 살기로 했지. 여기 살면 작은형이 언젠가 오겠지 하고."

"아버지 소식은 그 뒤로 못 들으신 거죠?"

"결혼하기 전에 실종 신고를 하긴 했는데 소식이 없어."

영민이가 나설 때 작은아버지가 눈시울을 붉히며 말했다.

"가난한 사람들한테는 가족도 짐이야. 가난은 가족을 족쇄로 만들지. 서로 찾지 말고 살자."

영민이는 그때 자신이 태어난 곳을 찾아가 본 것을 후회하지 않는다. 가족의 비극을 마주해야 했지만 자기가 어디서 왔는지를 알게 된 것만으로 충분했다. 작은아버지가 말했다. 돌아올 집이 있어서 버티고 살았다고. 사람은 뿌리를 내리고 살아야 안정이 된다고. 돌아갈 곳이 없는 영민이에게 그런 말을 하는 작은아버지의 무심함에 화가 났다. 그런데 버스를 타고 은강동에 돌아오자 정류장에서 지우 엄마가 영민이를 기다리고 있었다. 그리고 말없이 다가와 버스에서 내리는 영민이를 안아 주었다. 그날 알았다. 자신에게도 돌아올 곳이 있다는 것을. 영민이는 중학교 때까지 친구가 별로 없었다. 보육원에 사는 것을 드러내기 싫어 일부러 친구들과 어울리지 않았다. 초등학교 1학년 때 같은 반이었던 한울이가 유일한 친구였다. 그런데 편의점에서 일하면서 동창들을 다시 만났다. 야간에 편의점을 들락거리는 친구들은 대부분 밤늦게까지 일하는 노동자였다. 몇몇은 PC방에 죽치고 사는 백수고, 더러는 지방 대학에 다녀 주말에만 은강동으로 올라왔다.

스무 살이 되어 만나고 보니 그들이나 자신이나 크게 다르지 않았다. 영민이에게도 은강동이 점점 '우리 동네'가 되어 갔다.

4

일요일 오전, 강이네 집 앞으로 은강 패밀리들이 다 모였다. 한울이와 영민이는 빌라 쪽을 돌기로 했고, 연우와 란이, 정민이는 임대 주택이 있는 윗동네를, 지우와 강이, 수찬이는 강이네 집이 있는 아랫동네를 돌기로 했다.

지우와 강이는 수찬이와 함께 빌라 맞은편에 한 동 남은 줄사택에서 서명을 받고는 파란 집으로 갔다. 파란 집 주인 할아버지는 동네에서 괴팍하기로 소문이 나 있었다. 사람들과 어울리기를 싫어하고 특히 애들이 떠드는 것을 못 참았다. 지우와 강이는 파란 집 앞길에서 고무줄놀이나 술래잡기를 하며 놀다가 여러 번물벼락을 맞았다. 지우와 강이가 문을 두드리지 못하고 쩔쩔매는 모습을 보고 수찬이는 재미있다는 듯이 물었다.

"여기 할아버지가 그렇게 무서워?"

"응. 안 당해 본 사람은 몰라."

지우 말에 강이가 뭔가 생각난 듯했다.

"아, 어쩌면 할머니만 계실 수도 있어. 할아버지가 많이 아프셔서 병원에 입원하셨다는 얘길 들은 것 같아."

지우는 할아버지가 안 계실지 모른다는 말에 용기를 내 보기로 했다. 얼마 전에 새시로 바꾼 문을 두드리자 할머니가 문을 열었다. 할머니는 강이와 지우를 보더니 반가워하며 나왔다.

"할머니, 저희 설문 조사 하거든요. 혹시 쪽방 체험관 만든다는 얘기 들으셨어요?"

"그렇잖아도 강이 할머니가 너희 올 거라고 하더라. 빈민 체험관이라더니, 쪽방 체험관이야?"

"네, 이름을 바꿨대요. 그래도 그거나 이거나 똑같죠, 뭐."

"뭐가 똑같네? 여기가 와 쪽방이네? 쪽방은 역 근처에 홀로 사는 사람들이 세 들어 사는 방 한 칸짜리를 말하는 거야. 이 동네처럼 가족을 이루고 사는 데는 집이 아무리 허름해도 쪽방이라고 안 했어. 그런데 언젠가부터 겨울만 되면 연탄이랑 김장 김치 가져와서 나눠 주면서 생색을 내고, 어떨 때는 방송에도 나와. 그때마다 언짢아. 동정받는 거 같아서."

"저희 할머니도 그런 말씀 하세요."

"쪽방 체험관이라니. 오래 살다 보니까 별일을 다 겪는다. 그런 거 절대 못 하게 해야 돼."

지우는 파란 집 할머니한테 설문을 한 문항씩 똑똑히 읽어 드렸다. 다른 주민들처럼 할머니도 쪽방 체험관과, 주민 동의도 없이 주거 지역에 숙박 시설을 허용하는 조례 개정에 반대했다. 강이는 설문을 끝내고 반대 서명까지 받아 나오며 조심스럽게 물었다.

"할머니, 할아버지 많이 편찮으세요?"

"수술하고 나서 치매가 심해져서 요양 병원에 계셔. 나도 못 알아봐. 이제 갈 때가 돼서 그렇지."

지우는 할머니가 준 요구르트와 박하사탕을 손에 쥐고 괜히 먹먹해졌다.

"이상해. 맨날 욕하고 지팡이 휘두를 때는 정말 싫었는데. 편찮으시다니 마음이 좀 그래."

지우 말에 강이도 고개를 끄덕였다. 이제 파란 집 할머니도 저 집을 혼자 지키게 되었다. 평생을 여기서 살아온 노인들은 은강동은 절대 쪽방 동네가 아니라고 힘주어 말하지만 막상 문을 열어 보면 쪽방처럼 혼자 사는 노인이나 중년 남자 들이 많았다.

"다녀 보니까 우리 동네가 정말 썰렁해. 빈집도 많고."

강이 말에 수찬이가 떨떠름하게 말했다.

"아무리 돈이 없어도 빌라에서 월세를 살면 살았지 이 낡고 좁은 판잣집에 살고 싶은 사람이 있겠냐?"

강이는 기분이 나쁘기는 했지만 수찬이의 말이 틀린 말은 아니라 반박할 수 없었다. 지우는 골목을 나와 오래전 불이 난 줄사택

자리에 시에서 지은 연립 주택 쪽으로 들어섰다. 연립 주택이라고는 하나 시멘트 블록과 슬레이트로 지은 가건물이었다. 그 가건물도 어느새 서른 살이 되었다.

"여기에도 사람들이 사나?"

강이가 골목 어귀에서 들어가지 않고 망설이자 수찬이가 뜨악한 표정으로 물었다.

"야, 너는 이 동네에서 태어나서 여태 살면서 이 골목에 누가 사는지 몰라?"

"중학교 가고부터 동네에서 놀아 본 기억이 별로 없어서……."

지우도 강이 말에 맞장구를 쳤다.

"나도 마찬가지야. 우리 빌라 바로 뒷골목이야 날마다 내려다보지만 여긴 또 한 구역 너머니까."

"이거 이거 동네에 애정이 없구먼. 이 골목에 다 사람 살아. 나여기 짜장면 배달 자주 와."

"여기까지 와?"

"응. 이 부근에 배달하는 중국집 우리밖에 없거든. 은강부두에 있는 중국집은 이쪽으로 안 와. 첫 번째 집은 은강부두 쪽 철공소에 다니는 아저씨가 혼자 살아. 두 번째 집에는 원래 할머니 혼자 살았는데 올봄부터 강이네 학교 다니는 여고생이 같이 살아. 세 번째 집에는 허리가 완전히 굽은 할머니랑 해주식당 하는 아줌마가 살고, 그 옆에는 할아버지랑 초등학교 다니는 손자가 살고. 맨 끝 집에는 고물 모으는 할아버지 혼자 살아. 자, 한 집씩 문을 두드려 볼까요?"

수찬이가 앞장서고 지우와 강이도 뒤따랐다. 첫 번째 집은 아저씨가 바다에 나갔는지 없고, 두 번째 집은 문을 두드리자 여학생이 문을 열었다. 학생은 강이를 보더니 얼굴이 빨개져서 어쩔 줄 몰라 했다. 학기 초 중국어 회화 동아리에서 선후배 상견례 때 만났던 사이였다. 강이는 감추고 싶은 비밀을 들킨 듯한 표정으로 얼어붙은 후배에게 집을 잘못 찾아온 것 같다고 말하고 황급히 문을 닫았다. 지우와 수찬이도 얼른 옆집 문을 두드렸다. 그러자 새시 문이 열리며 사람이 나왔다.

"왜 이렇게 늦게 오니?"

해주식당 아줌마였다. 해주식당은 강이네 치킨집 옆에 있는 분식집이다. 원래 할머니가 하시던 식당을 딸이 이어받았다.

"어? 기다리셨어요?"

"응. 오늘 2주 만에 쉬는 날이라 머리하러 가려고 했는데 지우 엄마가 너희 올 거라고 하더라."

"늦어서 죄송해요."

지우가 얼른 설문지와 서명지를 내밀었다. 해주식당 아줌마는 설문을 천천히 읽고 표시를 해 나가며 두덜거렸다.

"미친놈들. 도대체 왜 애먼 사람들한테 쪽방 체험을 시키겠대? 어쭈, 자녀 교육? 픽이나 이런 데 와서 자녀 교육을 하고 싶겠다.

벌써 에어컨이랑 화장실을 설치했다고? 아니 가난을 체험하려면 우리랑 똑같이 더위를 겪게 하고, 공중화장실을 쓰게 해야지."

"그러니까요."

"이 사람들이 다 속셈이 있어서 여기다 관광객들을 풀어놨던 거야."

"그게 무슨 말씀이세요?"

지우와 강이가 놀라서 묻자 해주식당 아줌마는 그것도 모르느냐는 표정으로 말했다.

"왜, 지난번 어린이날에 관광버스가 석 대나 와서 사람들 쫙 풀어놨었잖아."

"그랬어요?"

"구청에서 초대를 했다더라고. 하나같이 커다란 사진기들 메고 와서 저 줄사택이랑 골목을 찍어 대고, 평상에 있는 할머니들 막 찍고. 그때 우리 집 앞을 지나던 어떤 애 엄마가 초등학생짜리 아들한테 너 공부 안 하면 늙어서 이런 동네에 살아야 돼 하는 거야. 한마디 하려다 애 때문에 참았지. 어떤 남자는 커다란 사진기로 공중화장실에서 나오는 할머니들을 찍더라고. 내가 그것까지는 못 참고 욕을 해 줬어. 쪽방 체험관인지, 빈민 체험관인지 생기면 더 할 거 아냐. 이거 못 하게 해야 돼."

"저희가 다녀 보니까 아줌마처럼 말씀하시는 분들이 많아요."

"그렇지?"

해주식당 아줌마가 당연하다는 얼굴로 고개를 끄덕였다.

"낡고 좁긴 해도 여기만 한 데가 없어. 집에 들어가는 돈이 거의 없잖아. 자식들은 명절에 와서 지낼 데가 없다면서 아파트로 가라는데 나랑 지우 엄마랑 얘기했어. 우리는 여기서 늙어 죽자고."

지우는 엄마가 언니처럼 따르는 해주식당 아줌마가 갑자기 든든하게 느껴졌다. 다음은 황해빌라와 줄사택이 마주 보고 있는 골목 차례였다.

"이 골목에는 사람이 진짜 없어. 딱 세 집일걸."

강이가 뒤를 돌아보며 말했다.

"수찬이가 가이드 같은데?"

수찬이가 뻐기듯 어깨를 으쓱했다. 강이가 잰걸음으로 지우를 제치고 한 집의 문을 두드렸다. 안산댁 아줌마가 문을 열고 나왔다.

"강이구나. 웬일이야?"

강이는 지우한테 서명지와 설문지를 받아 들고 안산댁 아줌마에게 쪽방 체험관에 대해 설명했다. 아줌마가 셋을 집 안으로 들어오게 해 냉장고에서 비타민 음료를 꺼내 주었다. 강이가 주방 겸 마루에 앉아 방 안쪽을 들여다보았다.

"어, 아저씨 안 계세요?"

"입원했어."

"몰랐어요. 할머니가 그런 말씀 없으시던데."

"한두 번도 아니고 내가 일일이 말 안 해. 사고 난 때가 다가오

니까 통 잠을 못 자고, 피부 이식 받은 데가 아프다고 몸부림치
며 죽겠다고 난리를 쳤어. 민지가 집에 있을 때 발작이 와서 바로
119 불러서 응급실로 갔다가 정신 병원에 입원했어.”

“민지 언니는요?”

“일해야 하니까 다시 서울로 갔지.”

설문지를 꼼꼼하게 읽으며 조심스럽게 응답하는 아줌마의 손
은 여전히 시멘트 독이 가라앉지 않아 손바닥과 손등이 다 까져
분홍빛 속살이 드러나고 군데군데 각질이 일어나 있었다. 손끝도
뭉툭했다. 수찬이는 안산댁 아줌마의 손끝을 보고 깜짝 놀랐지만
이내 고개를 돌리고 모르는 척했다. 아줌마가 설문지 응답을 다
마치고 나서 한숨을 쉬었다.

“차라리 여기도 싹 밀고 아파트를 지었어야 해. 그러면 이런 일
이 없을 텐데.”

설문지를 받고 안산댁 아줌마처럼 말하는 어른들도 적지 않았
다. 쪽방 체험관은 반대했지만 마을 공동체니 뭐니 하는 걸 살리느
라 오히려 동네 발전을 가로막았다고 불평하는 사람들이 많았다.

“어른들이 뭘 몰라.”

수찬이가 투덜거렸다.

“뭘?”

“내가 공인중개사 사무실에도 배달 많이 하잖아. 거기 아저씨
들이 하는 얘기 들었는데, 재개발 지역 아파트에 원주민들은 거

의 못 간대. 저 아줌마네 집도 그럴걸? 아파트로 들어가려면 돈이 엄청 들 거야."

강이가 착잡한 얼굴로 말했다.

"민지 언니가 옛날부터 저 집에 사는 거 싫어했어. 냄새나고 덥고 춥다고. 그래서 그러실 거야."

강이 말에 고개를 끄덕이던 수찬이가 조심스럽게 물었다.

"그런데 아줌마 손, 시멘트 독이지?"

"응."

"공사장에 배달 갔을 때 미장이 아저씨 손이 저렇게 된 거 봤어. 되게 가렵고 아프대. 아줌마는 무슨 일 하셔?"

"아파트 공사장 청소."

"아."

수찬이는 더 말을 잇지 않았다. 지우는 골목을 나오며 다시 한 번 뒤를 돌아보았다. 이 골목이 사라져 버린다면 민지 언니네 같은 사람들은 살 만한 집을 구하기가 어려울지 모른다. 해주식당 아줌마처럼 아무리 허술하고 불편하더라도 쫓겨날 일 없는 내 집이 낫다고 생각하는 사람이 있는가 하면, 민지 언니네처럼 월세로라도 이 골목을 벗어나고 싶어 하는 사람들이 있다. 지우는 아직은 어느 쪽이 더 나은 삶인지 알 수 없어 답답했다.

5

"여기 우리 비엣남 같아요. 호찌민에도 공장 많고, 좁은 집들 많아요."

란이가 은강중공업 방음벽을 따라 오르면서 연우에게 말했다. 연우는 란이의 사근사근한 성격이 점점 마음에 들었다. 발걸음이 가벼운 란이와 달리 정민이는 이 길이 어색하고 불편했다. 보육원을 퇴소한 뒤 은강동에 4년째 살고 있지만 공장 담을 따라 윗동네로 오르기는 처음이었다. 대학에 다닐 때도 버스 정류장에서 비치빌라까지, 그리고 그 주변의 편의점과 세탁소, 슈퍼밖에 몰랐다. 은강동은 큰길가에서 보던 것보다 더 가난한 동네였다. 정민이는 언젠가 오빠가 자신들이 태어난 동네도 은강동과 별로 다르지 않다는 이야기를 해 준 게 떠올랐다. 가난한 사람들은 늘 비슷한 곳으로 흘러간다는 생각에 씁쓸해졌다.

연우는 임대 주택 근처에서 성희에게 문자 메시지를 보냈다. 성희는 원래 강이네 옆 사택 골목에 살다가 임대 주택이 완공되면서 청각 장애 3급인 엄마와 함께 입주했다. 성희는 인천에 있는 전문대에서 상품 디자인을 전공했지만 취업이 어려워 대학 때부터 아르바이트로 다니던 콜 센터에서 계속 일하고 있다. 성희는 연우의 연락을 받자마자 트레이닝복 차림으로 내려왔다.

"웬일이야, 일요일에?"

연우는 성희네 집 앞 벤치에 앉아 쪽방 체험관 이야기를 해 주었다. 성희는 설문지를 읽으며 내내 인상을 찌푸리다가 헛웃음을 지었다.

"기가 막히다. 쪽방 체험관이라니. 연우야, 설문지랑 서명지 한스무 장쯤 주고 가. 우리 엄마더러 저녁 예배 끝나고 받아 두라 할게. 지금은 다들 교회 계실 시간이라."

연우는 성희에게 설문지와 서명지를 건넸다. 성희는 설문지를 다시 읽으며 한숨을 내쉬었다.

"나 이거 뭔지 알 것 같아. 추억 팔이, 가난 팔이 해서 돈 벌겠다는 속셈이야. 요새 SNS 보면 군산, 부산 이런 데서 사진 찍어 올리는 사람들 많아. 연우야, 우리 대학교 1학년 때 갔던 군산 경암동 철길 기억나지?"

"응."

"옛날 교복 빌려주고, 달고나 팔고 그랬잖아. 여기도 그런 거 하고 싶었던 거 아냐? 몸뻬 입고 굴 까고 그런 거."

"대충 비슷한 발상 같아."

"욕 나온다. 쪽방 체험관 생기는 데가 예전 우리 집에서 20미터도 안 돼. 정말 주민들 위한 집을 지어 줄 생각 아니면 원래 살던 대로라도 내버려 두면 좋겠어."

성희가 설문지를 채우는 모습을 가만히 지켜보던 정민이가 조심스럽게 물었다.

"성희 언니, 언니네 집 어때요? 살기 괜찮아요?"

성희가 조금도 망설이지 않고 고개를 저었다.

"너무 좁아. 우리 줄사택 살 때 다락까지 합쳐서 8평 정도였는데 엄마랑 둘이 살면서 좁다는 생각은 안 들었어. 불편하긴 했지. 공중화장실 써야 하고 오래돼서 고칠 데도 많고. 그래도 여기보다는 넓게 살았어. 지금은 같은 8평인데 겨우 방 한 칸에 주방 겸 거실 하나야. 여기 임대 주택 중에 제일 넓은 데가 11평이야. 그래서 대체로 좁아."

"그렇게 좁아요?"

정민이가 성희 얘기를 듣고도 미심쩍은 듯 다시 물었다.

"응. 그런데 왜?"

"어제 집이 나왔다는 전화를 받았어요. 은강동 사는 기초 생활 수급자들한테 연락을 한 거 같은데, 27제곱미터라고."

"우리 집이랑 같네. 너 영민이랑 살지?"

"네."

"그럼 좁아. 방 두 개는 있어야지. 남매가 살려면."

정민이가 실망한 얼굴로 대꾸했다.

"안 간다고 해야겠네요."

시무룩해하는 정민이를 보며 연우가 덧붙였다.

"이 임대 주택 설계할 때 우리 아빠가 주민 협의회에 있었거든. 처음엔 아예 4평, 8평 두 가지뿐이었대. 그나마 협의회에서 문제 제기해서 11평짜리도 생긴 거야."

"나는 준공식 때 와서 거들먹거리던 사람들한테 여기 와서 살아 보라고 하고 싶어. 장애인이랑 가난한 사람들은 이런 집도 감지덕지할 거라고 생각하는 게 아직도 기분 나빠."

정민이가 풀 죽은 얼굴로 고개를 끄덕였다. 성희가 데이트 나간다며 집으로 다시 올라가자 란이가 주위를 두리번거리며 말했다.

"우리 비엣남 가난한 동네, 부자 동네 있어요. 한국 비엣남 샘샘이에요."

"우리 이모할머니가 항상 그러시잖아. 어디든 사는 건 똑같다."

연우는 동생들을 데리고 임대 주택 맞은편 판잣집 골목으로 들어갔다. 폭이 1미터밖에 안 되고, 양옆으로 좁고 짧은 길이 빗살처럼 나 있어 연우는 이 골목을 가시 골목이라고 불렀다. 처음에는 단층으로 지었을 판잣집에 저마다 다락을 올리면서 슬레이트 지붕이 서로 맞닿게 되었다. 그래서 길목에 들어서면 마치 터널 아래 서 있는 것 같은 느낌이 들었다.

"여긴 낮에도 캄캄하네. 진짜 영화에서 보던 데 같아."

정민이가 주위를 두리번거리며 말했다. 가시 골목에 사는 사람들도 거의 다 쪽방 체험관에 반대했다. 누구든 자신들의 삶의 자리가 구경거리가 되는 것을 원하지 않았다.

6

한울이와 영민이는 은강초등학교 맞은편 언덕의 다세대 주택을 시작으로 주로 길가의 빌라 주민들을 만났다. 은강아파트와 은강중공업 사이에 있는 산동네는 흡사 호두 껍데기를 반으로 쪼개 놓은 것 같다. 그 언저리로 2000년대 전후에 빌라들이 촘촘히 세워졌다.

빌라에 사는 사람들은 초인종을 눌러도 대개 응하지 않았다. 가끔 이주 노동자들이 잠자던 차림으로 문을 열었다. 골목 사람들과 달리 비교적 젊은 편인 빌라 사람들은 동네일에 그다지 관심이 없어 보였다. 그래도 쪽방 체험관에 대해서는 대체로 부정적인 의견이었다.

"생각보다 이주민이 늘었다."

"은강부두 쪽에 공장이 많잖아. 영민이 너 은강부두 가 봤어?"

"아니. 버스 타고 지나다니기만 했지, 안쪽까지 가 본 적은 없어."

"은강부두도 볼만해. 한번 가 볼까?"

한울이와 영민이는 황해빌라를 나와 부두 쪽으로 가는 건널목 앞에 섰다. 반대편에 이주 노동자 두 사람과 낡은 자전거를 탄 노인이 보였다. 한울이는 세 사람이 은강동의 현실을 드러내는 상징처럼 보인다고 생각했다. 한울이와 영민이가 서 있는 건널목은 예전에 철길이었다. 은강제철과 은화제강에서 경인선 종점까지 고철이나 레일, 철판을 실어 나르는 열차들이 다니던 북해안선이었다. 한울이가 초등학교 저학년 때는 외할머니 손을 잡고 그 철길을 따라 은성포구까지 가서 생선을 샀다.

"한울아, 너 파시 알아?"

"알지."

"은성포구 명물이라며? 파시에 가면 뭘 해?"

"배 위에서 그날 잡아 온 생선을 팔아. 어릴 때는 별로 특별하다고 느끼지 못했어. 포구에서는 다 그렇게 생선을 파는 줄 알았으니까. 얼마 전에 송 관장님한테 은성포구가 매립될 것 같다는 말을 듣고 가 봤더니 배가 많이 줄었더라."

"진짜 배 위에서 생선을 팔아?"

"응. 단골들이 포구에서 기다렸다가 배가 도착하면 바로 올라가 생선을 사. 70년대까지는 은성포구가 제법 큰 부두여서 어판장이랑 수협이 있었대. 그런데 부두가 매립되고 거기에 공장들이 들어온 거래. 부두가 좁아지니까 어판장도 없어져서 어부들이 그 날 잡은 생선을 배 위에서 팔기 시작했대."

"영민이 너희 외할아버지도 어부셨어?"

"응."

"처음 들었어."

한울이가 어색하게 웃었다.

"누구한테든 외갓집 얘기를 해 본 적이 없어. 은성포구는 황해 도 쪽에서 배 타고 피난 온 사람들이 처음 도착한 곳이야. 우리 외 할아버지랑 외할머니도 그리로 피난 오셨대. 우리 가을에 한번 같이 가자. 새우랑 꽃게 철이라 구경할 거 많아."

한울이와 영민이는 관광버스 차고지 담장을 따라 은강부두 입 구로 갔다. 버스 정류장 근처에는 중국집과 오래된 식당 들이 여 전히 문을 열고 있었고, 더 안쪽으로 들어가니 낚시 가게 몇 개가 보였다.

"저 앞이 원래 판유리 공장이었어. 꽤 큰 공장이었는데 우리 초 등학교 3학년 땐가 문 닫고 군산으로 갔어. 저쪽 끝에는 조선소도 있어."

한울이 말에 주위를 둘러보던 영민이가 낚시 가게 앞 탁자에 삼삼오오 앉아 있는 사람들을 보고 말했다.

"낚시꾼들이 생각보다 많네?"

"저분들은 새벽에 이미 나갔다 온 거야. 우리 아빠도 가끔 여기서 바다낚시 가."

"이리 오니까 내가 살고 있는 곳이 바닷가였다는 게 실감 나네."

"나도 은강부두는 고등학생 때 이후로 처음이야."

영민이와 한울이는 부두 안쪽으로 더 들어갔다. 갈래 길 모퉁이에 시멘트 회사 정문이 있고 오른쪽으로는 어선을 수선하는 정비소가, 왼쪽으로는 바다로 이어지는 길이 나 있다.

"저 공장은 무슨 공장이야? 배관이 어마어마한데? 저장소도 크고."

영민이가 담 너머 공장을 올려다봤다.

"아스콘 공장이래. 제철 공장에서 나오는 부산물이랑 폐건축 자재를 재생하는 데라 이산화탄소도 많이 나오고 발암 물질이 섞인 분진도 심하대. 그래서 들어설 때 주민들한테 쌀이랑 세제 같은 거 나눠 주고 그랬어."

"그런 공장이 아파트랑 이렇게 가까이 있다고?"

한울이는 영민이의 질문에 그동안 은강동의 환경 문제는 미처 살펴보지 못했다는 생각이 들었다. 요즘도 창문을 열어 둔 날은 거실 바닥이나 창틀, 식탁 위에 끈적끈적한 검은 먼지들이 쌓인다. 아스콘 공장 같은 공해 시설도 결국 목소리가 밖까지 닿지 않는 낮은 데로 흘러 고였다.

"드디어 바다네."

영민이는 해경 초소 앞 난간에 서서 주변을 둘러보았다. 은강 부두에서 마주 보이는 북항과 신도시 아파트들이 손에 잡힐 듯했다. 선착장에 막 도착한 배에서 낚시꾼들이 내려 부두로 올라오고 있었다. 영민이와 한울이는 낚시꾼들이 다 흩어질 때까지 부둣가를 서성였다. 날이 어두워지자 북항 쪽 신도시 아파트와 공단 너머로 불빛이 켜지기 시작했다. 원래 은강부두에는 작약도나 영종도로 가는 여객선이 다녔다. 인천 앞바다에서 따 온 굴이 들어오는 곳도 이 은강부두였다. 그렇게 들여온 굴 중 반은 은강중공업 담 뒤에 있던 굴막으로 가져가 깠다. 한울이 외할머니도 가을부터 이듬해 봄까지는 항상 그쪽 굴막에서 일손을 거들었다.

"영민아, 너 알아? 여기쯤에 우리나라 최초의 해수욕장이 있었대. 네코시마 해수욕장이라고."

"해수욕장? 말도 안 돼. 맨 공장인데?"

"100년도 더 전에는 여기가 한적한 바닷가였대. 한일 병합 뒤에 일본인 자본가들이 갯벌을 매립했다나 봐. 그때 해수욕장을 만들고 팔경원인가 하는 유흥 시설도 지었다고 했어. 월미도랑 가까우니 섬도 띄엄띄엄 보였겠지? 저쪽 북항에 율도라는 섬을 메우고 신도시를 세운 거니까 저기가 다 바다였을 거야. 그러니 옛날에는 여기 풍경이 괜찮지 않았겠냐? 화도에 뜨는 가을 달, 영종의 석양, 밤비 내리는 월미도, 한강의 돛배, 답동성당의 만종 등등 근강팔경이라고 부를 정도로 아름다웠대."

"난 여길 잘 모르니까 상상이 안 된다."

"그랬는데 관광지 개발이 뜻대로 안 풀렸는지 양조장, 정미소, 미곡 창고가 들어선 거지. 그러다 30년대부터는 병참 기지가 돼서 제분 공장, 은강방직, 목재 회사, 기계 제작소가 들어오게 된 거야."

영민이가 잠자코 듣다가 물었다.

"서민들 입장에서는 뭐가 나았을까? 관광지랑 공장이랑."

"군대 가기 전에 송 관장님이 기획안 하나를 보여 주셨는데 여기를 해양 리조트로 바꾼다는 구상이 있었어. 그게 왜 무산됐는지는 모르지만 만약 그 계획대로 월미도 같은 놀이공원이 들어섰다고 생각해 봐. 저 공장에 다니고 있는 노동자들은 어디로 갔을까? 젊은 사람들은 놀이공원의 계약직 알바생이 됐겠지만 나이든 노동자들과 이주 노동자들은?"

"일자리를 찾아 다른 곳으로 떠돌았겠지. 뭐가 더 나은지 모르겠다."

"은강동이 스러져 가는 게 안타까워."

한울이 말에 영민이도 표정이 자못 진지해졌다.

"이렇게 동네 구석구석을 다니고 보니까 내가 사는 지역에 대해 너무 몰랐다는 생각이 들어. 한울아, 나 태어난 곳도 은강구더라. 보육원에 오기 전까지 은강구에 살았더라고. 스물네 살 먹는 동안 고작 3킬로 이내에서 산 거야. 우리 아버지 무슨 생각으로 그렇게 가까운 보육원에 자식을 버렸나 모르겠어. 솔직히 처음에는 이 동네에 별로 관심이 없었어. 그런데 편의점 알바하면서 사람들 하고 친해지고, 동창들도 다시 만나고, 너한테 동네 이야기를 들으면서 달라진 거 같아. 사회복지학이 사실 지역과 아주 밀접하게 관련이 있거든. 이번에 쪽방 체험관을 통해서 대학에서 배운 거랑 내 삶이 좀 연결되는 것 같아. 고마워, 이 일에 초대해 줘서."

"나한테 고마워할 일이냐? 쑥스럽게 왜 그래. 일단 은강 팸 만나러 가자. 우리가 꼴찌겠다. 정리하려면 밤새워야 할 텐데 도와줄 거지?"

"물론이지."

7

지우는 눈을 뜨자마자 머리맡에 있던 스마트폰부터 켰다가 벌떡 일어나 거실로 뛰쳐나왔다.

"대박. 엄마, 엄마."

이미 주방에서 지우 엄마와 연우가 스마트폰을 보고 있었다.

"믿어져? 은강 쪽방 체험관이 검색어 1위야."

"그러게 말이다. 이렇게까지 반응이 클지 몰랐어."

"이거 실화 맞지?"

"댓글들이 다 쪽방 체험관을 반대하는 글이야."

"나는 악플만 잔뜩 달릴까 봐 걱정했는데."

"뭔가 가슴이 벅차올라."

신이 나서 언니와 말을 주고받던 지우가 한껏 들뜬 목소리로 물었다.

"엄마, 다음에는 뭐 해야 해?"

"이따 은강인터넷신문 사무실에서 사람들이 모이기로 했어. 영민이랑 한울이도 온대. 어제 신문에 기사가 실린 뒤로 지역 방송에서 인터뷰 요청이 왔나 봐. 의논할 일이 좀 있을 것 같아."

"와, 막 떨려."

연우가 지우를 걱정스럽게 바라보며 말했다.

"야, 최지우. 왜 네가 오버를 하고 그래? 넌 지금 그럴 때가 아니라니까. 당신은 고3이시라고요. 어서 밥 먹고 학교나 가. 그리고 엄마도 지우한테는 동네 얘기 그만해."

엄마가 머쓱해하며 싱크대 쪽으로 가자 지우가 입을 비쭉거렸다.

"방금 전까지 자기도 신나서 같이 말해 놓고. 김새게."

지우는 식탁 위 주먹밥을 입안으로 욱여넣고 가방을 멨다. 현관을 나서자마자 수찬이가 스마트폰으로 사진을 보냈다. 오늘 아침에도 출근하기 전에 구청 앞에서 일인 시위를 한 모양이다. 머리를 블루블랙으로 염색하고 간다더니 정말 그러고 갔다. 사진으로만 봐도 핑크빛 머리보다 훨씬 잘 어울렸다. 윗옷도 어제 입었던 야광 빛깔 티셔츠가 아니라 어디서 구했는지 체 게바라 얼굴이 커다랗게 그려진 검은색 티셔츠를 입고, 카키색 카고 바지 차림으로 서 있었다.

─나 일인 시위 덕에 팔로워가 200명 넘었음.

"하여간 종잡을 수 없는 캐릭터야."
지우의 혼잣말에 연우가 물었다.
"누가?"
"있어. 그런 사람."

지우는 점심시간에 한울이가 은강 팸 단체 채팅방에 올려놓은 지역 신문 기사를 읽었다. 어제 기자가 강이네 집 앞 줄사택을 찾아와 주민들을 만나 취재를 하고 갔다. 요즘 은강인터넷신문으로 쪽방 체험관 관련 문의가 많이 들어온다고 했다. 은강 팸들은 제법 큰 지역 신문에서 은강동 같은 작은 동네 문제를 다뤄 준 것에 한껏 고무되었다. 쪽방 체험관 기사가 검색 사이트 메인에 올라오자 비슷한 제목의 인터넷 신문 기사들이 잇따랐다. 대부분 지역 신문 기자가 쓴 기사를 짜깁기해 쓴 것 같았다. 지우는 직접 취재해서 쓰기보다 다른 기사를 짜깁기하는 행태가 썩 마음에 들지는 않았지만 그래도 그렇게라도 쪽방 체험관 이야기가 알려져서 다행이라고 생각하기로 했다.

"인터뷰 요청이 또 들어왔어."
"이번엔 어디?"

"공중파 라디오 시사 프로그램."

"우아, 대박."

"꼭 집어서 우리랑 인터뷰하고 싶다고 했대."

"왜?"

"청년들이 지역 일에 관심 가지는 모습을 조명하고 싶나 봐."

"나가야 좋은 거지?"

"그렇지. 이 문제를 더 널리 알릴 기회잖아. 솔직히 나는 방송국 이나 중앙지 들까지 관심을 가지리라고는 생각하지 못했거든. 어리둥절해."

"어제 우리 아빠 인터뷰도 반응이 나쁘지 않았어."

"이번 인터뷰는 연우 네가 하면 좋겠어. 방송국에 가는 건 아니고 전화 인터뷰를 하면 된대."

연우는 한울이 말에 펄쩍 뛰었다.

"미쳤냐. 왜 내가 해. 네가 해. 아니면 영민이가 하든가."

"난 아파트 살잖아. 영민이는 이사 온 지 얼마 안 됐고. 네가 가장 적임자라고 생각해."

연우는 한사코 거부했지만 한울이뿐 아니라 영민이에 이어 다른 아이들까지 연우가 하면 좋겠다고 해 어쩔 수 없이 인터뷰를 맡았다. 작가의 질문지를 미리 이메일로 받아 다 같이 준비했는데, 막상 인터뷰가 시작되자 예정에 없던 질문들이 튀어나왔다. 연우는 머릿속이 하얘져 무슨 대답을 하는지도 모르게 인터뷰를 끝냈다.

"나 더듬거리고 엉뚱한 답변만 했지?"

연우가 전화를 받는 동안 옆에서 계속 웃음을 참던 한울이와 영민이가 정색했다.

"아니야, 진짜 잘했어."

"나만 사지로 몰아넣고."

연우의 볼멘소리에 한울이가 스마트폰을 내밀었다.

"네가 하도 긴장해서 웃었지, 인터뷰를 못해서가 아니야. 내가 녹음해 놨어. 같이 다시 들어 보자."

—이번에는 쪽방 체험관이 들어설 곳에 사는 청년과 인터뷰를 해 보겠습니다. 쪽방 체험관이 들어설 곳이 집에서 가까운가요?

—네, 50미터 정도 떨어져 있습니다.

—무척 가깝군요. 쪽방 체험관 소식을 접하고 청년들이 모여 설문 조사를 하고 반대 서명을 받았다고 들었습니다. 청년들이 그렇게 지역 일에 적극적으로 나서게 된 이유가 무엇일까요?

—일단 주민들이 사는 곳에는 체험 숙박 시설이 들어온다는 데에 문제의식을 느꼈고요. 주거 지역에서는 숙박업을 할 수 없는 법을 몰

래 바꾸려 했다는 것도 문제라고 생각했습니다.

―그렇군요. 그럼 사업을 추진하는 과정에 주민들의 의견이 수렴되지 않았나요?

―네, 저희는 전혀 몰랐어요.

―은강동이 여러 문학 작품의 무대가 되기도 했고, 또 이제는 거의 사라진 쪽방 골목이 남아 있어서 아마추어 사진가들의 출사로 SNS상에서 꽤 유명하다고 들었는데 그동안도 불편하신 점이 있었나요?

―아무래도 그렇죠. 그리고 저희 동네 집들은 쪽방이 아니에요. 자꾸 언론이나 지자체에서 쪽방이라고 하는데요. 저희 동네의 주거 형태는 일제 강점기 때 지어진 나가야 주택이라든가, 한국 전쟁 이후 피난민들이 지은 판잣집들이에요. 역 주변 1인 가구 중심의 쪽방과 달리 저희 동네는 피난민, 이농민 들 모두 가족 단위로 살아왔습니다.

―명칭에 예민하시네요? 다시 여쭤볼게요. 쪽방 체험관 문제가 알려지기 전에도 동네를 방문하는 분들이 많았나요?

—네, 말씀하신 대로 골목이나 주거 형태가 독특하다 보니까 주말이면 사진을 찍으러 오는 분들이 많습니다. 물론 그분들이 나쁜 의도를 가지고 오시는 건 아니라고 생각해요. 그렇지만 할머니들이 굴을 까는 모습을 허락도 없이 찍는다거나 골목에서 노는 애들을 함부로 찍는 것은 문제죠. 여기는 관광지가 아니라 주민들이 사는 동네잖아요. 그런 상황에서 쪽방 체험관이 들어서면 외부인들이 더 자주 오겠죠? 그리고 가난을 사진으로 찍는 것만이 아니라 아예 체험 대상으로 삼는 거잖아요. 우리의 삶이 그분들에게 구경거리나 체험거리가 되는 거니까 주민의 입장에서는 내키지 않죠.

—그렇겠네요. 그런데 구정을 운영하는 쪽에서는 노인 인구가 늘어나서 빈집이 생기는 지역을 방치할 수 없으니 어떤 식으로든 개발해야 한다고 생각할 거 같아요. 마침 그곳이 한국 근현대의 비극 혹은 성장의 역사들이 새겨진 곳이니 역사 교육의 장, 문화의 장으로 활용하겠다는 계획을 세울 수도 있겠다 싶기도 하거든요.

—네, 저도 우리 은강구는 문화적, 역사적으로 접근해야 할 곳이 많다고 생각합니다. 일제 강점기, 한국 전쟁, 근대화 과정을 살아 낸 분들의 흔적을 보존하는 건 좋습니다. 그렇지만 주민들의 의견도 묻지 않고 체험 시설을, 그것도 가난을 체험하는 시설을 짓는 건

다른 문제라고 봐요. 일제 때 지어진 줄사택은 삼면이 막힌 구조라서 길가로만 창문이랑 현관이 나 있어요. 그래서 여름에는 그 문을 다 열어 놓고 지내거든요. 그런데 외지인들이 와서 다니면 프라이버시가 드러나게 되는 거죠. 그걸 누가 찬성하겠어요?

—말씀을 듣고 보니 청년들이 쪽방 체험관 반대 운동에 나선 이유를 이해하겠습니다. 전화 인터뷰를 하고 계신 최연우 씨와 친구들이 이번에 설문 조사를 하고, 반대 서명도 받으셨다고 들었습니다. 혹시 덧붙이실 말씀이 있습니까?

—저는 시와 구에서 원주민이 떠나지 않는 마을 공동체를 되살리겠다던 처음 약속을 지켜 주시면 좋겠어요. 낡은 집들을 수리할 수 있게 지원해 주고, 오래된 상하수도 시설과 공중화장실을 바꿔 주는 것 같은 실질적인 개선이 이루어지길 바랍니다.

"봐, 아주 매끈하게 잘했어. 어젯밤에 연습한 말들 하나도 안 빼먹었어."

"의도를 파악 못하겠는 질문들이 있어서 당황했거든."

"전혀 그렇게 안 들려."

"어제 연우네 아빠 인터뷰도 그렇고, 오늘 아침 이 인터뷰도 효과가 있을 거야. 이미 기사가 여기저기 나서 구청에 비상 걸렸대."

조례안이 부결될 가능성이 높긴 하지만 내일 구 의회 열릴 때 될 수 있으면 사람들이 많이 가면 좋겠어. 영민이 올 거지?"

"응, 난 이제 방학이니까. 연우는?"

"난 못 가. 스터디 있어."

"괜찮아. 인터넷 신문 쪽에서도 갈 거고, 너희 엄마가 동네 아줌마들이랑 오신다고 했어. 너희 이모할머니도 은강동 사는 친구분들이랑 같이 오신대."

"수찬이도 오전에 대타 구하고 온대."

"내일이면 결론이 나겠네. 떨린다."

수찬이는 한울이가 들려 준 피켓을 들고 은강구청 주차장 어귀에 서 있었다. 전면 유리로 된 구 의회 건물 앞에는 기자들과 주민들, 공무원들이 뒤엉켜 있었다. 구청 주변에도 낡고 오래된 건물이 꽤 많았다. 피켓을 들고 선 수찬이 앞을 지나가는 사람 중에는 못마땅한 듯 눈을 흘기고 가는 이들도 있었다. 수찬이의 옷차림이나 머리 모양 때문인지, 구청장과 구 의회를 비판하는 피켓 때문인지는 알 수 없었다. 구청에 도착했을 때 아이들을 막아서면서 욕을 해 대던 한 무리의 중년들은 아직도 은강구의 경제를 살리는 구 의회 조례 변경을 찬성한다고 외치고 있었다. 40대 공무원은 한울이와 영민이에게 다가와 거만하게 곤댓짓을 했다.

"너희 최정호가 부추겨서 나온 거지? 너희 같은 놈들 때문에 이 은강구가 발전이 없어, 발전이."

한울이가 스마트폰을 들었다.

"계속 얘기하세요. 아저씨가 하는 말 다 녹음할 거예요."

그러자 공무원은 잔뜩 인상을 찌푸리며 뒤를 돌아 버렸다.

예상대로 구 의회 조례안은 부결되었다. 구청 쪽은 쪽방 체험관
에 대한 여론이 이렇게 나쁘리라고는 짐작하지 못했다. 몇몇 공
무원들은 은강인터넷신문과 시민 단체에서 불순한 의도로 주민
들을 선동해서 구의 발전을 막았다고 비난했다.

지우는 쪽방 체험관이 동네에 들어와서는 안 된다고 생각하면
서도 진짜로 막을 수 있을 거라고는 믿지 않았다. 그런데 은강 팸
과 설문 조사를 하러 다니면서 한 사람 한 사람의 분노가 모이
자 희망이 보이기 시작했다. 은강 팸이 나서서 행동하지 않았으
면 쪽방 체험관 문제가 은강동 밖으로 알려질 수 없었을 테고, 은
강을 너머 인천, 서울, 심지어 부산과 순천, 강릉에 사는 사람들의
목소리까지 모일 수 없었을 것이다.

구청에서는 쪽방 체험관으로 구긴 체면을 만회하려는 듯 은강
구에 있는 재래시장마다 청년 몰을 만들어서 창업을 돕겠다고 홍
보했다. 또 구도심 여러 곳에 아파트 단지를 세우겠다고 발표했
다. 가난한 이들에게 삶의 자리가 어떤 의미인지 깨닫지 못한 채
여전히 빈곤을 쉽게 갈아엎고 지울 수 있다고 생각했다. 비단 은

322

강구만의 일은 아니었다. 인천 곳곳에서, 또 서울을 비롯한 전국에서 비슷한 일들이 일어났다. 지우는 쪽방 체험관 일을 겪으며 집, 도시, 사회 문제에 대해 더 관심을 갖게 되었고 대학 진학에도 확신을 얻었다. 지우 엄마와 아빠는 그것도 값진 성과라고 했지만 연우는 떨떠름하게 말했다.

"최지우. 너도 대학교 4학년 때쯤이면 나처럼 공무원 시험 준비할 수도 있어. 너무 기대하지 마."

8

수찬이는 쪽방 체험관으로 가까워졌던 은강 패밀리의 단합이 느슨해져서 안타깝다며 수시로 강이네 치킨집에서 하는 번개 모임 공지를 단체 채팅방에 올렸다. 그러나 대학 입시가 코앞으로 다가온 지우나 여울이는 여유가 없었다. 여름 방학 내내 자기 소개서를 쓰느라 학교에 나가야 했다. 여울이는 서른 장 가까운 생활 기록부를 바탕으로 9월이 되기도 전에 여섯 개 대학에 낼 자기 소개서를 완성했다. 학교에서는 상위권 학생들에게 자기 소개서 첨삭 지도를 해 줄 특별 강사를 연결해 주었다. 학교의 지원을 기대할 수 없는 몇몇 아이들은 부모의 도움으로 대치동까지 가서 첨삭 지도를 받았다. 지우는 몇 장 안 되는 생활 기록부를 가지고 끙끙거리며 혼자서 자기 소개서를 썼다. 언니에게 도움을 청하고 싶었지만 연우는 대학교 마지막 학기를 보내면서 공무원 시험 준비를 하느라 집보다 도서관에서 지내는 시간이 더 많았다. 엄마는 엄마대로 학교 계약직 노동자들과 노조를 준비하고 있었다. 지우는 엄마가 동료들과 머리를 맞대어 회의를 하고, 밤늦게까지 공부하는 모습을 보면서 그동안 엄마가 해 왔던 빛나지 않는 싸움의 의미를 다시 생각하게 되었다. 지우는 그런 엄마의 모습을 눈에 담고 기록했다. 자기 소개서를 쓰는 것보다 거기에 더 관심이 가니 문제이긴 문제였다.

강이는 반도체 회사에 원서 넣을지 말지 고민만 하다가 접수 기간을 놓치고 말았다. 놓쳤다기보다 일부러 외면했는지도 모른다. 강이는 요즘 타이머 벨 소리를 깜빡하고 치킨을 태워 먹거나 재고 확인을 제대로 못 해 사장한테 잔소리를 듣는다. 대학 대신 취업을 선택한 건 자기 자신인데 입시를 준비하는 친구들을 보면 뒤숭숭한 마음이 가라앉지 않았다. 간호조무사 학원에 다니기로 결심했지만 학원비에 대한 부담 때문에 갈팡질팡했다. 얼마 뒤 담임 선생님과 면담이 잡혀 있긴 했지만 잔뜩 낀 안개가 걷힐 것 같지는 않아 답답했다.

"이강, 최지우 안 왔냐?"

수찬이가 가게로 들어와 두리번거렸다.

"너는 왜 맨날 지우 타령이냐? 지우 좋아하냐?"

강이의 퉁명스러운 질문에 수찬이가 얼굴을 붉혔다.

"내가 뭐 최지우만 찾냐? 은강 팸 단합을 위해 번개를 하자는데 형들도 바쁘고, 정민이 누나랑 란이 누나도 반응이 없고."

"영민 오빠랑 연우 언니 대학 졸업반이야. 정민 언니는 재롱 잔치 준비하느라 바쁘고, 란 언니도 요새 분식집 알바 나가면서 미용 학원 다니고. 지우랑 여울이는 입시고, 난 취업 준비. 너 빼고 다 열심히 살아."

수찬이가 부루퉁한 얼굴로 투덜거렸다.

"야, 나도 한가하지 않아. 열심히 산다고."

그때 지우가 가게로 들어왔다. 수찬이와 강이가 지우를 보고 동시에 외쳤다.

"와, 최지우, 양반은 못 된다."

마주 보고 웃는 둘에게 지우가 의심스러운 눈빛을 하고 물었다.

"너희 내 흉 봤냐?"

"아니, 너 보고 싶다고 했어."

지우는 수찬이의 넉살에는 대답도 하지 않고 강이에게 말했다.

"조금 이따 정민 언니랑 영민 오빠도 올 거야. 프라이드 하나, 양념 하나 해 줘."

"왜?"

"언니랑 오빠 오늘 전세 계약했어. 1층 할머니 몸이 자꾸 편찮으셔서 아들한테 가신대. 집을 내놨는데 안 팔렸나 봐. 그래서 우리 엄마가 할머니 설득했대. LH 전세로 놓으라고."

"와, 잘됐다."

그때 정민이와 영민이가 치킨집으로 들어왔다. 수찬이는 영민이를 보자 벙글거리며 물었다.

"형, 우리 앞집으로 이사 온다며?"

"응."

"진짜 잘됐다. 이제 형 취직만 하면 대박인데."

수찬이의 말에 영민이가 걱정스럽게 말했다.

"그게 집 얻는 것보다 더 힘들다."

요즘 영민이는 복지관뿐 아니라 지역 아동 센터와 청소년 센터까지 닥치는 대로 원서를 넣고 있다. 그러나 연락이 오는 곳은 6개월, 9개월짜리 단기 계약직밖에 없었다. 영민이 사정을 잘 아는 담당 교수가 지방 종합 복지관을 소개해 주었지만 거절했다. 교수 말대로 지방으로 가 정규직 일자리를 얻는 것이 현명한 선택일 수 있었다. 어차피 이 도시에 연고가 있는 것도 아니고, 영민이 처지가 뿌리내릴 땅을 고를 만큼 여유로운 것도 아니었다. 그렇지만 영민이는 은강동을 떠나고 싶지 않았다. 홀씨처럼 바람을 타고 여기저기 떠돌다가 아무 데나 내려앉기보다 자신이 살아갈 땅을 스스로 고르고 싶었다. 은강동이 기름진 땅은 아니더라도 함께 싹을 틔우고 꽃을 피울 친구들이 있는 곳에서 뿌리를 내리고 싶었다. 그리고 이제 막 사귀기 시작한 란이와도 멀리 떨어지고 싶지 않았다.

"란 언니는 안 와?"

"란은 알바."

"언니 진짜 바쁜가 봐."

강이 말에 수찬이가 능글맞은 웃음을 지으면서 너스레를 떨었다.

"아닌 것 같은데? 난 어제도 누구랑 같이 손잡고 주유소 앞을 지나는 걸 봤는데."

영민이가 얼굴이 빨개져서는 수찬이의 목덜미를 조르는 시늉을 했다. 영민이는 처음에는 란이의 관심이 부담스러웠다. 혹시라도 자기가 한국 사람이라서 관심을 보이는 것은 아닌지 의심스러웠다. 그러면서도 자꾸 란이에게 마음이 끌렸다. 란이를 만나면 몇 시간도 한순간인 것처럼 느껴졌다. 그러나 헤어지면 실습 때 복지관에서 만났던 다문화 가정들이 떠올랐다. 영민이가 아는 다문화 가정 중에는 위태로운 경우도 많았다. 한울이는 영민이의 고민을 듣고는 연애도 하기 전에 이혼까지 생각하느냐며 놀렸다. 그래도 영민이는 사랑이라는 감정이 두려웠다. 보육원에서 함께 자란 아이들은 부모의 이혼으로 갈 곳이 없어서 온 아이들이 대부분이었다. 시작도 하기 전에 끝을 생각하는 습관은 트라우마 때문이었다. 그런데 두려움이 아무리 커도 란이에게 끌리는 마음을 이기지는 못했다. 한울이와 연우는 둘의 연애를 적극적으로 지지했다. 동생들도 마찬가지였다.

강이는 무안해하는 영민이를 위해 화제를 바꿨다.

"참, 오빠, 한울이 오빠는 뭐 해? 너무 보기 힘들어."

"요즘 서울에서 살다시피 해. 작년 시위 때 물대포로 다친 분이 돌아가셨잖아. 한동안 거기서 일을 돕다가 요즘은 광화문에서 열리기 시작한 촛불 집회 때문에 바쁘대."

그때 지우가 스마트폰을 열어 보고 말했다.

"한울 오빠도 양반은 못 된다. 지금 은강역이래. 오늘 진짜 번개 하게 됐네."

9

"야, 너는 착한 거냐, 생각이 없는 거냐?"

강이가 지우를 보며 한숨을 쉬었다.

"뭐가?"

"여울이 합격 파티를 왜 네가 해 줘?"

"떨어진 사람은 친구 축하도 못 해 주냐? 여울이 정말 고생했
어. 우리 아니면 누가 축하해 주냐? 여울이 엄마가 Y대 면접 안 가
고 교대 면접 갔다고 얼굴도 안 본다고 했대. 우리라도 축하해 줘
야지."

"아무리 그래도……."

지우는 원서를 넣은 대학 네 군데 중 두 곳에서 1차 탈락을 했
다. 다른 한 곳은 이틀 뒤 면접이 있고, 나머지 하나는 수능 결과
에 따라 결정이 난다. 지우는 원서를 여섯 군데에 다 넣을걸 그랬

다고 잠시 후회도 했지만 이미 엎질러진 물이었다. 여울이는 여섯 개 대학 모두 1차 합격을 하고 면접도 잘 보았다고 하더니 오늘 드디어 한 곳에서 최종 합격 소식을 들었다. 지우는 자기가 가장 먼저 축하해 주고 싶었다. 여울이가 얼마나 열심히 했는지 누구보다 잘 알기 때문이다. 그러나 강이는 썩 내키질 않았다.

"여울이가 너한테 얼마나 얄밉게 굴었냐?"

"아니야. 나 여울이 덕 봤어. 여울이가 영어랑 수학 멘토 해 준 덕분에 그나마 수학 4등급 나오고, 영어 3등급 나온 거야. 아니면 불가능했어."

"멘토도 자기가 필요해서 한 거잖아."

"그런 걸 보고 꿩 먹고 알 먹고, 누이 좋고 매부 좋다는 거야."

"하여튼 최지우, 너는 정말."

"뭐? 속없는 걸로 치면 네가 더 하지. 할머니는 좀 괜찮으셔?"

"그럭저럭."

강이 외할머니는 한 달 전 공공 근로를 나갔다가 넘어지면서 대퇴부 골절로 입원했다. 공원 화단 정리를 하다가 다쳐서 산재 처리를 받았다. 그런데 수술을 마친 뒤 할머니의 상태가 심상치 않았다. 강이를 강이 엄마 이름인 미란이라고 부르고, 어떤 때는 알아보지 못했다. 의사는 일시적인 섬망 증세라고 했지만 치매가 시작됐을까 봐 내내 마음을 졸였다. 다행히 요즘은 기억이 돌아오는 중이다. 지우 이모할머니는 강이 외할머니가 퇴원하면 자기 집으로 데려갈 거라고 했다. 지우 엄마도 그게 강이 외할머니와 강이를 위해 최선이라고 했지만 강이는 짐이 되는 것 같아 마음이 무거웠다.

"강이야, 할머니는 걱정하지 마. 우리 이모할머니도 혼자 계신 것보다 너희 할머니랑 계신 게 낫대."

"이모할머니 바쁘시잖아. 그거 헌법 재판소로 넘길 거라며. 복직이랑 보상 문제."

"그렇다고 날마다 가는 건 아니잖아. 할머니 문제는 앞으로 더 생각하고, 넌 일단 어떻게 할 거야?"

"취업을 알아보는데 어려울 거 같아. 나 간호조무사 진짜 하고 싶어. 그래서 1월부터 알바 몇 개 더 하려고."

"학원비 때문에?"

"응. 간호조무사 하면서 학점 은행 이수하면 간호학과에 입학할 수 있는 대학교가 있대. 우리 담임 선생님이 알려 주셨어. 나중에라도 대학에 진학하고 싶으면 방법 가르쳐 주신다고."

"너희 담임 좋다."

"나만 잘하면 되는데……."

"이강, 너 잘할 거야. 미리 걱정 마."

강이와 지우가 이야기하는데 여울이가 쭈뼛거리며 치킨집으로 들어왔다.

"뭐야. 합격한 애 얼굴이 왜 우중충해?"

지우의 너스레에도 여울이는 쉽게 웃지 않았다. 한울이한테 지우의 불합격 소식을 들은 터라 불편했다.

"김여울, 축하해. 일단 가장 가고 싶은 데 붙었으니까 두 발 뻗고 자겠다."

여울이는 어색하게 웃으며 지우에게 물었다.

"너 수능은?"

"가채점 결과로는 커트라인에 딱 걸리는데 잘 모르겠어. 혹시라도 실수했을까 봐. 모레 면접을 잘 해 봐야지."

"최지우, 좀만 더 열심히 하지."

"열심히 해서 그만한 거야. 걱정 마. 둘 중 하나는 붙겠지."

강이가 갓 튀겨 낸 프라이드치킨을 탁자 위에 내려놓았다. 마침 수찬이도 가게로 들어오며 투덜거렸다.

"이 동네는 유난히 은행이 많이 떨어져. 오토바이 바퀴랑 신발 밑창에 냄새가 아예 뱄어."

"야, 김수찬. 털고 들어와. 치킨집에 고소한 냄새가 아니라 구린내 나겠다."

수찬이는 강이의 지청구에도 아랑곳하지 않고 지우 옆자리에 앉으며 말했다.

"김여울, 합격 축하한다."

여울이가 수찬이를 흘겨보며 대답했다.

"왠지 기껍게 축하하는 거 같지는 않다?"

"아니거든. 진심이거든."

그러고는 갑자기 풀 죽은 표정을 지었다.

"나 다음 주부터 백수야. 우리 가게 문 닫아. 주인이 건물 허물고 새로 짓는다고 나가라고 했대."

주방으로 가던 강이가 걱정스러운 표정으로 수찬이를 돌아보았다.

"어떻게 하냐, 너."

"나보다 우리 사장이 더 걱정이지. 애들이 고등학생이랑 대학생이란 말이야. 중국집 주방 일 알아보는데 요즘 취직할 만한 데가 없대."

"야, 네가 지금 다른 사람 걱정할 처지는 아니지 않냐?"

"나는 갈 데가 없지는 않지. 아는 형이 이참에 배달 앱으로 갈아타라는데 그건 안 내켜. 위험 부담이 좀 있어서."

"위험 부담?"

"사고가 나도 내 돈으로 다 처리해야 하고, 여러 가지 음식을 배달해야 하니까 익숙하지도 않고. 마음 같아서는 당분간 아무것도 안 하고 놀고 싶다. 너희도 수능 끝나면 노는 분위기지?"

여울이가 건성으로 고개를 끄덕였다.

"그렇긴 하지."

"그럼 나도 딱 한 달만 놀까 봐. 이 찬란한 10대가 두 달밖에 안 남았는데."

강이가 이번에는 양념 치킨이 담긴 접시를 탁자에 놓으며 한마디 했다.

"헛소리하지 마. 얘들은 대학 가려고 피나게 공부라도 했지. 넌 뭐 했다고 노냐?"

"난 돈 벌었잖아. 나도 안 놀았어. 이강 너도 안 놀았잖아. 공부한 애들만 고생했다는 건 억울해."

강이가 수찬이를 뼁하니 내려다보다 고개를 끄덕였다.

"듣고 보니 그 말이 맞네."

지우가 시무룩해진 강이 눈치를 살피는데 여울이가 대뜸 말했다.

"우리 주말에 광화문 가자."

수찬이가 치킨을 욱여넣으며 물었다.

"광화문? 거길 왜 가?"

"왜라니. 촛불 집회 열리잖아."

"그러니까 거길 왜 가느냐고?"

"왜 가다니. 우리가 가야지. 생각을 해 봐. 얼마나 열 받아? 우리는 하루에 두세 시간 자면서 공부하는데, 걔는 엄마가 대통령이랑 친하다는 이유만으로 대학까지 간 거잖아. 세월호 문제도 그렇고, 반드시 책임을 물어야 해."

여울이 말을 듣고도 수찬이는 시큰둥했다.

"원래 있는 놈들은 다 그러고 사는 거야. 어차피 나랑 상관도 없는데 뭐."

여울이가 수찬이를 한심하다는 표정으로 쳐다봤다.

"상관이 없다니. 그러니까 세상이 안 변하는 거야."

수찬이는 떨떠름하게 대꾸했다.

"그럼 대학생 되실 분들이 가서 사회 정의를 외치세요. 나는 알바를 구해야 돼서."

수찬이 말에 여울이의 얼굴이 굳었다. 강이는 때마침 손님이 들어와 얼른 주방으로 피했다. 지우는 광화문에 가자는 여울이의 제안이 반가웠다. 그러나 수찬이와 강이 눈치가 보여 선뜻 가겠다는 말이 나오지 않았다.

수찬이는 지우를 기다리며 은강역 앞을 서성였다. 비에 젖은 아스팔트 위에는 사람들의 발에 밟힌 은행잎이 어지럽게 흩어져 있어 스산함을 더했다. 수찬이는 열차 모양 조각상 앞 '한국 철도의 시작'이라는 팻말을 읽었다. 얼마 전에 배달을 갔다가 할아버지들이 100년이 넘은 철도의 종착역이 너무 초라하다며 영등포역이나 서울역 같은 민자 역사가 들어서야 한다고 말씀을 나누시는 모습을 보았다. 수찬이는 은강역 역사가 좋다. 지어진 지 60년이 넘었지만 여전히 주변 풍경과 잘 어울리고 소박해서 정겹다. 고층 민자 역사가 생기면 차이나타운과 개항장 거리의 음식점, 카페 들은 파리를 날리게 될지 모른다. 역 앞에 삼삼오오 앉아 시간을 때우는 노인들도 갈 데가 없어질 게 뻔하다. 그런데도 무조건 크고 번지르르해야 좋다는 어른들을 수찬이는 이해할 수 없다. 원래 가진 것 많고 힘 있는 사람들은 그렇다 쳐도 왜 가난한 할아버지들까지 돈 있는 사람들 편인지 모르겠다. 수찬이는 어렸을 때부터 궁금했다. 왜 같은 노동자들끼리도 힘센 쪽과 약한 쪽이 나뉘고 서로 싸우는지. 아빠는 3년 동안 부당 해고에 맞섰지만 끝내 공장으로 돌아가지 못했다. 장례식 때 온 동료들은 아빠를 대신해서 꼭 복직을 이뤄 낼 거라고 힘주어 말했다. 그러나 아저씨들은 여전히 회사 앞에서 다른 동료들의 눈총을 받으며 농성을 하고 있다. 그 뒤로도 여러 해고 노동자가 광고탑과 굴뚝 위로 올라갔지만 어느 곳 하나 해결됐다는 소식은 듣지 못했다. 그래서 지우가 광화문에 같이 가자고 성화를 하는데도 썩 내키질 않았다. 촛불 집회로 대통령이 탄핵된다고 세상이 갑자기 힘없는 사람들의 목소리에 귀 기울일 거라는 기대는 들지 않았다. 수찬이가 보기에 사람들은 자기와 상관없는 슬픈 기억은 빨리 잊고 싶어 한다. 고통은 늘 당사자만의 몫이다. 세월호 참사가 그랬고, 아빠의 죽음도 그랬다.

지우가 버스에서 내려 수찬이 쪽으로 달려왔다. 촛불 집회에 가는 건 달갑지 않았지만 지우를 보니 기분이 좋아졌다.

"여울이는?"

"걔는 학교 친구들이랑 온대."

"뭐야, 다 같이 가자고 먼저 말해 놓고."

수찬이는 겉으로는 투덜거리면서도 속으로는 지우랑 둘이서만 가게 되어 은근히 기뻤다. 전철에는 노란색 리본을 단 사람들이 눈에 띄었다. 지우나 수찬이 또래보다는 나이 든 세대들로 붐볐다.

"아저씨 아줌마 들이 더 많은데?"

"그러게. 우리 엄마 아빠도 벌써 갔어."

수찬이는 전철 맨 뒤 칸 끝에 기대서서 창밖을 바라보았다. 날이 밝을 때 전철을 타고 어디를 가는 게 거의 6년 만이었다. 게다가 광화문은 난생처음이었다. 촌스럽다고 놀릴까 봐 지우한테는 솔직하게 말하지 못했다.

날이 어두워지자 사람들이 점점 모여들며 광화문 사거리 양쪽으로 차들의 통행이 멈췄다. 수찬이는 인파로 차의 통행을 막을 수 있다는 게 놀라웠다. 시민들이 연단에 올라 자유 발언을 하기 시작했다. 수찬이는 자기 또래 청소년들이 하는 이야기에 귀를 기울였다. 자신은 입 밖으로 내 본 적 없는 어려운 단어를 자연스럽게 구사하고 한국 사회와 기성세대에 대한 자기 주장을 당당하게 펴는 모습이 낯설었다. 라이더 친구들과 모이면 게임이나 연애, 일자리 얘기로 시간을 보내기 일쑤인데 무대에 오른 또래들은 사뭇 다른 대화를 할 것 같았다. 수찬이는 문득 자신이 저 자리에 선다면 무슨 말을 하고 싶을까 생각했다. 1년 반 남짓 다녔던 특성화 고등학교 생활, 교사들조차 학생들을 한심하게 바라보던 순간들, 수찬이가 입은 교복을 바라보는 사람들에게서 느꼈던 차별적 시선들이 떠올랐다.

사회자가 6차 촛불 집회를 알리자 시민들의 함성이 빌딩 사이에 메아리쳤다. 수찬이는 3년 동안 복직을 외치던 아빠와 동료들의 목소리는 공장 담을 넘지 못했지만 이 정도의 함성이라면 청와대까지 미칠 수 있을지 궁금했다. 문득 그저께 다녀온 장례식장이 떠올랐다.

중국집에서 마지막 배달을 마치고 나오는데 친한 라이더들이 모여 있는 단체 채팅방에 부고가 떴다. 주유소 알바 할 때 만났던 한 살 많은 형이었다. 곧장 오토바이를 타고 장례식장으로 갔다. 형은 바로 전날 밤 족발을 배달하러 가다 사고를 당했다. 과속을 한 것도, 신호 위반을 한 것도 아니었다. 단지 건널목에서 신호를 기다리며 서 있는데 덤프트럭 기사가 들이받았다고 했다. 졸음운전이 원인이었다. 50대인 기사는 인천에서 창원으로, 다시 창원에서 인천으로 쉬지도 못하고 오가던 길이었다고 했다. 그날 형은 안전모를 쓰고 있지 않았다. 수찬이는 형이 안전모를 잃어버린 줄 알고 있었다. 친구의 꾐에 넘어가 스포츠 토토에 빠진 형은 안전모를 새로 살 돈이 없었다. 죽기 며칠 전, 수찬이에게 5만 원을 꿔 달라고 했는데 거절했었다. 형의 죽음이 자신과 아무 관계가 없다는 것을 알지만 그때 5만 원을 빌려줬더라면 형이 중고 안전모라도 샀을지 모른다는 생각에 괴로웠다. 지우는 촛불을 든 채로, 앞에 나온 가수의 감수성 짙은 노래를 따라 부르고 있었다. 지우는 촛불의 힘을 믿는 것처럼 보였다. 수찬이도 지우의 그 믿음을 나눠 갖고 싶었다.

"어땠어?"

용산역에서 인천으로 가는 급행을 갈아타고 자리에 앉자마자 지우가 피곤한 듯 하품을 하며 수찬이에게 물었다.

"그냥 뭐 처음이니까 신기했지. 너는?"

"나야 좋았지."

지우는 촛불 집회의 감동이 아직 가시지 않았다. 지난 초여름, 쪽방 체험관을 통해 가난하고 힘없는 사람들이 목소리를 내야 세상을 바꿀 수 있다는 것을 경험한 지우는 대학생이 되어 해 보고 싶은 게 생겼다. 한울이 오빠처럼 노동자, 청년 들의 연대 활동에 참여하고 싶고, 여성 문제도 더 공부해 보고 싶다. 엄마가 열고 싶어 하는 동네 책방에 힘을 보태고 싶고, 은강동에 대한 공부도 더 해 나가고 싶다. 지우는 촛불을 든 내내 앞으로 일어날 일에 대한 기대와 희망으로 벅차올랐다. 아직 대학에 합격도 하지 않았는데 좀 성급하다 싶지만 그래도 내년은 올해보다 나으리라 믿었다. 수찬이는 여전히 들뜬 얼굴인 지우를 곁눈질로 보았다.

"지우야, 너는 촛불이 이길 거 같아?"

"잘 모르지만 점점 사람들이 많이 모이잖아. 뭔가 바꿀 수 있지 않을까?"

"우리 아빠 동료들은 8년째 싸우고 있는데 아직 복직이 안 됐어. 그동안 우리 아빠랑 두 분이 더 돌아가셨어. 그런데도 힘 있는 사람들은 안 바뀌어."

"우리 이모할머니 은강방직 해고 노동자잖아. 124명이 해고됐는데 그중 반이 넘게 지금까지 복직 투쟁을 해. 다는 아니지만 이긴 소송도 있대. 민주화 운동 인정도 받고. 그렇게 보상받은 돈을 다른 회사에서 해고된 후배 노동자들한테 나눠 주셨어. 우리 이모할머니는 언젠가는 자신들이 꼭 이길 거라고 믿어. 나도 그러길 바라고. 우리가 약자인 건 맞지만 그 약자들이 포기하지 않고 더 많은 손을 맞잡으면 달라지지 않을까?"

수찬이는 지우의 얼굴을 보면서 자신의 의심보다 지우의 순진한 희망이 나을지도 모른다는 생각이 들었다.

"최지우. 너는 보기보다 참 순진해. 촛불 집회 때 내내 감동한 표정이더라."

"넌 안 그랬어?"

"음, 아주 조금? 그래서 내가 이런 시도 썼다. 한번 볼래?"

"뭔데?"

수찬이가 어울리지 않게 쑥스러워하며 제 스마트폰을 지우에게 내밀었다.

"네가 좋아한다는 그 시, 윤동주의 「별 헤는 밤」. 그거 패러디 했어."

—촛불 헤는 밤

가을이 지나가는 땅 위에는
촛불로 가득 차 있습니다.

나는 깊은 감동에 빠져
촛불 속의 다짐을 다 헤일 듯합니다.

가슴속에 하나둘 새겨지는 촛불을
이제 다 잊을 수 없는 것은
이미 횃불이 된 까닭이요,
벌써 파도가 된 까닭이요,
아직 나의 촛불이 다하지 않은 까닭입니다.

촛불 하나에 추억과
촛불 하나에 사랑과
촛불 하나에 쓸쓸함과
촛불 하나에 동경과

촛불 하나에 시와

촛불 하나에 대통령 탄핵.

"어때?"

"오, 그럴싸한데? 김수찬. 너 중학교 때 백일장에서 2등 했었지? 녹슬지 않았는데?"

"그래? 그럼 그 밑에 것도 읽어 봐."

계절이 지나가는 하늘에는

가을로 가득 차 있습니다.

나는 아무 걱정도 없이

가을 속의 별들을 다 헤일 듯합니다.

가슴속에 하나둘 새겨지는 별을

하나하나 헤는 까닭은

그 별에 나의 사랑이 새겨진 까닭이요,

그 별에 나의 깊은 그리움이 비친 까닭이요,

아직 나의 사랑을 전하지 못한 까닭입니다.

별 하나에 추억과

별 하나에 사랑과

별 하나에 쓸쓸함과

별 하나에 동경과

별 하나에 시와

별 하나에 최지우, 최지우.

"야, 너 진짜. 김수찬, 내가 널 믿은 게 잘못이다."

"왜, 진짜 내 마음인데."

"알았어."

지우도 오늘만큼은 수찬이의 장난을 가볍게 받아넘길 수 있었다. 수찬이는 지우가 자신의 마음을 장난스럽게 받아넘기는 게 서운하면서도 다행이다 싶었다.

에필로그

2016년 12월 31일. 영하 10도인데도 강이는 추위를 못 느낄 정도로 가슴이 벅찼다. 드디어 광화문이다. 남들은 마음만 먹으면 쉽게 갈 수 있는 그곳이 강이에게는 너무 멀었다. 탄핵안이 가결되었다며 지우와 여울이가 다른 은강 팸과 광화문에 갈 때도 자기는 치킨집에 남아야 하는 게 조금 쓸쓸하고 슬펐다. 그런데 12월 31일 토요일에는 쉬어도 좋다는 사장의 허락이 떨어졌다. 10대의 마지막 날을 멋지게 보내라는 선심이었다.

세월호 참사가 일어난 뒤, 지우는 주말마다 엄마를 따라, 때로는 언니와 같이 서울로 향했다. 그러나 강이에게 주말은 아르바이트를 해야 하는 날이었다. 강이는 그해 2월, 외할머니와 함께 세월호를 타고 제주도에 갔었다. 성당에서 제주로 피정 겸 봄나들이를 떠난다고 했을 때 강이는 내키지 않았다. 하지만 할머니가 오래전부터 강이와 여행을 하고 싶었다며 졸랐다.

"언제 우리한테 이런 기회가 오겠냐. 다 공짜래. 나도 제주도 한 번 가 보고 죽어야지."

혼자 다녀오라고 하기에는 할머니의 걸음이 좀 불안했다. 강이는 마지못해 할머니를 따라나섰다. 인천 여객 터미널에서 세월호를 탔다. 배에 오를 때 흰색 선체 밑에 녹이 슨 걸 보고 꽤 낡은 것 같아 걱정이 됐지만 내부는 생각보다 좋았다. 외국 영화에서 본 화려한 크루즈와는 비교할 수 없지만 넓은 로비에 식당, 면세점, 커피숍과 도서관까지 있었다. 성당 할머니들과 같은 방을 배정받은 강이는 할머니들이 코를 심하게 고는 바람에 로비로 나와 구경을 다녔다. 편의점에서 간식을 사는데 오래 근무했는지 승객들과 스스럼없이 인사를 나누는 직원이 눈에 들어왔다. 관광 고등학교 입학을 앞두고 있던 때라 큰 여객선 승무원이 되는 것도 나쁘지는 않겠다는 생각이 스쳤다. 강이는 손님이 뜸한 틈을 타 어떻게 취직을 했는지 월급은 얼마인지 물어보았다. 강이는 그렇게 큰 배에서 일하는 사람들이 계약직이라는 것에 놀랐다. 직원은 강이가 실망하는 모습을 보며 웃더니 단골이라는 트럭 기사가 건네는 커피를 받고 나서 말했다.

"이 배 승객들은 거의 서민들이야. 화물 기사, 기술자 들도 많고. 서로 비슷한 처지라서 그런지 나는 여기서 만나는 사람들이 좋아. 이렇게 작은 선물을 주고받는 감동이 있거든."

세월호가 침몰했다는 기사를 보며 강이는 그 언니가 가장 먼저 떠올랐다. 유튜브를 통해 흔들리는 배 안에서 겁에 질린 목소리로 서로를 격려하던 학생들의 모습을 보다가 아이들에게 구명조끼를 양보했다는 그 언니는 어디쯤에 있었을까, 어떤 마음이었을까 상상하는데 눈물이 쏟아졌다. 지난봄, 엄마 기일에 가족 공원에 갔다가 세월호 일반인 희생자 추모관이 들어선 걸 알았다. 혹시 하고 찾아간 그곳에는 참사 두 달 전 만났던 승무원 언니도 안치되어 있었다. 강이는 엄마를 만나러 올 때마다 들르겠다고 약속했다. 그리고 한번쯤은 광화문에서 단원고 학생들에게 분향을 하고 싶었다.

강이는 광화문에 도착하자마자 세월호 참사 희생자 및 미수습자 분향소에 갔다. 그리고 여러 장의 서명 용지에 이름과 주소, 전화번호를 꾹꾹 눌러썼다. 강이는 봉사자들이 나눠 준 노란 리본을 가방 앞주머니 지퍼 고리에 달았다.

"이제야 떳떳한 10대가 된 것 같아."

강이 말에 여울이가 미간을 찌푸리며 말했다.

"촛불 집회 한번 왔다고 떳떳해지냐?"

"너는 분향 한번 못 한 내 무거운 심정을 몰라서 그래. 이 역사적인 순간에 나도 함께 있다는 게 너무 좋아. 그동안은 이것마저 내게는 허락이 안 되는 것 같아 속상했거든. 은강 팸 언니 오빠 들은 어디 있어? 안 찾아봐도 돼?"

"몰라. 어디 있겠지. 찾으러 가려면 골치 아파. 그냥 우리끼리 있자."

강이는 사진과 영상으로만 봤던 촛불 집회의 순서를 따라 하면서 마냥 신기했다. 수시로 스마트폰을 꺼내 반도체 회사 기숙사에 있는 정희에게 동영상을 보냈다. 강이는 촛불을 들고 구호를 외칠 때마다 이대로 이루어지면 정희와 자신의 삶이 나아질지 궁금했다. 세월호 참사가 있기 전, 그러니까 강이와 외할머니가 난생처음 제주도행 여객선을 탔던 그날, 서울 송파구에서 세 모녀가 죽었다는 기사를 봤다. 강이는 기사 속 죽음이 남 일이 아니라는 사실을 누구보다 잘 알았다. 기초 생활 수급권이 박탈되었을 때, 지우네가 없었다면 강이네도 그런 죽음을 맞았을지 모른다. 참사가 일어나고 2년이 지났지만 그 뒤로도 억울하고 어이없는 죽음은 끊이지 않았다. 강이는 이 촛불이 모두 다 같은 곳을 향하고 있지 않으리라는 걸 알고 있었다. 아무리 촛불을 들어도 진짜 어두운 구석까지 밝힐 수 없다는 것도 안다. 진짜 빛이 절실한 사람들은 여기에서 촛불을 들 수 없다. 오늘처럼 행운이 따르지 않았다면 강이도 이곳에 있을 수 없었다. 그렇다고 촛불을 들어 봤자 뭐가 달라지느냐고 냉소하고 싶지는 않았다. 강이는 후원금 상자가 자신의 앞에 왔을 때 집에서부터 챙겨 온 3만 원을 아낌없이 넣었다. 토요일인 오늘 아르바이트를 했다면 받았을 돈이었다. 여울이는 강이가 객기를 부린다고 잔소리를 쏟아 냈지만 강이는 가진 것을 다 나누고 싶었다. 지우는 그런 강이 마음을 어느 정도 이해할 수 있었다.

수찬이는 은강아파트에 햄버거를 배달하고 오는 길에 지우에게 메시지를 보냈다.

─옷 따뜻하게 입고 갔냐?
─응.
─부럽다.

수찬이 말에 지우가 얼른 답을 보내지 않았다. 수찬이는 지우가 자기 메시지를 보면 미안해할 줄 헤아리지 못한 게 후회스러웠다. 그래서 다시 덧붙였다.

─농담이야. 안 부러워.
─알아.
─오늘도 많이 모였어?
─응. 200만이라는데 그만큼은 아닌 거 같고. 촛불 파도 중.
─내 촛불까지 들어 줘.

수찬이는 지우에게서 답장이 오기를 바라며 스마트폰을 멍하니 내려다보았다. 휴식 시간 10분 중 5분이 지나도록 답장이 없어 조바심이 났다. 콜라를 한 모금 마시는데 드디어 알람이 울렸다.

—너도 이 시 알지? 김수영 시.

바람보다도 더 빨리 눕는다
바람보다도 더 빨리 울고
바람보다 먼저 일어난다
(…)
바람보다 늦게 누워도
바람보다 먼저 일어나고
바람보다 늦게 울어도
바람보다 먼저 웃는다

—알지.
—너를 위한 선물이야.
—진짜? 나만을 위한?
—아니. 영민이 오빠한테도 보냈어.
—좋다 말았네.
—이상하게 여기 같이 없는 너랑 영민이 오빠가 떠올랐어. 가슴에 촛불을 들고 이 시간에 일하고 있을 내 친구들. 내가 정말 기억해야

하는 사람들.

—뭐냐. 너무 멋진 말이잖아. 최지우. 너 이런 말 하면 나 설레.

—헛소리 마라.

수찬이는 지우가 보낸 메시지를 몇 번이나 읽고 또 읽었다. 그리고 인터넷에서 김수영의 「풀」 전문을 찾았다. 그러는 사이 휴식 시간 10분이 끝났다. 수찬이는 주문이 밀려 있는 카운터로 갔다.

지우와 강이는 손을 꼭 잡고 은강역에서 상상마을 아래쪽으로 뻗은 철로 위 육교를 건넜다. 여울이는 사촌 언니 오빠 들과 송년회를 한다고 신도림역에서 내렸다. 강이는 좀 섭섭했지만 지우가 입을 다무는 걸 보고 속마음을 숨겼다.

지우와 강이는 은강방직 담을 따라 걸었다. 날이 몹시 추웠지만 둘 다 택시를 탈 생각은 하지 않았다. 아파트 쪽으로 모서리를 도는데 갑자기 빨간색 스쿠터가 요란하게 경적을 울려 대며 지나갔다. 수찬이였다. 강이도 수찬이를 알아봤다.

"수찬이는 오늘도 일하는구나. 미안하다. 근데 빨간색 스쿠터랑 옷이 전보다 폼 난다."

지우는 수찬이의 스쿠터가 공장 모퉁이로 사라지는 것을 보았다. 스무 살이 될 수찬이의 등이 왠지 몇 달 전보다 더 곧고 단단해 보였다. 수찬이 말로는 중국집보다 패스트푸드점의 라이더

가 훨씬 낫다고 했다. 최저 시급에다 배달할 때마다 건당 4백 원
이 추가되고, 비가 오면 백 원을 더 받는다며 좋아했다. 라이더 선
배들은 요즘 배달 중개 플랫폼으로 갈아타는 추세라는데 수찬이
는 오전에 검정고시 학원을 다닐 계획이라며 햄버거 가게를 선택
했다. 지우는 수찬이가 아니었으면 라이더들에 대한 편견을 깨지
못했을 거다. 수찬이 때문에 몇 번 만난 라이더 중에는 나이가 많
은 사람들도 적지 않았다. 그중에는 아이가 둘인 아빠도 있었다.
지우가 막연히 짐작한 것보다 더 성실하게 사는 사람들이었다.
지우의 마음을 읽기라도 한 듯이 수찬이가 말했다.

"너한테는 양아치처럼 보일지 모르지만 성실하고 착한 형들이
야. 나 많이 붙잡아 줬어. 형들이 내 계기판이야. 요즘 그 계기판
이 업그레이드됐어. 은강 팸이랑 너로."

지우는 도로 위의 수찬이가 항상 위태로워 보였다. 그런데 이제
는 수찬이가 어디에 있든 안심하고 바라볼 수 있게 되었다.

지우와 강이의 발소리가 꽁꽁 얼어붙은 은강동 골목의 어둠을
깨웠다. 노란 가로등 불빛 아래로 길고양이가 스쳐 지나갔다. 아
직 어린 고양이지만 다행히 골목 곳곳에 길고양이들이 추위를 피
할 보금자리가 숨어 있다. 주말마다 커다란 사진기를 들고 이 골
목을 찾는 사람들은 80년이 넘은 나가야 주택을 신기해하며 셔터
를 누른다. 눈빛에는 이 가난이 자신의 몫이 아니라서 다행이라

는 안도감이 엿보인다. 더러는 연민과 동정의 빛이 스치기도 한다. 지우는 그 시선에서 불편함을 느끼지만 한편으로는 그들의 사진기에는 담기지 않을 은강동의 진짜 매력은 자신만이 알고 있다는 생각에 위로를 받기도 한다.

은강동 골목 구석구석에는 그곳에서 태어나고 죽은 사람들의 이야기들이 숨 쉬고 있다. 세월의 더께도 쌓여 있고 시간의 흐름도 새겨져 있다. 골목에 줄지어 선 집들의 창문은 저마다 생김새가 다르다. 처음에는 모두 같은 모양이었을 테지만 수십 년이 흐르는 동안 그 집에 깃들었던 사람의 성격과 기질, 처지와 직업, 식구 수에 따라 다락의 높이가 달라지고, 창틀이 바뀌었다. 똑같은 것이 하나도 없는데 튀지 않고 조화롭다.

은강동의 매력은 골목 그 자체다. 골목이 좁으니 둘이 한꺼번에 지날 수가 없어서 누군가는 먼저 옆으로 몸을 돌려 양보를 해야 한다. 그러니 어쩔 수 없이 마주친 사람과 눈인사라도 나누게 된다. 은강동 사람들은 비좁은 공간에서 함께 살아가기 위해 구석구석에 나눠 쓰는 공간을 만들었다. 윗동네에서 아랫동네로 내려가는 공장 담 밑이 그런 곳이다. 그곳은 은강동 사람들의 정원이나 마찬가지다. 시멘트 블록을 쌓아 흙을 채운 제법 넓은 텃밭과 낡은 함지박, 스티로폼 상자, 빛이 바랜 플라스틱 화분에서 채소들이 자라고, 꽃들이 핀다. 목욕탕 의자와 나무판자로 만든 낮은 의자들은 겨울에 굴을 깔 때 요긴한 도구로 쓰이다가 봄부터

가을까지는 벤치가 된다. 사람들은 거기에서 채소와 꽃씨를 나누고 삶의 고단함을 나눈다. 지우는 그곳에서 빈곤의 냄새가 아니라 나눔과 조화로움이 주는 향기를 맡는다.

아파트는 층수와 넓이로 타인과 자신의 부를 비교한다. 직선으로 이루어진 단순함이 그 비교를 가능하게 한다. 규격화된 창문의 디자인을 통해 남들과 다르지 않다는, 때로는 남들보다 낫다는 위로를 받는다. 더러는 시기와 좌절로 괴로워한다. 그러나 은 강동은 타인과의 비교가 아니라 타인과의 어깨동무로 살아남았다. 슬픔이든, 기쁨이든, 노동이든, 공간이든, 무엇이든 나누어야만 살아갈 수 있는 곳이 은강동이다. 그 가난을 모르는 이들이 쪽방 체험관 따위의 터무니없는 구상을 만들어 냈다. 가난은 진열대 위에 전시할 수 있는 상품이 아니다.

"강이야, 우리 맥주 사 가지고 가자."

지우가 언덕을 내려와 큰길가를 바라보며 말했다.

"좋아."

편의점 카운터에서 스마트폰을 들여다보던 영민이는 지우와 강이가 들어오는 것을 보고 반가워했다.

"광화문에서 지금 온 거야?"

"응. 오빠는 12월 31일에도 알바하네. 속상하겠다."

"아니, 나 기분 최고야."

강이가 어리둥절해하며 물었다.

"왜?"

영민이 오빠가 이제까지 본 적 없는 환한 얼굴로 대답했다.

"나 취직했어. 아까 낮에 연락받고 다녀왔어."

"우아, 오빠 축하 축하. 어디? 지난번에 면접 봤다는 다문화 센터?"

"응. 임신한 직원 대신 들어가는 1년 계약직이지만 내가 가고 싶었던 데야. 다문화 어린이, 청소년 대상의 프로그램을 만드는 일이라서 기대돼."

"진짜 잘됐다. 여울이랑 지우 대학 붙고 오빠도 취직하고. 우리 다 같이 파티 한번 해야겠다."

"참, 그리고 보니 지우 합격 축하도 아직 못 했네? 축하해."

"고마워. 추가 합격이라고 해도 난 그냥 좋아."

"당연하지. 막상 대학 가면 추합이고 최초 합격이고 의미 없어. 그런데 너희 뭐 사러 왔어?"

강이와 지우가 마주 보며 멋쩍게 웃었다.

"우리 맥주 사려고."

영민이가 빙긋이 웃으며 말했다.

"음, 아직은 2017년이 안 됐는데? 그렇지만 내가 사 주면 되지. 내 첫 취직 턱이자 지우 합격 선물이다."

지우는 강이네 집으로 들어가기 전, 어둠에 잠긴 건너편 나가야 주택을 바라보았다. 공중화장실 바로 옆 파란 집은 2층에만 불이 켜져 있다. 연말이라 지방에 사는 아들들이 온 모양이다. 요양병원에 있던 할아버지는 지난가을에 그예 돌아가시고 말았다. 쪽방 체험관으로 만들려던 집은 자물쇠가 채워진 채 빈집으로 남아 있다. 줄사택 맨 끝 집은 얼마 전 송학갤러리 관장이 샀다. 덕분에 내년 봄이면 지우 엄마와 한울이가 책방을 시작하게 되었다. 지우 엄마는 책방 2층을 동네 여성들의 카페로 만들어 여러 가지 강습을 열고 모임도 꾸려 볼 생각이다. 한울이는 1층 공간에 서점을 운영하면서 영민이와 함께 청년 대상 강연을 준비하고, 이주 청년들의 모임도 만들 계획을 세우고 있다. 지우는 대학에 들어가면 엄마나 오빠들의 일을 같이 해 보고 싶다. 언젠가는 책방 한구석에서 소설을 쓰는 꿈을 꾸기도 한다.

"최지우. 카운트다운 30초 남았어. 어서 들어와."

강이 재촉에 집으로 들어가니 벌써 컵 스파게티와 스트링 치즈를 전자레인지에 데워 맥주 안주를 완성해 놓았다.

"2016년이 7초밖에 안 남았어. 일곱 여섯 다섯 넷 셋 둘 하나. 2017년이다."

지우는 강이의 소리에 맞춰 맥주를 땄다.

"우리의 스무 살을 위하여!"

1997년 7월, 무덥던 어느 날이었다. 공부방에서 초등학생들을 돌보다 저녁을 지으러 다락으로 올라갔는데, 흰머리의 낯선 사람이 따라 올라왔다. 깜짝 놀라 뒤돌아보고는 그 자리에 얼어붙어 버렸다. 내 앞에 서 있는 사람이 조세희 작가였기 때문이다.

"어, 조세희 선생님!"

그분이 놀라며 물었다.

"저를 아세요?"

"제가 고등학교 때 선생님 소설을 읽고 빈민 운동을 하게 되었어요."

그러자 선생님이 말씀하셨다.

"제가 몹쓸 짓을 했네요."

그날 내가 살고 있는 만석동이 『난장이가 쏘아올린 작은 공』의

무대인 '은강'이라는 것을 알았다.

태어나서부터 부자로 산 적이 없으면서도 나의 가난이 사회적
인 문제임을 깨달은 것은 고등학생이 돼서다. 동두천에서 인천
으로 와 처음 살았던 집은 목재 공장 사택이었다. 주변은 온통 목
재 공장과 가구 공장이었고, 공단에서 조금만 걸어 나가면 낡은
시립 아파트 단지가 있었다. 그 아파트 너머로는 산동네가 이어
졌다. 그 전까지 내가 알던 인천은 할머니 집이 있던 개항장 주변
이 전부였으므로, 감수성이 예민한 청소년 시절 만난 공단과 빈
민 지역의 풍경은 문화 충격에 가까웠다. 그즈음 읽은 『난장이가
쏘아올린 작은 공』은 '어떻게 살 것인가'에 대한 고민의 시작점이
되었다.

스물넷 청년으로 만석동에 자리 잡아 거기에서 중년이 되기까
지 세상은 더 풍요로워졌고, 기술의 발전은 어렸을 때 어린이 잡
지로 보던 미래를 앞질렀다. 그러나 내가 사는 곳의 노동자와 빈
민은 여전했고, 빈자와 부자의 골은 더 깊어졌다.

조세희 선생님을 만났던 그해 겨울에 외환 위기가 닥쳤다. 힘든
시기를 거치며 가난한 이들의 삶의 토대가 얼마나 취약하고 허약
한지 깨달았다. 국가와 기업은 외환 위기를 극복한다는 명분으로
노동자의 희생을 강요했다. 가난한 이들의 오랜 전통인 연대와

환대마저 무너진 엄혹한 현실이 도래했다. 가난은 무능한 정치와 탐욕스러운 자본, 마음이 없는 시장의 결과였으나 그들은 책임을 노동자의 게으름으로 떠넘겼다. 억울하고 안타까웠다. 그래서 『괭이부리말 아이들』을 썼다.

『괭이부리말 아이들』이 출간되고 20년이 지나는 동안 주변의 이웃들은 정규직 노동자에서 계약직, 비정규직 노동자가 되었다. 20년 전과 달리 대학을 졸업한 청년이 늘어났지만 그들의 일자리는 부모 세대보다 더 불안했다. 부모 세대가 기계와 재봉틀 앞에서 잔업과 야근에 시달렸다면 지금 청년 세대는 컴퓨터와 마우스 앞으로 자리가 대체되었을 뿐이다. 저임금은 여전하고 노동자의 안전은 요원하다. 가끔 『괭이부리말 아이들』의 속편에 대해 묻는 사람들이 있었다. 더러는 공부방에서 탄생한 입지전적인 인물의 감동적인 스토리를 기대하기도 했다. 그러나 우리에게 그런 스토리는 존재하지 않는다. 나는 『괭이부리말 아이들』의 이후 이야기를 쓸 생각은 없었지만 다시 가난에 대해 말해야겠다고 마음먹었다.

그 무렵 인천을 비롯한 대도시에서 구도심 재생 사업, 개항장 문화의 거리 조성, 마을 공동체 살리기 등이 붐을 이루면서 오래된 서민, 빈민 들의 주거지가 관광지가 되고 가난이 상품이 되는 일들이 생겼다. 만석동도 예외는 아니었다. 그때 사람들이 생각하는 '가난의 쓸모'에 대해 고민하게 되었다. 상품이 된 가난은 우리의 진짜 삶을 가리고 지웠다. 나는 그들이 기어코 외면하려는 가난한 사람들의 이야기를, 변두리에서 살아남기 위해 애쓰는 사람들의 이야기를, 중심이 아닌 가장자리의 눈길로 볼 때 더 빛나는 별에 대한 이야기를 하기로 했다.

대학을 졸업하고 한 영화 홍보 기획사에서 인턴으로 일하던 큰딸이 말했다.

"엄마, 퇴근하다가 버스에서 이주 노동자를 만났어. 만석부두 앞에서 내리는데 내 또래 같아 보이더라. 한동네에 사는 같은 청년 노동자인데 서로 연결고리가 없다는 게 안타까웠어. 우리 공동체 청년들이랑 이주 청년들이 함께할 기회가 없을까?"

그 뒤 딸은 1년간 일하던 직장을 그만두고 진로를 바꿔 정규직이 되어 '은강'을 떠났다. 그러나 딸의 그 질문은 계속 내 안에 남아 작품의 주제가 되었다.

어떤 가난도 사회적이지 않은 가난이 없고, 정치적이지 않은 가난이 없다. 법은 가난한 이들의 것이 아니다. 역사 속 어떤 시대도 가난한 이들의 편이었던 적이 없다. 하지만 그래서 미래도 가난한 자들의 편이 아닐 거라고 체념한다면 우리에게 희망은 없다.

우리는 희망을 선택해야 한다.

이 작품 안에는 몇 가지 실제 사건들이 등장한다. 허구적 존재들의 입을 빌려 그 사건들을 불러낸 이유는 거기에 가난과 불평등의 실체가 있기 때문이다.

2020년에 새로운 팬데믹을 겪으며 우리는 알게 되었다. 바이러스는 계급을 차별하지 않지만 바이러스를 대하는 인간 사회는 그렇지 않다는 사실을. 살고 죽는 것도 결국 정치와 경제의 문제였다. 이제 분명히 보인다. 이 불평등의 벽을 허무는 길은 존중과 섬김, 연대와 사랑을 복원하는 것뿐이다. 어깨동무, 커넥션, 공동체, 우분투, 인드라망 뭐라 부르든 좋다. 생명을 지닌 모든 존재들이 경계를 허물고 견고한 저들만의 벽에 틈을 내고 그 틈을 벌리는 일, 그것이 희망이다.

작품을 쓰는 동안, 공동체에서 만들었던 지역 신문 『만석신문』이 얼마나 값진 사료(史料)인지 새삼스레 깨달았다. 동일방직 해고 노동자인 이총각 선배와 김용자 선배의 삶과 이야기가 이 작품의 밑거름이 되어 주었다. 어려운 상황 속에서도 2020 배다리 도시학교 인천 에코뮤지엄 Road&Memory「어느 여성 노동자의 길」프로젝트를 진행한 '스페이스 빔'의 민운기 선생님께도 도움을 받았다. 동일여고와 담 너머의 동일방직 이야기를 들려준 공부방 엄마들에게도 빚을 졌다.

지난 한 해 동안 「화수재담」을 통해 화수동 언덕 너머 집과 삶의 이야기를 들려준 '창작집단 도르리', 33년 동안 나를 사람답게 지켜 준 '은강'의 이웃들, '은강'에 터를 잡고 함께해 온 동지이자 가족인 공동체 식구들, 힘든 상황에서도 꿋꿋하게 현실과 맞서며 자신의 삶에 최선을 다하는 공동체 청년들, 특히 요즘에야 사회가 관심을 갖게 된 공동체 안의 보호 종료 청년들에게 사랑과 응원을 보낸다. 그리고 끝으로 내게 '은강'을 만나게 해 주고, '은강'이라는 지명을 쓸 수 있게 허락해 주신 조세희 선생님께 깊은 감사와 존경을 보낸다.

2021년 봄

김중미

인용 출전

강경애『인간문제』, 창비 2006.

김수영「풀」,『김수영 전집 1』, 민음사 2018(초판 1981).

김중미『괭이부리말 아이들 1』, 창작과비평사 2000.

조세희「기계 도시」,『난장이가 쏘아올린 작은 공』, 이성과힘 2000(초판 문학과 지성사 1978).

현덕「남생이」,『나비를 잡는 아버지』, 창비 2009.

참
고
자
료

경인일보 특별취재팀『격동 한 세기 인천 이야기』, 다인아트 2001.
동일방직복직투쟁위원회『동일방직 노동조합 운동사』, 돌베개 1985.
안정윤, 김나라, 정연학『인천 공단과 노동자들의 생활문화』, 국립민속박물관
　　 2018.
이희환『인천아, 너는 엇더한 도시?』, 역락 2008.